足 迹
朱瑞华新闻作品选

朱瑞华 著

上海大学出版社
·上海·

图书在版编目(CIP)数据

足迹：朱瑞华新闻作品选 / 朱瑞华著. —上海：上海大学出版社，2020.11
 ISBN 978-7-5671-3970-1

Ⅰ.①足… Ⅱ.①朱… Ⅲ.①新闻报道—作品集—中国—当代 Ⅳ.①I253.3

中国版本图书馆 CIP 数据核字(2020)第 196257 号

责任编辑　傅玉芳
封面设计　柯国富
技术编辑　金　鑫　钱宇坤

足迹——朱瑞华新闻作品选
朱瑞华　著
上海大学出版社出版发行
（上海市上大路 99 号　邮政编码 200444）
(http://www.shupress.cn　发行热线 021-66135112)
出版人　戴骏豪
＊
南京展望文化发展有限公司排版
上海华教印务有限公司印刷　各地新华书店经销
开本 890 mm×1240 mm　1/32　印张 14　字数 327 千
2020 年 11 月第 1 版　2020 年 11 月第 1 次印刷
ISBN 978-7-5671-3970-1/I・604　定价　68.00 元

版权所有　侵权必究
如发现本书有印装质量问题请与印刷厂质量科联系
联系电话：021-36393676

目录

新 闻 消 息

围海造地廿五年　崇明新增半个岛	/003
崇明团结沙截流大坝合龙　三年后可围垦近十万亩地	/005
队长安心当家　生产蒸蒸日上	/007
大包干使昔日缺粮队翻了身	/010
纪王公社化工厂试行厂长承包制	/013
奉贤八百干部下乡抓好承包合同	/015
竹筱九队开始向专业化社会化发展	/017
胡桥公社食品机械工业配套成龙	/020
八万农民进城　着意妆扮上海	/022
上海捕鱼船队远征太平洋海域	/024
奉贤乡镇食品工业技术扩散全国	/026
崇明岛林、果、花协调发展	/028
崇明形成十四个出口拳头产品	/030
育秧工厂化　供秧商品化	/032
上海大江有限公司建设快效益高	/034
城乡经济一体化是振兴上海必然趋势	/036
奉贤农民集资三千万　一年新建两个乡级镇	/039
奉新乡成为市郊三大淡水鱼养殖基地	/041
上海郊区外向型经济健康发展	/043

奉贤农村党的工作制度规范化	/045
奉贤二建公司实行质量否决权	/047
奉贤322名干部昨下村任职	/048
当代"贤人"播"星火"	/050
上海市民一年四季食有鱼	/052
奉新乡将建成旅游区	/054
太湖流域实施十项骨干工程	/056
太浦河整治工程设计方案编成	/058
太浦河工程昨全线动工	/060
城乡一体治水管水 上海近年成绩不小	/062
上海鼎丰酿造厂10年摘取14块奖牌	/064
市郊将建五十个基地	/066
奉贤洪庙乡建成"农民城"	/068
以远洋渔业为导向 走国际化经营之路	/070
上海形成城乡一体大水利格局	/072
五年造地12万亩 等于新增一个乡	/074
奉浦大桥通车	/076
长江口综合开发整治规划编就	/078
金山漕泾围海造地工程竣工	/080
奉贤农副产品基地显特色	/082
沪郊科技产业化出高效	/084
奉贤距离市区"近"了	/086
市郊涌现科技兴企领头羊	/088
申城实施海塘达标工程	/090
沪郊特种水产异军突起	/092
沪郊城乡一体化形成新格局 190万农民搬入"农民城"	/093

奉贤资源优势渐成产业强势	/095
"南洋"两年增长十倍	/097
专家出大院 "下田"去兴农	/098
"科技财神"下乡来	/099
奉贤招商引资成果累累	/101
奉贤千名经纪人闯荡市场	/103
十年向大海要地六十万亩	/105
奉贤构筑现代农业新框架	/106
奉贤万余农民握得致富"金钥匙"	/108
鲜花缀申城 盛世花更红	/110
市水产集团内联外扩建货源基地	/112
上海三大治理太湖流域工程开工	/113
上海"十五"水产发展定蓝图	/115
上海农业结构调整初见成效	/117
百人科技团下乡 百项"四新"推广	/119
奉贤"长"出耕地七千余亩	/121
"上海实业"控股"人工半岛"	/123
30个乡镇建成"新型城镇" 50万农民过上"都市生活"	/125
市郊九大工业区"好戏连台"	/127
引太湖清水济申城	/129
上海制成"氢能发电机"	/130
四年"长"出两个澳门	/132
千里海塘将穿新"外衣"	/134
饮水:将接近发达国家标准	/135
一城九镇将现异国风情	/137
上海郊区显示实力水平	/139

通 讯 特 写

秋雨绵绵访虾场	/143
"海上人参"——青蟹	/145
借"鸡"生"蛋"	/147
愧对子孙的浩劫	/149
她从乡间小路走上歌坛	/158
洋学生做客洪庙乡　一昼夜结下难忘情	/160
金秋南桥观"行街"	/163
新时期呼唤焦裕禄式干部	/165
中华鲟放流长江目击记	/167
决战前夜话指挥	/169
巡天遥看太浦河	/171
太浦河工程方案是怎样设计出来的	/173
携手下好太浦河这盘"棋"	/175
决策	/177
湄洲妈祖——"海峡女神"	/185
引导农民走向市场	/187
迎难而上　构思精巧	/190
到太平洋钓鱿鱼去！	/192
妙哉！迷你香猪	/194
中外名犬风姿可掬	/196
中医世家新传人	/198
赶着黄牛奔小康	/200
"五朵金花"竞艳	/202
让"清贫"与教育告别	/204

目 录

"火洲"沙疗记	/207
上海有"桥乡"	/209
戈壁"海市蜃楼"	/211
十年大桥梦成真	/213
"桥乡"变"侨乡"	/220
水利是城市的命脉	/222
小城镇：村庄里崛起的"都市"	/224
笑傲杭州湾	/227
到乡下安个家	/236
商机在市场	/238
"小茅台"一举走红	/241
发挥优势　再创强势	/243
奉贤五十万珍禽"飞"全国	/245
看"航星"怎样走出去	/247
申城内河"驯水"记	/252
走进农家的女博士	/254
千里海塘行	/256
"从水资源管到水龙头"	/260
奉贤从严治党动真格	/262
坐着轮椅上学来	/266
塞外哈密瓜扎根申城	/268
西渡有个"地球村"	/270
工程水利转向资源水利	/272
到海上钓鱼去！	/274
奉贤经济"大合唱"	/276
李子园新风	/279

一份沉重而美丽的承诺	/282
巧手编织锦绣路	/285
毛笔练秃数十支	/287
最大心愿：让村民得实惠	/289
"为群众解难是我的责任"	/291
遨游在"戏服王国"	/294
春申村里处处春	/296
奇花异草入眼来	/298
让鲜花四季常开	/300
用琴声叩开黑暗	/302
"母亲河"的忠实儿子	/304
折纸，折出精彩	/307
严防病从"口"入	/309
泰日镇每月"干群对话"	/311
市郊兔场的国际市场路	/313
"他们也是我的家人"	/315
"良心"农业的探索者	/318

观 察 思 考

征地"一锅端"——能人当辅助工　改革招工制——留下种菜高手	/323
上海郊县建筑业为何竞争不过江苏？	/326
各方张口乡镇企业成了"唐僧肉"	/329
"堤内损失堤外补"新传	/332
"西瓜热"升温的忧虑	/334

目 录

何不设桃花为第二市花？	/336
"国宝"面临种群灭绝危险	/338
种粮农民的困惑	/340
农"官"们的苦恼	/343
耕地在呼唤	/346
上海鳗苗生产亦喜亦忧	/348
到哪里去捕鱼？	/350
海水养殖应向多品种发展	/352
治一治"水上盲流"	/354
大上海：面临水的挑战	/356
让"水"走向市场	/358
蟹笼大闹东海　海蟹陷入重围	/360
"朗德鹅"为何向天哀歌	/362
政府应为农民造座"桥"	/365
千船竞发滥捕带鱼　十年保护成果毁于一旦	/367
养肉山羊　有大市场	/369
市郊养鳗业为何止步不前	/371
苏州河何日水清清	/373
申城何日绿草茵茵	/375
水患困扰大上海	/377
长江鳗苗蟹苗产自家门口　上海为何近水楼台不得月	/384
让"洋鱼"上餐桌	/386
"洋"瓜果称雄沪上　排"家谱"根在中华	/387
市郊工业名牌雄风不再	/389
上海宜建开敞式挡潮闸	/391
种养业"趋同化"潜伏隐忧	/393

谨防重现"人追鱼"	/395
东海带鱼到哪里去了？	/397
洪涝仍是心腹大患	/399
唤起全民共治水污染	/401
目标：引长江水济申城	/403
水土流失何时休？	/405
该为水利事业建"造血库"	/407
上海的水是多，还是少了？	/409
上海，为何"近水楼台不得月"？	/411
奉贤家具沪上闻名　没有品牌实在奇怪	/413
带鱼小黄鱼货多价廉：喜耶，忧耶	/414
申城：地下水亮"黄牌"！	/416
"九马"乏力难奋蹄	/418
近海酷渔滥捕为何愈演愈烈？	/420
专家说：休渔，保护大闸蟹	/423
环境水利正向我们走来	/425
"朝阳产业"还需快马加鞭	/427
城市绿化：要草，更要树	/429
农村老人谁来爱？	/431

后记　　　　　　　　　　　　　　　/433

新闻消息

围海造地廿五年　崇明新增半个岛

垦区共产粮20亿斤产棉100万担安置知青10万人

到今年8月下旬,我国的第三大岛——崇明岛的总面积已经由解放初期的608平方公里,增加到1 083平方公里,增加了百分之六十五,等于新增了半个多崇明岛。

从1956年到1981年这25年中,全岛围海造地595 900亩,占上海解放以来围海造地的70%以上。自围垦以来,崇明垦区先后新建了八个市属国营农场、两个军垦农场、一个人民公社和相当于公社建制的绿华农工商联合公司。还有县办良种场、种畜场、林场、养殖场和若干生产大队和生产队的"五小"工业、副业基地。据不完全统计,这些场、社、队共生产粮食20多亿斤,皮棉110多万担,上市的猪、禽、蛋、鱼等副食品占崇明全县一半以上,还为上海市区安置了数以十万计的知识青年。

崇明岛是长江口淤积的最大沙洲。唐代末年始建崇明镇,由于沙洲动荡不定,此露彼落,两百多年中曾五迁县址。由于崇明岛把长江水劈成南北航道,长江每年倾泻的5亿吨泥沙有相当部分在长江口沉淀淤积,使崇明岛有了得天独厚的自然条件,滩涂资源十分丰富。解放以来,特别是农业合作化以后,崇明县把开发崇明岛作为一件大事来抓,经常有一位副县长分管这个工作。崇明围海造地主要有五种形式:一是国家投资,现有的市属国营农场基本上是国家投资围垦的。二是县投资,县围垦,县经营，1959年全县围垦13万亩，新建了两个县属农场（后划归市属）。三是国家和集体共同投资，县组织公社围垦50 200亩，联合经营，成立了绿华农工商联合公司。四是县统一规划，几个公社共同投资，联合围垦，在此基础上组织移民定居，建立人民公社。五是以公社为单位，组织生产大队就近小面积联合围垦，用以发展农、副业生产，往往当年围垦，当年得益。实践经验证明，由县组织公社联营或由公社就近组织生产大队围垦，具有投资小、收效快的优点。如以第四种形式兴办的新村垦区，1973年建立公社，经过几年艰苦奋斗，到1981年棉花油菜籽的亩产量都跃居全县第一。又如以第五种形式开发的陈家镇公社1980年围垦后建了副业场，当年盈利2万元，1981年盈利增加到6万元，年终人均分配600余元，比内地务农社员高10%以上。目前已成为鱼类、蚕豆、刀豆、芦笋、生梨、厚皮西瓜等罐头出口的原料基地。

崇明县在按计划围垦的同时，还积极地开展保滩护坎，工程促淤，为今后大规模地围海造地打下基础。崇明人民憧憬着美好的未来，他们打算明年再围垦25 000亩，到2000年，按计划再围垦40万亩，全岛的总面积将达到1 200多平方公里。那时候，崇明岛围垦的总面积将达到600多平方公里，等于解放初期的两个崇明岛。

（原载《解放日报》1982年8月27日第01版头条）

本市规模最大的一项人工促淤工程

崇明团结沙截流大坝合龙
三年后可围垦近十万亩地

在崇明岛东部海潮中,一条长2 500米的截流大坝,已于最近完成合龙工程。隐现在浪涛中的团结沙和东旺沙,由此与崇明岛连接了起来。

团结沙截流大坝的合龙,标志着本市一项规模最大的人工促淤工程,开始收效。崇明岛与团结沙之间,就如人工布下了一只巨大的"口袋"。凭着海潮和长江水的相互推力,不用舟载楫运,日夜不停地给这里送来成千上万吨泥沙。这片约有近10万亩大的海涂水面,经过工程促淤,可以开垦建设成四个中等规模的人民公社。

日前,笔者沐着凉爽的海风,饶有兴趣地登上这条截流大坝。近旁,海草青翠,芦竹茂密;"袋"中,潮流遇坝折回,泥沙随着留下。负责设计的一位工程师兴致勃勃地说,在团结沙工程的这只"口袋"里,现在平均已经淤涨了3米左右高的泥沙,再过三年,当"口袋"里装满泥沙的时候,就可以围垦了。

团结沙是由长江泻泄的泥沙淤积形成的,50年代末、60年代初,才裸露出水面,当地渔民称它为甲鱼沙。后为纪念海岛军民共同抗击台风防汛救灾,70年代初改名为团结沙。由于海潮侵袭,与团结沙隔水相望的崇明岛白港地区,前几年海堤每年要崩坍进50多米，严重威胁着这一地区4 000多亩土地的安全。为保滩护坎，滞流促淤，让团结沙、东旺沙和崇明岛连成一体，给日后围垦创造条件，1979年3月，崇明县在市有关部门的支持下，经过专家教授的悉心指导，几经勘测，拟定了筑坝截流、堵泓促淤的施工方案。

担任施工的技术人员和民工们，利用当地丰富的芦竹资源，结扎柴排沉放坝槽，顶部抛石压实。为了降低成本，两滩的坝身，则用塑料灌土袋和芦柴捆作心，节省了不少石料。在去冬施工的关键阶段，民工们冒着零下七八摄氏度的严寒，赤手拽绳定位沉排，手指被绳索上的冰凌划出一道道口子，仍坚持苦干。在这之前，他们试验梢屏系石截流。就是将几米长的树枝梢，结扎成"X"形，在交叉处放上石块，沉入水中。水流中有了一道道树梢屏障后，流速减慢，泥沙沉淀得更快。在南京召开的全国海岸带、海涂资源调查、海岸工程和河口海岸泥沙问题学术讨论会上，工程促淤和梢屏截流，获得了有关专家教授的好评，认为"梢屏截流是技术上的创新，为今后围海造地工作打开了新路。"

地处长江口的团结沙，地理气候条件十分优越。再有三度春秋的促淤后，这个近10万亩大的新陆地开发为新垦区，将成为向上海市区提供大量农副产品的又一新基地。这条由上海市政府拨款400多万元建成的截流大坝，对于开发本市沿海丰富的海涂资源，加快围海造地进程，促进长江主航道的整治，都有重要意义。崇明岛白港地区的坍滩险情，也得到解除，每年可节省保滩工程费300多万元。

（原载《解放日报》1982年8月28日第01版头条）

康家宅大队实行队长承包经营成果责任制后

队长安心当家　生产蒸蒸日上

责任制规定生产队长不承包责任田，不固定劳动地点，着重抓全队生产平衡发展，根据全队净收入好坏确定基本报酬多少

【编者按】联产到劳生产责任制在本市郊区农村逐步推广以后，生产队长怎样在新情况下做好工作，如何调动队长的积极性，是一个要好好研究的问题。宝山县庙行公社康家宅大队是个菜区，他们经过摸索，找到一种办法：把生产队长的基本报酬同队的经营成果联系起来，就是哪个队长经营得好，那个队长就收入多。近两年的实践证明，这个办法是行之有效的，壮了集体，富了社员，生产队长和社员双方都比较满意。

郊区各县、各社的情况不同，不一定都采用一种办法。但康家宅大队同志们面对新情况解决新问题的精神和作风，是值得大家仿效的。

上海市郊区农村在社员实行联产到劳的地方，怎样核定生产队长的劳动报酬，是一个急待解决的问题。宝山县庙行公社康家宅大队的做法，是把生产队长的基本报酬同经营成果联系起来。这样，队长安心"当家"，精心经营，农、副业生产迅速发展。

康家宅原是以菜为主的菜粮夹种区（去年改为纯蔬菜大队），各种责任制搞得较早，农业生产有较大起色。可是，在一片欢庆丰收声中，全大队十个生产队仍有五个生产队长请求辞职。究其原因，主要是这些同志认为当生产队长"工作上吃力，经济上吃亏"。大队党支部由此感到：实行联产到劳生产责任制后，队长的经济收入按照过去同等劳力计酬的办法已经不合时宜，要稳定生产队干部队伍，需要寻找新的计酬方法。在公社党委的支持下，大队党支部在广泛征求干部群众意见的基础上，决定除了继续抓好队长的岗位责任制外，生产队长不承包责任田，而承包生产队的经营成果。生产队长不固定劳动地点，看到哪个地方有薄弱环节，就到那里去参加劳动，解决生产中的问题，使整个队的生产能平衡发展，根据生产队经营成果（净收入）好坏，来确定队长基本报酬的多少。这个大队的陆家角生产队把队长的基本报酬和经营成果相连后，生产队长一心扑在集体生产的经营管理上，千方百计地提高经济效益，除抓住蔬菜生产这一头外，还大力发展集体养殖业，办起了养鸭养鸡场，翻建和新建了养猪场，落实生产责任制。去年，农副业生产位居大队第一，社员每个劳动力平均分配达到 1 200 多元，是 1977 年的 3 倍，1978 年的近 1 倍。生产队长朱龙法经济总收入近 2 000 元。今年 1～9 月份，生产队净收入达到 6 万多元，比去年同期增 36.6%。

生产队长的基本报酬和经营成果联系起来以后，康家宅大队出现了队长安心"当家"，社员争当队长的新局面。周孟生产队在一年挂零的时间内曾走马灯似的换了四任队长；1981 年，生产处于全大队倒数第一名，社员每个劳动力分配只有 300 多元。今春改选队长时，26 岁的青年社员孟长发站出来说："让我当队长，我保证蔬菜生产进入全大队前四名！"噼噼啪啪一阵掌声后，孟长发做了生产队的"当家人"。他拜家住本队的大队蔬菜技术员老周为师,潜心钻研蔬菜生产技术,和全队社员苦干了一番,生产直线上升,到 9 月底,净收入已达到 52 000 多元,比去年同期增加近 2 倍,诺言变成了现实,蔬菜生产名列大队第四名。预计今年年终社员每个劳动力平均分配可超千元,将是去年平均分配水平的 3 倍。

(原载《解放日报》1982 年 11 月 15 日第 01 版头条)

大包干使昔日缺粮队翻了身

奉贤江海公社三个生产队试行一年初见成效

记者从有关部门获悉：三年两头完不成国家征购任务，甚至靠挖储备粮装门面的奉贤县江海公社跃进十队、树园二队和树园十三队，去年三秋试行大包干后，今年早稻一季超额完成国家征购任务，结束了近几年来欠产靠挖储备粮维持局面的状况。

日前，江海公社主任王安石眉开眼笑地告诉我们，大包干给江海公社的一些生产队带来了生机。去年三秋前夕，跃进十队、树园二队、十三队，按社员群众的要求搞起了大包干。划田承包的当天，有的社员从当晚一直干到第二天凌晨；一些女社员早上出工带了小囡拿了饭，铁搭、沟铲、粪箕挑了一大担。大忙之中，上调"天兵天将"（在国营、社队企业工作的亲属好友），下调"虾兵蟹将"（家中少男小女），挤出休息时间，一齐上阵助战，三秋进度快，质量好，待全大队完成收种任务时，跃进十队已对二麦施上了一层黑油油的河塘泥。

搞了大包干责任制，农民恢复了对土地的感情。去年三秋时，这三个生产队，油菜秧从浜滩头种到岸头边、水渠旁；昔日的茅塘翻了身，贫瘠地上长出了好庄稼。前几年"大锅饭"，人心离农，粗耕粗种，农田缺少有机肥，只能靠"田粉飘飘，氨水浇浇"，增了农本，坏了土壤，减了产量。大包干后，农民首先想的是怎样养田。家家户户罱河泥,畦畦庄稼浇河泥。除此之外,还纷纷外出购买有机肥料:跃进十队,一个冬春,社员借农船到县城买粪2 000多担,大年初一,一户社员夫妻俩摇了一条8吨大船买粪150担。树园二队、十三队有的社员买了大粪后,由清洁所的粪车直送田头,不少社员还纷纷向大队养猪场、公社奶牛场购买有机肥料。

"田是黄金板,人勤地不懒。"今年夏粮登场,跃进大队减产8万斤,大包干的跃进十队在夏粮实种面积比去年少4亩多的情况下,总产仍增了380斤,二麦亩产397斤,油菜籽亩产415斤,双双跃居大队第一位。今年早稻全大队普遍减产,但十队减产幅度要小得多,亩产仍获大队第二名。这个队1979年、1980年没有完成国家征购任务,今年22 700多斤征购任务,早稻一季就交售了27 900多斤(超售5 200多斤)。目前,社员们还为3 000多斤麦粮放在仓库里无法处理出虫而发愁。十队的干部们说,如果后季稻亩产平均能够收到650斤,加上上半年余粮,社员将近有半年的余粮(不包括3 000多斤蚕豆、黄豆、大青豆、羊眼豆和芝麻、绿豆、赤豆)。社员邹克其,一家五口人,忙时种好承包田,一年腾出三四个月从事理发、卖棒冰、卖苗鸡苗鸭、养肉用鸡、自留地种辣椒出售、秋冬割芦苇变卖等,预计全年种田、副业、劳务收入可以超过3 000元。树园二队,社员平均每年缺粮两个月,大包干使昔日的缺粮队翻了身。今年早稻收割后,不但超额完成了全年国家征购任务,而且社员手中有了1万多斤余粮,到现在,全队还有一半左右的社员家里的早稻谷基本上还没有动过。原来生产基础较好的树园十三队,近几年完不成征购任务,去年把储备粮挖光。大包干后,生产回升,今年早稻上场后,就完成了征购任务。大包干责任制,还解决了农民多年来缺柴的问题。在跃进十队,往年不少社员缺柴烧,包干后,社员勤翻晒，损失浪费少，全队平均余柴两个月，自家烧不完，上半年还出售给造纸厂100多担。

　　江海公社的同志说，发达地区有不发达的地方，高产地区也有低产穷队，各队情况不同，责任制形式应当有别。我们公社三个生产队搞大包干，是在学习考察了浙江的慈溪、江苏的宜兴、安徽的凤阳后，根据干部社员的要求才试行的，这是群众实践的结果。（记者朱瑞华　通讯员高克严）

（原载《解放日报》1982年11月15日第02版）

郊区社队企业一桩新事——

纪王公社化工厂试行厂长承包制

承包前亏损一万多　承包后第一个月就盈利三万八

上海县纪王公社化工厂,从1982年11月起,用招贤投标的方法,试行厂长承包责任制,承包后第一个月就盈利38 000多元。

纪王公社化工厂,是生产氯化锌、氯化钙为主的社队联办工厂。近几年来,由于原主要负责人作风不正,经营管理不善,工厂几乎关闭。为了摆脱困境,去年10月,公社党委决定在这个厂公开招贤投标,提出:1983年上交20万元利润,谁来干?公社党委这个决定一公布,轰动了全厂,经过两天的酝酿,先后有四位同志要干,承包利润指标像跳高架上的横竿逐渐往上挪,最后上升到30万元。六七届高中毕业生、厂供销员吴伯豪,以改革工艺、降低成本、压缩非生产人员、健全职工岗位制这四条切中要害、切实可行的"治厂施政"方案,赢得了全厂职工的信任,取得了承包的资格。吴伯豪邀请共产党员朱小弟(原来是副厂长),再加上业务员顾海林,共三人组成厂承包组。经上级批准,由吴伯豪任厂长,朱小弟任副厂长,实行厂长承包责任制,在厂党支部的领导下,行使工厂的一切生产业务和行政事务的领导权。

厂承包组和公社工业公司签订了利润指标的包干合同,定利润指标30万元(其中上交公社20万元,纳税6万元,固定资产设备投资4万元);全厂各级干部、技术人员、职工的工资和奖金,按责任大小、贡献多少和平时岗位考核的成绩评定,盈则增,亏则减;承包组人员的工资报酬,根据工厂经营成果的好坏来确定,经营成果好,月工资高于职工平均额的30%,另外还有一笔奖金,经营成果差,月工资低于职工平均额的30%。

化工厂实行厂长承包责任制后,承包组的三名成员,就把铺盖搬进了厂。白天,他们和工人们一起干,晚上,三个人聚集在一起共同研究。为了降低成本,厂长吴伯豪亲自出马,外出采购锌渣,代替锌原料,生产氯化锌液,这样,每吨可节约200余元。目前,1983年生产所需的化工原料大部分在着手落实。由于责、权、利明确,进一步调动了职工的生产积极性,许多职工白天下班后不休息,晚上还跑到厂里义务加班。厂长承包制使工厂"起死回生",去年10月查账时,剔除"水分",不但没有盈利,反而亏损1万多元;承包后情况大变,第一个月就盈利38 000多元。

(原载《解放日报》1983年1月4日第01版)

奉贤八百干部下乡抓好承包合同

解决春耕中的问题和明确承包户责、权、利

到本月上旬,奉贤县已有 2 680 多个实行联产承包责任制的生产队与承包户签订了承包合同。它使 100 750 多家农户和国家、集体间的责、权、利关系以立约形式确定下来。这是中共奉贤县委为完善承包合同制,春耕前组织县社两级八百多名干部下乡后出现的新成果。社员们说,30 年前,土改工作队下乡,帮助我们实行耕者有其田,今天,县社干部下乡,帮助我们解决耕者责、权、利。

奉贤县已有 90% 的生产队实行了联产承包责任制。县委在调查摸底中发现,其中有相当部分队只落实承包对象和责任田,没有书面合同;有的队虽有书面合同,但订得比较粗糙,国家、集体、个人三者之间责、权、利关系不大明确。由于合同制不健全,不少承包户心里不踏实。为了完善联产承包责任制,春耕前夕,奉贤县委从县社两级抽调了 800 多名干部,分别由 32 名科局长和 69 名公社正副书记、主任带队下乡,配合大队党支部帮助已经实行联产承包责任制的生产队和承包户测算签订承包合同。

肖塘公社陈湾大队原来生产基础比较好,联产承包后,不少社员曾认为粮食包干指标定高了,万一将来达不到,会影响口粮和经济收入。县下乡干部通过调查分析和算细账,使承包社员看到现在定的粮食包干指标低于前五年粮食的平均亩产量,增产潜力不小,完全有产可超,于是愉快地签订了承包合同。头桥公社一些生产队长原来片面认为"土地包到户,队长无啥做",因此,将早稻育秧等一些宜统的农活也没有统起来。县下乡干部发现这一情况后,及时和公社党委取得联系,用两天时间,召开了全公社生产队长、示范户和育秧员会议,重申由生产队选派有经验的老农统一育秧,使缺乏育秧技术的承包户解除了后顾之忧。江海公社30多名干部下到树园大队后,农、副、工三项合同一起抓。并帮助大队设立成果奖,年终开展评比,生产队粮棉第一名承包户得奖50元,第二名30元;全大队第一名,大队加奖100元。这一决定在大队签订合同仪式的社员大会上宣布后,承包社员无不欢欣鼓舞。(记者朱瑞华 通讯员周兆熊 高克严)

(原载《解放日报》1983年4月15日第01版)

对完善农村生产责任制作新的探索

竹筱九队开始向专业化社会化发展

5名社员承包全队粮田,27名社员专业种植经济作物,17名社员一门心思搞副业

【编者按】嘉定县嘉西乡竹筱村第九生产队在落实秋播计划时,从本队的具体实际出发,实行分工分业,走专业化、社会化生产的道路。这是为完善农村生产责任制所作的一种新的尝试,新的探索。

本市郊区农业生产责任制的实行和发展,经历了从定额包工、联产到组、联产到劳和统一经营、包干分配等几个不同的发展阶段。目前,由于建立承包责任制的时间还不长,更由于队情不同,不同形式的生产责任制,还需继续稳定和完善,不宜轻易变动。但同时也要看到,本市郊区经济比较发达,承包责任制又激发了广大社员的生产积极性,这就为综合承包转向专业承包,走专业化、社会化生产道路,加速商品经济的发展,创造了有利条件。把农民分户专业承包与专业化、社会化生产结合起来,有利于发挥集体所有制的优越性和家庭经营的积极性,也有利于郊区农业生产责任制的进一步完善。竹筱九队的尝试和探索,可供有关方面参考。

"家家粮棉油、户户小而全"的生产经营方式,目前正在向专

业化、社会化的方向发展。嘉定县嘉西乡竹筱九队已开始实施专业化、社会化生产的蓝图：秋播计划下达后，干部社员群情激奋，国庆节刚过，商品粮专业户为下个月播种 22 亩小麦积了 200 余担草塘泥，经济作物专业户承包的 45 亩白蒜在 10 月 5 日前全部下种；副业生产上的专业人员正在为即将"落户"的第一批雏鸡建造符合科学管理的生活设施。

竹筱九队实行联产承包责任制后，务农社员分别承包部分粮食作物和经济作物，田块比较分散，有碍茬口调配和水旱轮作；一些有技术专长的社员迫切要求从事单一项目的专业承包走专业化、社会化的道路。嘉西乡党委尊重农民群众的意愿，在落实今年秋播计划时，会同村党支部帮助生产队与承包专业户签订合同，试行分工分业。全队 54 名务农社员中，从纯农户、多农户中将逐步安排 8 名社员进社队企业外，自报公议，由 5 名身强力壮的中年社员分户专业承包全队 90 亩粮田，上交 11 万斤商品粮；27 名社员（女社员占多数）分别专业种植近 90 亩油菜、白蒜、棉花等经济作物；17 名男女社员专业从事种植和养殖等副业生产；此外，生产队还专门配备了 2 名幼托保育员、2 名清洁员，生产队长不具体参加某一项目的专业承包，他的经济报酬直接和整个生产队的经济效益相关联。乡党委负责同志对记者说，经过逐项测算，在正常年景下，这个生产队从事商品粮、经济作物和副业生产专业承包的"三业"人员年终收入，将高于社队务工社员的年收入。

商品粮、经济作物和副业生产实行分工分业，专业承包，迫切需要各行各业为专业承包户提供生产前、生产中以及生产后的服务，使之逐步地向社会化生产方向发展。为适应这一新形势，10 月 3 日，公社有关服务公司分别与承包专业户签订了服务合同。公社农业服务公司提供农作物的栽培、植保、育种技术和水稻工厂化育秧,公社副业服务公司承担蘑菇、香菇、养鸡、养猪的技术指导,公社农机管理站、大队机耕队将进行土地耕作、田块平整、机械开沟、秧苗机插和稻麦收割方面的服务。合同还规定,当专业户需要进行生产前、生产中和生产后的服务,各专业公司有关人员接到通知后,务必在 24 小时内赶到生产队,为承包专业户提供各种服务。

(原载《解放日报》1983 年 10 月 15 日第 01 版头条)

适应农村食品工业蓬勃发展形势

胡桥公社食品机械工业配套成龙

社队两级拥有三十多家食品机械厂,生产一百多种机械

奉贤县胡桥公社为适应农村食品工业蓬勃发展的新形势,借助社会上科技力量,建立起我国第一个社队食品机械制造体系,已能成批生产汽水饮料、饼干、糖果、食品糕点、冰激凌、豆浆和包装纸箱等成套机械加工设备,行销全国。据统计,仅去年向全国农村提供食品机械计100多个品种,达3 200多台件,产值3 000多万元,利润占社队企业的三分之二。去年11月,农牧渔业部组织"中国农产品加工贮藏考察团",胡桥公社作为全国社队工业的唯一代表,被选入团赴日考察。

胡桥公社社队食品机械工业的发展,是以生产膨化机为发端。1980年10月,胡桥机修厂研制的膨化机在全国社队产品展销会上引起轰动,当场订货31台,成交额位居展销会之首。随着党的农村政策的落实,农民迫切要求对完成交售任务后的剩余农产品进行粗加工、精加工;而富裕起来的农民对食品的口味需求会越来越高,因此,发展农村社队食品机械具有广阔的前景。在上级领导部门的支持下,由公社工业公司统筹安排,分工布点,狠抓食品机械工业的专业化生产。组建了"胡桥公社食品机械总厂",以总厂和几个主要社办厂为"龙头",队办厂为"龙身"、"龙尾",本着复杂产品社办厂生产、一般产品队办厂生产的

原则,把全公社30多家食品机械厂串成"线",连成"龙"。各食品机械厂经济上独立核算,由公社工业公司统筹生产计划、销售,从而形成了专业化生产。

胡桥公社十分重视借助社会上的科技力量。去年,在有关部门的重视和支持下,成立了"胡桥工业公司科技顾问委员会"和"胡桥食品机械设计研究所",聘请了92位科技人员为兼职顾问,主要为食品机械工业的发展提供技术、管理决策咨询,推荐科研成果、新技术等,并与市区10多家科研单位联系挂钩,形成了强大的技术后盾。另外,公社还拨款20万元,办起了1所技工学校,为公司培养技术后备力量,还有17名青年被送往大、中、专院校深造。(通讯员孙明德 孙新弟 记者朱瑞华)

(原载《解放日报》1984年2月24日第02版)

郊县建筑大军初显威力

八万农民进城　着意妆扮上海

去年竣工面积占全市竣工面积三分之一以上，工业建筑、高层建筑也能承建，质量逐年提高

郊区农村中的能工巧匠纷纷把眼光投向城镇建筑业。这支不转城镇户口、不吃商品粮的农民建筑大军目前已发展到近8万人，开始成为本市基建战线上的一支重要力量和国营施工企业的有力助手。

令人感兴趣的是，据市有关部门的最新统计，名不见经传的郊县建筑队，去年竣工面积达284.48万平方米，占全市建筑企业竣工面积的三分之一以上，承建的工程项目也由原来的一般民用建筑逐渐地向工业建筑和高层建筑发展，工程质量逐年提高。

活跃在本市基建战线上的郊县建筑队，分别以县为单位，将县属工程队和公社建筑队组成县建筑公司，由县公司出面负责与建设单位签订建筑施工合同，南汇、松江、金山等县近几年来先后出动3 000多名职工，参加金山石油化工厂总厂一、二期工程生活设施的施工，宝山、崇明、青浦等县，从去年开始就把施工队伍开进宝山钢铁总厂承建宝钢外围生活设施。

市政建设的需要，农村实行联产承包责任制后剩余劳动力的大量出现，为郊县建筑业的发展创造了有利条件。但目前郊

县建筑队伍的发展不快,在同行中缺乏竞争能力。对此,刚从江苏省考察归来的市建工局有关同志感慨地对记者说,郊县建筑队在工程质量、施工周期、经营作风等问题上面临新的挑战。要大力发展郊县建筑业,一靠党的政策,二靠科学管理。要在经营方式、分配政策和管理制度诸方面进行必要的改革,郊县建筑事业的发展是大有希望的。

(原载《解放日报》1984年5月8日第01版)

上海捕鱼船队远征太平洋海域

跳出东黄海,进行试验性探捕获可喜成果
"东方号""沪渔八〇一""八〇二"今抵沪

跳出东黄海,面向太平洋。本市远洋渔业试验性探捕喜获成果。由海洋渔业调查船"东方号"率领、"沪渔八〇一""八〇二"拖网船组成的本市远洋渔业探捕船队,在太平洋海域圆满完成了试验性探捕任务后将于今日抵沪。这是我国海洋渔业史上的一次可喜尝试。

前天中午12时,记者在复兴岛市海洋渔业公司生产指挥室,通过无线电超短波对讲机,与返航途中、距上海以东145海里(约270公里)的远洋渔业探捕船队中的"沪渔八〇一"取得了联系,进行了无线电对话采访:"沪渔八〇一!公司呼叫,请你们谈谈首次远洋探捕的收获。"

"公司!八〇一听到!"八〇一船长高兴地告诉记者,这次远洋渔业试验性探捕,开阔了视野,锻炼了队伍。对航海、捕捞技术和海鲜的加工诸方面作了综合性的试验,达到了预期的目的。另外,在近十天的试验性捕捞作业中捕获了一定数量的明太鱼、鲱鱼,其中少量已加工成鱼丸、鱼片和鱼糜等11个品种的方便食品。

昨天,市水产局远洋渔业领导小组负责同志在接受记者采访时说,长期以来,海洋渔业生产"龟缩近海、远洋空白"。近几年来，东黄海的黄鱼、带鱼等主要经济鱼类资源衰减，形势要求我们必须尽快开拓海洋渔业生产的新路子，即力争跳出东黄海，面向太平洋。水产局已将开拓远洋渔业列入近期水产工作的重点和"七五规划"，在市有关部门的大力支持下，正在积极筹建本市远洋渔业船队。

本市远洋渔业试验性探捕船队，自6月6日起航后驶离东黄海，到太平洋海域进行了试验性探捕，单次航程1 350余海里（约2 500公里）。

市海洋渔业公司、东海水产研究所、市水产学院、市鱼品加工厂等单位的生产工人、科研人员，联合参加了由市水产局组织的这次远洋渔业试验性探捕船队。

（原载《解放日报》1984年7月3日第01版）

源于上海科研单位　花开各地广大农村

奉贤乡镇食品工业技术扩散全国

去年设分厂 24 家,帮助建新厂 26 家

上海市奉贤县的乡镇食品工业技术,正在向全国广大乡村扩散。仅在过去的一年中,就同 27 个省、市、自治区的 55 个单位建立了经济协作关系,设立分厂 24 家,并为当地新建 26 家食品饮料厂。

奉贤县以胡桥、金汇、钱桥三个乡为主体的 43 家食品饮料机械设备厂,拥有制造生产糖果、饮料、糕点、饼干的成套机械设备的能力,年产 4 000 台,行销全国的 28 个省、市、自治区,成为我国中小食品饮料机械的生产基地之一。全县并以此为基础,形成了 15 家乡镇食品饮料厂,生产的中高档多品种食品和饮料名闻遐迩。近两三年来,外地农村的许多客户纷纷来人来函,除踊跃定购他们的中小系列食品饮料机械外,还渴望得到发展食品工业的技术。奉贤县本着互惠互利的精神,以设备投资、技术联营、技术服务、技术结合、提供配方等形式,支援全国各地,还为各协作单位培训了各类技术人才 6 700 多名。另外,他们还派出了 2 200 多人次分赴各地乡村,开展各种技术服务活动。

网络式的横向经济联系,多形式的技术协作,促进了内地经济的发展。近三年中胡桥乡食品厂帮助全国的 414 家食品饮料厂掌握了食品饮料的加工技术,目前有 70 多家食品厂要求与之

技术"联姻"。钱桥乡美洁食品厂去年下半年帮助浙江慈溪县观城食品厂转产软糖,六个品种的奶糖热销宁波、绍兴等地,观城食品厂去年4个月获利达10万元。金汇乡汽水厂为安徽青阳县的一家园艺场酒厂提供饮料配方,建成了一条年产20万瓶饮料的流水线,使园艺场酒厂每年可盈利10万元。庄行乡的三家食品厂采用技术联营等形式,在15个省、市、自治区的乡村设立了18家分厂,使这些原来常年亏本的单位当年投产当年盈利。江海乡四美味精厂和四团乡酒厂,先后与江苏溧阳味精厂、江西九江赛城湖垦殖总场酿酒厂进行技术协作,从而增强了产品在市场上的竞争能力。广泛而又多形式的经济协作,使源于上海轻工业先进技术的奉贤县食品饮料工艺,在全国广大乡村生根开花。由奉贤支援生产的不少产品,被评为当地的优质产品。

广泛的横向协作,也促进了奉贤县乡镇工业的进一步崛起。市场经济占70%以上的奉贤县乡镇工业,凭借星罗棋布的协作点,成为调整产品结构的信息"窗口"、计划外原材料的补充基地和销售产品的广阔市场。胡桥铁木加工厂的"双层远红外食品烘烤炉"、金汇酿造设备厂的"系列旋转机械蒸煮锅"以及南桥镇的上海裕华包装复合材料厂的"软包装复合材料"等产品的迅速上马,其信息来自协作点上的反馈。全县乡镇工业一年计划外消耗的4万吨钢材和3万吨煤炭及其他原材料,有相当部分来自协作单位的援助。奉贤县的八家食品企业去年协作收入40多万元,占企业净收入的百分之十以上。(通讯员孙明德　记者朱瑞华)

(原载《解放日报》1986年1月31日第01版)

百里江堤百里林　奇花异草在街心

崇明岛林、果、花协调发展

全县林木覆盖率达6%，提前实现"七五"指标

全国平原绿化重点县之一——上海市崇明县，海岛绿化呈林、果、花一起上的新格局。现在，全县林木覆盖率达到6%以上，提前五年实现了"七五"期间郊县林木覆盖率达到5%的指标。全县今年的100万株四旁树木、600亩沿江防护林的营造任务，已于3月5日前超额完成。

崇明曾两次荣获全国平原绿化和全国公民义务植树先进县的称号。近两年来，崇明县在继续抓好周期长的用材林营造的同时，积极发展周期短的桑树、果树等经济林和花卉生产，"长短结合"、"以短养长"。仅去年一年，合兴、城桥、汲浜、鳌山等乡，新栽、扩大了桑树、果树面积2 000多亩，全县一半以上乡的农户在3 900多亩的土地上从事栽培水仙、黄杨、龙柏、苍兰、晚香玉、风信子等花卉的生产。

崇明县还把绿化与美化环境、促进生态效益，发展商品生产和规划旅游事业结合起来。去年，为城桥、堡镇两大县属镇着意点缀了近70个街沿、街心花坛，100多个品种的奇花异草，使新建的瀛洲公园和瀛园里春意盎然。绿化调节了海岛局部小气候，在绿树成荫的地区形成了良好的生态屏障，并为规划拟建中的海岛旅游区选育了品种繁多的观赏苗木。林、果、花协调发展

的结果,使去年全县的林业总收入达到1 033万元,比前年翻了一番,其中经济林和花卉的收入占了林业总收入的70%。

经济林的迅速崛起,增强了营造防护林和用材林的物质基础,调动了海岛人民植树造林的积极性。去年,崇明县还营造了"共青林"、"妇女林"、"老干部幸福林",使得百里江堤百里林,百个村庄披绿装。获市"绿化模范集体"称号的县水利工程管理所,在环岛200多公里的海堤上已植树68.5万株,使70%以上的大堤初步形成了荡滩芦草成园,外坡芦竹成带,内坡树木成林,青坎杞柳连片,既巩固了堤身,又美化了环境。

与此同时,全县加快了农田林网化的建设。以市"绿化模范集体"——新民乡为样板的农田林网化在全县由点及面地迅速铺开,目前全县已有118个村初步形成了农田林网化,占全县村庄的三分之一。(记者朱瑞华　通讯员顾建新)

(原载《解放日报》1986年3月12日第01版头条)

扬农副土特产优势　创新兴日用品名牌

崇明形成十四个出口拳头产品

出口商品额年均递增四成，居市郊之首

被誉为"植物海蜇"的崇明金瓜，最近由市外贸部门出口创汇，从而使崇明县的拳头出口产品增加到14个，成为本市郊县拳头出口产品最多的一个县。

崇明岛素有"长江口明珠"之称，由于受封闭型经济影响，出口产品发展较缓慢。党的十一届三中全会以来，崇明县凭借其海岛得天独厚的自然条件，先后与上海的17家外贸进出口公司挂钩，建立起近百家出口商品生产厂点，生产以农副土特产品、日用电器、针织服装为主的100多种出口产品，出口商品额平均每年以40%的幅度递增，居市郊之首，远远超出郊区出口额七年中每年平均增长24%的幅度。其中水貂皮、鳗苗、兔毛、笔料毛、香料油、薄荷叶、丝瓜络、盐水蘑菇、脱水蔬菜、羊毛衫、电吹风、吊扇、胶木电器等13个拳头出口产品已远销五大洲70多个国家和地区，去年出口解交额达6 865万元，占全县出口商品解交额的三分之一以上。

三面环江、一面临海的海岛小气候和"日长夜大"的滩涂，为崇明提供了丰富的特种动植物资源。为了提高创汇能力，崇明县瞄准世界市场，努力恢复和扩大幽香袭人、堪与英国玫瑰齐名的"崇明水仙"，清口解腻、色泽金黄的金瓜，被列为世界笔料珍品的公山羊领鬃毛"细光峰"等特种土特产品的生产和出口。去年,全县农副土特产品的出口解交额达3570多万元,比前年增加了一半,一些名特优土特产品成了国际市场上的"抢手货"。

  在扩大农副产品出口的同时,崇明努力发挥新兴日用电器工业的优势,争创优质名牌产品。近年来,崇明县与市区有关部门组成了4家联合体,全县现有20多家日用电器专业厂、10多家兼营厂,近一半的工厂生产电冰箱、电吹风、电熨斗、吊扇、电灶、胶木电器等10多种出口产品。其中葵花牌吊扇是本市第一个荣获加贴"商检标签"的出口商品;"万里"牌电吹风的三个出口产品,以质量好获市外委、经委、商检局和轻工进出口分公司的优质出口产品证书,去年,电吹风出口量占全国出口总量的90%。(记者朱瑞华 通讯员顾建新)

(原载《解放日报》1986年3月16日第01版)

庄行乡实现南方水田机械化重要突破

育秧工厂化　　供秧商品化

九个秧厂育出早稻秧苗占全乡七成，被三千农户抢购一空

"家家育秧、户户操心"的局面，在奉贤县庄行乡得到改善。由九个育秧工厂组成的秧厂群体，日前已完成了5 800多亩早稻秧的播种育苗任务，从而使全乡70%左右的早稻秧苗，在"雨纷纷"的清明时节里度过它们的"金色童年"。令人欣喜的是，3 000多户农家抢先一步，成为育秧厂的"客户"。

工厂化温室育秧，是水稻育秧技术上的重大革新。80年代初在市郊一些乡村开始试验。随着农村联产承包责任制的实行、种田大户的涌现和青年农民对科学技术的追求，育秧工厂化、供秧商品化应运而生。庄行乡在市、县农机部门的支持下，每年拨出专款，先后兴建了9座育秧工厂，培训了一大批专业技术人员，使一半秧厂突破了育秧千亩大关，连续几年取得了显著的经济效益和社会效益，吸引了附近三县七乡的农民。本月上旬，记者目睹了这种工厂化温室育秧的情况：但见发芽室里谷种绽露新芽；播入育秧盘内在温室里长成的小苗亭亭玉立；"寄养"在室外尼龙秧棚田里的秧苗，绿化后似片片绿绒"地毯"。随行的农科人员说，这些秧苗在室外"锻炼"半月后，可以像商品一样售给农户移植。

工厂化育秧，与传统的常规育秧相比优势独具。去年庄行

乡 5 000 余亩早稻、单季稻,育秧工厂化后,节省秧田 580 多亩,节约谷种 9 万余斤,亩产比常规育秧增 1 成。

有关农业专家指出,工厂化温室育秧的推广和应用,是我国南方水田机械化的重要突破。(记者朱瑞华　通讯员周兆熊　高克严)

(原载《解放日报》1986 年 4 月 21 日第 01 版)

一月办妥合资企业所需手续　一年不到建成大型联合企业

上海大江有限公司建设快效益高

形成种养加结合，贸工农一体，
日产肉鸡四万羽的出口创汇基地

总投资为1 609万美元的上海市郊第一个种、养、加结合，贸、工、农一体的大型联合企业——中泰合资大江有限公司，经过不到一年时间的筹建，日前正式投产。首批喂养成功的18 000羽世界名种AA肉鸡，不日将宰杀加工后供出口。

再过三个月的时间，这家公司每天将有5万枚种蛋入房孵化，4万多羽苗鸡破壳而出，4万羽肉用鸡出口创汇。其投产速度之快，令外方惊讶不已。泰国正大集团总裁今春在松江考察后称赞："大江"的建设高速度，这在国外也很难做到。

由松江县与泰国正大集团合资兴建的上海大江有限公司，是一家经营家禽良种肉鸡、瘦肉型猪、饲料和肉食品为主的大型现代化联合企业，是多成分、多层次、组合式的新型经济结构。其中有：公司直属的、饲养9 000套祖代肉用种鸡的鸡场、日产4万多羽的苗鸡孵化厂和时产36吨全价配合饲料的饲料厂；由公司从国外引进名牌鸡种、先进设备并提供饲料、苗禽、防疫，由县内10个乡投资4 000万元，兴办一家年产1 550万枚种蛋的"父母代"种鸡场，以及年产1 260万羽的八个商品代肉鸡场。另外，公司还与华阳桥乡联合投资570万元，筹建一个每小时宰杀四千羽出口肉鸡的"上海大江肉食品厂"。这样,整个公司从饲料生产、种鸡繁育、肉鸡饲养、内外销售连成一体,实行专业化、系列化生产。

"大江"是改革、开放、搞活的产物,"大江"的建设更是处处体现了改革精神。上海大江有限公司从去年7月上旬双方签订合同后,得到了国家有关部和市、县有关部门的支持。仅一个月,就办妥了办合资企业所需要的一切手续。首期工程9月份动工后,市府顾问、市人大领导率领市农委、市财办、市计委三个主任和两名秘书长,在"大江"筹建处连夜现场办公,协调解决筹建中出现的问题。市动植物检验所、市商检局、市海关、虹桥机场的同志紧密配合,对引进的良种苗鸡、机器设备,做到随到随验,甚至主动电告"大江"提货。公司的管理人员为了赢得高速度,经过周密的科学论证,果断地决定在鸡场开建伊始,即与外商签订引进良种苗鸡的合同,从而争取了时间。另外,他们在基建施工中实行经济承包责任制,在不到一年的时间里,在2 700亩土地上盖起了24万平方米的建筑设施。

上海大江有限公司的兴建投产,为本市郊区开辟了一个农牧业和食品加工业方面"外引内联"的基地。有关专家说,首期工程全部投产后,仅肉鸡生产一项,预计每年可供出口和内销的肉种鸡苗禽24万套,商品肉鸡1 200万羽,既可为国家多创外汇,又能为国内市场提供大量的良种鸡货源。(记者朱瑞华 臧利春 朱民权)

(原载《解放日报》1986年7月28日第01版头条)

郊区干部在改革实践中树立新观念

城乡经济一体化是振兴上海必然趋势

本报市郊版就此组织讨论,引起广泛兴趣

实现城乡经济的一体化,是振兴上海的必然趋势。上海郊区广大干部经过几年的改革实践和近几个月的讨论,逐步认识了这个趋势,并努力使郊区农村的各项工作适应这个趋势的要求。

"上海农村经济在改革中走向城乡一体化的道路"这个论断,是芮杏文同志代表中共上海市委在今年春天市委召开的农村工作会议上提出来的。上海市委和市政府在充分的调查研究基础上认为:从地域上看,城乡融合、相互渗透的趋势已越来越明显;从市场上看,城乡的相互依存也越来越密切;从经济比重上看,郊区在全市的地位越来越重要。在全市工业生产的150多个行业中,郊区已拥有130多个。党的十一届三中全会以后,全市工业产值净增部分中有四分之一来自乡镇企业;外贸出口和财政收入的增加部分,一半以上来自郊区农村。郊区农民每年生产了约占全市人口消费中一半的粮食,约占全市棉纺工业原料三分之一左右的棉花,供给全市人民自给有余的食油,全市消费的副食品大部分靠郊区提供。这一切都说明,现在上海的农村经济,已经同城市经济联成一体了。

新闻消息

　　为进一步统一人们对城乡经济一体化的认识,并做好这方面的工作,本报市郊版编辑部于今年4月即与市委办公厅、市农委的领导共同商定,约请本市有关领导和郊区十县县委书记撰文开展讨论。

　　市委副秘书长、市委办公厅主任马松山撰文认为:树立城乡一体化的新观念,必须破那种把市区、郊区截然分割的旧观念。它要求我们把实现上海经济发展战略的立足点放在包括市区和郊区在内的5 800平方公里的广阔土地上。市区的各行各业有一个如何向郊区辐射的问题,郊区则有一个如何创造条件,增强吸引力,吸引这种辐射的问题。市农委主任逄树春认为,所谓"城乡一体化"是指打破城乡分离、突破城乡界限,统筹规划,以城带乡,以乡促城,共同繁荣,建立起融为一体的新型的城乡关系。实现"城乡一体化"的途径,不能靠城市的恩赐,也不能搞城乡拉平,而是通过改革,进一步调整农村产业结构,加快发展农村生产力。郊区各县领导结合本地区实际,就城乡经济一体化的问题各抒己见。市委委员、崇明县委书记姚明宝认为,把加快崇明岛建设纳入上海城市总体规划,是实现城乡一体化的客观要求。除了市里将工业扩散项目和相应的设备、资金、物资有重点地武装崇明岛以外,还要对崇明采取一系列的特殊政策。市委委员、青浦县委书记朱颂华从市场学的观点,阐述了郊区应成为大规模的农副产品生产基地,市区是大规模的消费基地,联结城乡经济的桥梁则是流通这个问题。奉贤县委书记姜燮富从本县农村经济发展的现状和趋势,提出了创造宽松环境,走发展"城郊型"经济道路,并在实践中不断探索、完善这一"模式"的观点。

　　发展城乡一体化经济,涉及城乡两个方面。这次以郊区工作为重点的笔谈讨论,引起了郊区广大干部以及邻省一些城市领导的兴趣。本报市郊版编辑部,将把这场讨论继续下去。日后还将请市区有关部门的同志也来参加议论,以统一认识,加速城乡经济一体化的进程。(记者朱瑞华 张荣德)

(原载《解放日报》1986年11月21日第01版)

奉贤农民集资三千万
一年新建两个乡级镇

共造新房十万平方米,千余农户进镇落户经商务工

一个由农民出资,县乡规划的建镇热正在奉贤县乡镇蓬勃兴起。一年来,全县农民已集资3 000万元,建造商业用房、住宅达10万平方米。目前,洪庙、邵厂两个新乡集镇已初具雏形,一些古老集镇按总体规划辟建了商业街和农民进镇落户住宅,促进了农村集镇的繁荣和商品经济的发展。

奉贤县农民集资建镇始于两个新组建的乡。1986年6月,洪庙、邵厂两个乡经市人民政府批准相继成立。按常规靠国家拨款兴建乡镇,需要花费10多年时间。为减轻国家和地方财政困难,加快乡镇建设的步伐,经过全县上下反复酝酿研究,县委、县府决定,发动农民集资建镇。1986年底,奉贤县人民政府批准了洪庙、邵厂乡关于允许农民进镇落户集资建镇的方案。这一政策立即受到了当地农民的热烈欢迎。去年年初,两个主要由农民出资建设的乡级集镇先后破土动工。到去年底,洪庙、邵厂乡700多名农民自筹资金2 000多万元,建成商业用房和住宅近8万平方米。而国家和地方财政拨款建镇的资金只有200多万元,仅占农民集资建镇资金的十分之一。目前,洪庙、邵厂乡的集镇已初具规模,集镇内的路、水、电等配套设施也日趋完善。

农民集资建镇的巨大成功,使全县很快出现了一个由农民出资改造农村老乡镇的好势头。奉城镇建镇早于县城南桥镇,是奉贤县东部地区的经济、文化中心。由于集镇建设缓慢,不能适应农村商品经济发展的需要。去年,这个镇农民集资786万元,结合旧城区改造的规划,已兴建商业用房、住宅1.3万平方米,相当于前28年靠国家拨款建房面积的总和,使古镇换新貌。另外,庄行、柘林、塘外等乡的农民,也先后在原有的集镇上辟建商业街和住宅。

随着新兴乡村集镇的崛起和老镇新型商业街的辟建,吸引了近镇邻乡的农民向第三产业转移。现在,全县已有1 000多家农户经批准退田后自理口粮进镇落户,经商务工,兴办第三产业,既繁荣了农村商品经济,又有利于发展农业生产的适度规模经营。(朱瑞华 周良)

(原载《解放日报》1988年3月4日第01版)

上海市郊最小的一个乡为城市提供大量淡水鱼

奉新乡成为市郊三大淡水鱼养殖基地

市郊新设立的奉贤县奉新乡,经过10年的艰苦创业,如今已成为市郊三大淡水鱼养殖基地之一。自1980年创立第一淡水鱼养殖场以来,现有精养鱼场1818亩,累计为上海市场提供商品鱼2664.55吨,平均每年以50.9%的速度递增。同时,渔民的年劳均收入也由1980年的480元猛增到去年的3717元,超过了务工农民的年劳均收入,闯出了一条从事副食品生产也能致富的新路子。

奉新乡虽属市郊规模最小、人口最少的一个乡,但全乡11公里海岸线占奉贤县全县海岸线的三分之一,占有海涂资源优势。1978年,奉贤人民在一片芦苇丛生的荒海滩上围垦近万亩,创办了第一淡水鱼养殖场。1984年4月经市政府批准建立奉新乡后,又建立了第二淡水鱼养殖场。奉新乡决心建设淡水鱼生产基地,为上海大城市服务。为提高亩产量,他们根据不同鱼类的生活习性,实行上层鱼、中层鱼、下层鱼立体养殖,使鱼产量逐年提高。去年全乡的1577亩成鱼塘亩均产量超过500公斤,最高的亩产达到800公斤,居市郊前列。

奉新乡以源源不断的鲜鱼充实着市民的"菜篮子",也就导致了城市大工业将拥有丰富土地资源和副食品资源的奉新乡视为扩散其产品的理想基地。自1979年以来,奉新乡与城市大工业先后办起了一批联营企业,目前已形成了日化、化工、电子电器、五金机械等四个骨干行业,所产沪光牌鞋油和秋月牌檀香粉被评为市优产品,沪光牌地板蜡已打进香港市场,人均创利名列全县前茅。(记者朱瑞华　通讯员周兆熊)

(原载《解放日报》1988年10月11日第01版)

凭借农工贸结合优势　发挥船小掉头快长处
上海郊区外向型经济健康发展
今年1～9月出口商品收购额比去年同期增 34.5％

农工贸结合的新格局,使上海郊区外向型经济获得了健康发展。据市有关部门统计,今年1～9月郊区完成出口商品收购额 26.7 亿元,比去年同期增长 34.5％,预计全年可达 40 亿元,占全市出口商品收购额的 20％,是 1978 年 2.93 亿元的 13.65 倍,翻了三番半多。此外,郊区在吸收、利用外资上加快步伐。迄今为止,已吸收外商投资企业资金 1.5 亿美元,利用承接"三来一补"外资 562 万美元。

随着农村经济体制改革的深入,上海郊区贯彻执行党中央关于沿海经济发展战略方针,走出了一条新路子,在走向国际市场,发展出口商品方面形成了自己的特色:

——农工贸结合优势独具。为了发挥上海的口岸优势,稳定出口货源基地,近几年来,在外贸部门的支持下,上海郊区按照国际市场的要求,与城市大工业出口生产的发展统筹规划,合理配置生产要素,优化结构,采取多种形式,投资兴办了一大批农工贸联营企业。这些"出口大户"企业生产稳定,管理和经济效益都比较好。今年以来,郊区又新发展了 15 家联营企业,使农工贸联营出口企业总数达到 100 多家,形成了出口拳头产品,出口商品收购额占郊区出口收购总额的三分之一。

——乡镇企业成为郊区出口创汇的主力军。上海郊区乡镇企业发挥船小掉头快的长处,去年出口产品收购额占全国乡镇工业收购额的 10%,全市新增外贸出口总额近 40%。今年以来,郊区乡镇企业出口创汇更是迅速发展。目前郊区直接从事出口商品生产的乡、村企业近千家,生产出口商品达 450 多种,初步形成了以轻纺加工业为主体的出口商品基地,成为上海外向型经济的先头部队。据统计,今年 1~9 月,乡、村企业出口商品收购额已突破 24.1 亿元,占郊区外向型经济的 80% 以上,其发展速度大大快于县属和国营农场企业。

——创汇农业跃出低谷。花卉、对虾、活猪和食用菌等 7 个大类 100 多个品种的优质农副产品构成了郊区创汇农业的"主旋律"。去年郊区农副产品出口收购额首次突破 4 亿元,占全市农业生产总产值的九分之一,比 80 年代初期增长了 3 倍多。近年来,郊区凭借上海大城市的科技优势,建立了研究、试验基地,以名、特、优、稀产品为主攻方向,较大规模地开发了鲜蘑菇、香菇、芦笋、对虾、金鱼、菜牛等生产项目,扩大了出口商品的品种。同时,从国外引进了一批良种和先进技术,改变了郊区在禽畜繁育、水产养殖、花卉栽培上的传统方式,提高了农副产品的品质标准,从而使郊区创汇农业形成了新的特色。预计,今年郊区创汇农业比去年有更大幅度的增长。

(原载《解放日报》1988 年 11 月 14 日第 01 版)

借鉴企业标准化管理以保证思想和组织建设

奉贤农村党的工作制度规范化

已建立25项党员教育管理制度和20个基层工作程序

制度规范化、管理标准化,已成为奉贤县农村基层党组织建设的一大特色。经过近几年的努力,迄今,全县已建立完善了5个系列25项党员教育、管理制度和20个基层组织工作程序。这些制度的建立,有力地保证了农村党的基层组织的建设。前时,市区60家大中型骨干企业的党委书记实地考察了该县的一些村党支部工作,纷纷赞扬,这儿的党建工作上等级、上水平。

如何改变近几年来部分地区农村党组织工作的软弱和涣散状况,奉贤县委通过反复调查分析,认为在新形势下要搞好党的基层组织工作,关键是要像企业一样,有可操作性的规范化制度,实行标准化管理,以保证思想和组织建设。为此,县委在这几年十分重视农村党组织的制度建设,注意在实践中逐步总结、充实,并推广。钱桥乡南张村在全县首创党支部任期目标责任制、党员岗位责任制有成效,县委予以总结后,去年在庄行、江海乡试点,今年来以党支部任期目标责任制为主要内容的"党员活动室"遍及全县村党支部。体现党内民主的"党员议事制度"也是由庄行乡烟墩村、洪庙乡洪北村党支部倡导后逐步向全县推行。今年,县委在参照往年有关制度的基础上,又完善了"奉贤县农村党支部工作规范"30条,对农村党支部书记的地位、作用、任务、要求以及与村民委员会等组织的关系均作了明确的规定,使党支部有了可操作性的制度。

为了使这一系列相互配套、形成系列的制度,真正在基层得到落实,县委每年对全县党支部书记进行一次培训,乡、镇党委负责对党支部委员进行培训,将各项制度及规范告之于众,便于运用。头桥乡幸福村党支部书记陈桂生,任职已有10多年,过去开展支部工作,带有较大的随意性。自从有了操作规范后,他围绕着经济工作这个中心,将党支部任期目标责任制、党员责任区、党员联系户、党内外监督小组、外出党员管理、党员评议、党员评比奖惩等15项基础制度公布于众,党支部工作井井有条,生气勃勃,全村也逐年由穷变富。

一整套强有力行之有效制度的实施,大大提高了农村党支部的战斗力,充分发挥了共产党员的先锋模范作用。过去,村党支部书记后继乏人,自从制订了"农村党支部书记选拔和后备力量的培养程序"制度后,通过当地培养、乡镇企业选派、党政机关下村任职等方法,全县296个村党支部书记,初中以上文化程度的有251人,45岁以下占92%,这些德才兼备、年富力强的同志在两个文明建设中起了顶梁柱作用。据统计,四年多来,全县296个村党支部书记在发展农村经济中,没有一个因经济问题受到处理;296个村党支部的9 358名党员参加民主评议活动,合格、基本合格的党员占了99.1%。在一些重大问题和突发性事件面前,农村的基层共产党员们更是身先士卒。近两年来,由于粮食差价因素,粮贩子猖獗。由于共产党员带头,全县连续两年超售1 450万公斤,超过国家定购数的近一半。今年5号台风挟裹海浪冲击了奉新乡海堤,出现了13处险情,全乡200多名共产党员上了第一线,确保了海堤无恙。(记者朱瑞华　通讯员丁惠义)

(原载《解放日报》1990年7月30日第01版头条)

奉贤二建公司实行质量否决权

四年中优良以上工程率占六成

自上而下实行质量否决权,使奉贤县第二建筑公司在市郊同行业中声誉鹊起。截至今年7月,四年来优良以上工程占竣工总项目的60.4%,成为市郊建筑行业中质量过得硬的一支队伍,因而得到了国家建设部领导的褒扬。

近几年来,随着外省市建筑施工队伍大量涌入本市,加剧了建筑业的竞争。为使公司在竞争中立于不败之地,这家公司不在歪门邪道上动脑筋,而是扎扎实实在质量上下功夫,促进了优良工程逐年上升。公司先后荣获全国、市先进集体建筑企业和市重点工程实事立功竞赛优秀科队称号,公司经理万祖明被国家建设部命名为集体建筑企业家。(记者朱瑞华 通讯员周兆熊)

(原载《解放日报》1990年8月27日第02版)

帮助发展集体经济　开展社会主义思想教育

奉贤322名干部昨下村任职

担任村指导员两年，加强村级组织建设

上海全面加强郊区村级组织建设拉开序幕。奉贤县322名县、乡机关干部，昨天打起背包，意气风发，奔赴全县20个乡镇，担任两年村指导员，帮助发展村级集体经济，对农民进行社会主义思想教育。

昨日上午，寒风乍起，322名下村任职机关干部却心热似火。在欢送会上，县委调研员侯永章年近花甲，但老将不减当年勇。他向县委领导表示，下去要像个农民，请领导放心。县建设局纪委书记陈亚玲，孩子只有9岁，丈夫工作单位离家20多公里。昨日离家时，丈夫安慰她："你安心下乡，我辛苦点没啥。"她的公婆鼓励她："你放心走吧，我们会把孙子养得白白胖胖的。"她孩子的班主任也表示，将承担起她孩子的学习辅导。县委组织部陈播军，新婚蜜月未满，昨天告别娇妻，踏上下乡村的路。平安乡党委书记、乡长到村里为下村任职干部安排落实食宿等。

奉贤县委、县府自1988年初起，就组织54个局与56个经济比较薄弱的村实行局村挂钩。经过两年来的努力，已使大部分村摘掉了贫困村的帽子。去年6月以来，县委又先后从县、乡机关抽调了18名干部到18个村担任党支部书记或主任，加强村级组织建设，促进了集体经济的发展。

新闻消息

据介绍,这次下村任职的 322 名县乡机关干部,有几十年从事党政、经济工作的"老机关"干部,有当年从村党支部书记跨入机关大门的农家子弟,有风华正茂的年轻后备干部,也有军装刚卸的军转干部。其中乡镇局党政班子成员 21 人,副处级以上干部 4 人。年龄在 30~49 岁的有 234 人,占下村任职干部的 73%。

为了使全县村级组织建设取得成效,奉贤县委还成立了以县委副书记为组长的领导小组,各乡镇也相应成立村级组织建设指导小组。县委宣传部组织力量编写了对农民进行党的基本路线、社会主义、集体主义、农业为基础、道德法纪等方面教育的辅导材料,供下村任职机关干部参考之用。此外,这批下村任职干部还进行了为期一周的培训,提高自身的思想水平和政策水平。

奉贤县委领导强调,这次抽调县、乡机关干部下村,不是搞运动,不整干部,不批群众,也不搞干部大换班。下村任职的指导员在村党支部的领导下开展工作,把村级组织建设搞好,推进农村的两个文明建设。(记者朱瑞华 通讯员杨林才)

(原载《解放日报》1990 年 11 月 10 日第 01 版头条)

当代"贤人"播"星火"

深秋,既是农家喜获丰收果实时节,又是农家精心播种的佳期。昨日,奉贤县华园宾馆的四个会议室内,上海科技系统的70余名专家与奉贤150多名乡长、厂长围桌而坐。一方频频提问,一方欣然作答,热烈的气氛驱散了乍来的阵阵寒意。这是由上海市科委组织的40家科研单位在奉贤县播科技"星火"中的一幕。

奉贤,据说孔门高徒言偃曾来过这个地方。后人为崇敬贤人,故取名奉贤。县领导对奉贤县名来历的一番介绍,引得这些在座的当代"贤人"们脸上绽开了舒心的笑容。县长袁以星真诚地说,奉贤经济建设取得的成就中,有你们这些"贤人"的一半功劳。县长诙谐风趣的欢迎辞,使这些当代"贤人"们纷纷发布科研新产品、新成果信息。

"防爆电机前途广阔";"适用于宾馆、旅馆及集体宿舍的全自动投币洗衣机有市场";"为山区服务的全自动家用水泵好销";"橡胶地毯";"高效填料分离设备可以开发"……上海电机、橡胶等研究所一批科研新产品、新成果的发布,使在场的乡长、厂长们跃跃欲试。10多名急性子的厂长纷纷与有关研究所所长单独恳谈。下午专家们返市区的时间到了,还不让他们走。柘林乡工业乡长曹友林趁热打铁,当场与上海电线电缆研究所商定了开发共用天线的项目。中国科技大学的KG系列印染助剂新产品成了几家服装厂厂长争相开发生产的俏货。

  昨日,奉贤县县办及乡镇企业的厂长们,还带了本厂亟须攻关的产品样品、技术资料,请研究所的专家们"切脉"、"会诊"。庄行化工厂原来合成盐酸羟胺,只能搞两种产品,成本高。厂长王正华找到化工研究院求援,专家们欣然同意帮助厂方主攻第三种产品。南桥镇新原机械厂与机电部21研究所、上海电机技术研究所商定,攻克0.3毫米不锈钢氢弧焊难关。齐贤机械厂厂长干脆将上海轻工机械研究所专家拉到厂里实地"会诊"……

(原载《解放日报》1990年12月1日第01版)

屯塘鱼　热水鱼　起塘鱼

上海市民一年四季食有鱼

去年淡水鱼人均占有量 9 公斤

　　阳春三月,本是传统的鱼市淡季。然而,眼下却另有一番景象。昨日下午,青浦县淀山湖水产养殖联营场场长朱金根向记者介绍,他们场鱼塘内还屯养了 9.5 万公斤草鱼、鳊鱼、鲫鱼和花白鲢。春节至今,每天凌晨场里用车将近 1 000 公斤的活鱼运送到市区福州路水产商店、宁波路、北京路、吴江路、大沽路等菜场赶早市。虽说是淡季,但鱼价与春节旺季持平,草鱼价格还比原来下降。

　　屯塘鱼、热水鱼、起塘鱼,这 3 个捕捞阶段横贯春夏秋冬,青鱼、草鱼、鳊鱼、鲫鱼、花白鲢等品种鱼,源源不断地淡水鱼产量达到 10 万吨,人均占有量约 9 公斤,跃居全国第二位。

　　上海市民一年四季能够食有鱼,首先是近几年来突破了春放冬捕的放养时间和传统的放养模式,即秋冬鱼塘大起捕后,边清塘边放养,并在品种搭配、规格大小以及对不同亩产量的鱼塘投放鱼苗比例不同上改变放养模式,形成了鱼塘内老口鱼、仔口鱼、夏片鱼"三代同堂"。市水产局郊县处的一位干部高兴地对记者说:"过去 3 月到 10 月份前,淡水鱼很少起捕,现在不少渔场边起捕、边插放新鱼种,使 5～10 月淡季时热水鱼大量起捕,这样既保证了淡季供应,又缓解了秋冬大起捕时出现'卖鱼难'

的矛盾。"据统计,去年在淡季时全市上市热水鱼1.6万吨,比上年增加三分之一。

为适应水产品放开经营的新形势,近几年来,市郊有关乡镇努力拓宽销售渠道,搞活流通,走生产经营型的道路。如小贩长途运销;养殖单位直接送鱼进城,在菜场租赁摊位,在市区自设门市部销售以及与工厂企业挂钩销售等,活跃了市场。松江县新浜乡组建了以经营为主的水产联合公司,实行产供销一条龙,公司选派销售员在市区3个菜场租摊设位销售。嘉定县安亭镇水产公司则在市区自设门市部,与大型企业直接挂钩销售。这样,既解除了生产者的后顾之忧,又搞活了流通,提高了社会效益和经济效益。

令人感兴趣的是,市郊在确保市场淡水鱼均衡上市的基础上,近几年来较大规模地开展了甲鱼、鳗鱼、河蟹、桂鱼等名特优质水产养殖,引进新品种白鲳鱼商品化试养已获得成功。去年,名特优水产单养和面积达到4 355亩,产量86吨。

(原载《解放日报》1991年3月17日第01版)

莫道申城游点少　杭州湾畔添胜景

奉新乡将建成旅游区

九月底承办全国风筝邀请赛

　　海风轻轻地吹,海浪轻轻地摇,地处杭州湾畔的奉贤县奉新乡,一派旖旎风光。如今,这儿沉睡的旅游资源将得到开发,11.5公里的海岸线及沿海滩地,经国家体委批准,将成为今年9月底全国风筝邀请赛的新赛场。这是记者日前在奉贤县奉新乡旅游区开发论证会上得到的信息。

　　奉新乡地处杭州湾北岸,是1984年在围垦基础上建立的新乡。其规模虽属市郊最小,但却是市郊三大副食品生产基地之一。奉新乡西靠著名的对虾养殖基地柘林乡,东邻星火开发区。从上海市区出发沿徐闵线到闵行摆渡往南;或走打浦桥隧道、延安东路隧道及年内通车的南浦大桥,经杨思、三林、鲁汇、齐贤、光明、钱桥乡,约2个小时可直抵奉新地区。奉新乡境内还有一条80米宽的骨干河道金汇港和黄浦江相通,水陆交通颇为便捷。

　　奉新乡辟建旅游区,上海人喜添度假村。据介绍,奉新旅游区开发的蓝图已初步拟就。开发的10大旅游项目包括:辟建600米两个浴区,可同时容纳万人的海滨浴场;搞海滩绿色野餐,可现煮鲜活鱼虾;建立垂钓区,拟设70个钓鱼点及5 000平方米钓虾水面;在80米宽的金汇港内划船,近海汽艇游览;观东海日出，看鱼虾嬉水以及放风筝、射击等旅游项目。

通过多渠道集资，奉新乡今年将投资500万元，首期镇区主要道路两旁绿化工程已竣工由同济大学陈从周教授设计的"欣园"将于今年9月破土。此外乡里还拟建1 000平方米的海鲜、河鲜贸易市场和具有江南乡土特色的住宿场所等。

（原载《解放日报》1991年7月21日第02版）

"八五"期间投资三十三亿元

太湖流域实施十项骨干工程

今冬明春上海太浦河、红旗塘工程开工

记者昨日从水利部太湖流域管理局获悉：国家决定在太湖流域实施10项综合治理骨干工程，今冬明春将有7项骨干工程开工，其中与上海相连的太浦河、红旗塘这2项骨干工程也在其列。

由国家和地方共同筹集，计划总投资约33亿元的10项骨干工程，可在"八五"期间内基本建成，届时，将从根本上改变太湖流域洪涝灾害肆虐"鱼米之乡""丝绸之府"这一江南"黄金宝地"的状况。

经国家批准的"太湖流域综合治理总体规划方案"，坚持蓄泄兼筹，综合利用的原则，重点解决太湖排水出路，增强自身调蓄能力，相应解决杭嘉湖、湖西以及阳澄淀泖及上海市青浦、松江等地区的涝水出路，并统筹考虑航运、供水和环境保护诸方面的利益。

太湖流域综合治理总体规划方案包括10项骨干工程，它们是太浦河工程、望虞河工程、杭嘉湖南排工程、环湖大堤工程、湖西引排工程、红旗塘工程、东西苕溪防洪工程、武澄锡引排工程、扩大拦路港和泖河及元荡工程、杭嘉湖北排通道工程。这10项工程连同面上的河道疏浚和圩区建设，基本形成以太湖为中心，

蓄泄相结合的流域防洪体系。

  据水利管理部门介绍,这举世瞩目的10项骨干工程,总土方量为2.1亿立方米,石方量达300万立方米,营造400余座建筑物和8座大型泵站,总抽水流量每秒达1 100立方米。有关专家称,工程全部完成后,如再遇今年这样的雨情,太湖和沿湖地区的最高洪水位预计可比今年实际发生的最高水位下降0.4~0.65米,减轻灾害的效益显著。(记者朱瑞华　通讯员马青峰)

（原载《解放日报》1991年9月19日第01版头条）

根治太湖水患　提高航运能力　改善上海水质

太浦河整治工程设计方案编成

上海市境内开挖河道 16.57 公里，
工程被批准后下月即可动工

　　为江浙沪太湖流域千百万群众所关注的太浦河河道整治开挖工程的设计方案于日前编就。这项工程旨在根治太湖水患、提高航运能力、改善上海水质，是项为民造福的工程。工程规划一俟上级主管部门批准，今年 11 月即可破土动工。这是记者昨日从太浦河工程主体设计单位：能源部、水利部上海勘测设计院获得的信息。

　　太湖流域人口密集，经济发达，工农业总产值占全国的八分之一，财政收入占全国的六分之一，是我国的"黄金宝地"。全长 57.14 公里的太浦河横贯江、浙、沪两省一市，由东太湖至南大港，经泖河入黄浦江，是太湖流域的一条主要骨干泄洪河道。今年太湖流域发生洪涝灾害，经济损失严重。

　　据这家主体设计单位的副总工程师吴治平、唐胜德介绍，按设计方案，太浦河河道整治开挖工程土方总量近 5 000 万立方米，河道底宽为 110～150 米，河面宽约 200 米，河道底高最深为负 5 米。建造 6 座船闸、39 座套闸、14 座节制闸、10 余座桥梁以及一座容量 300 立方米/秒、专门为改善上海水质的大型抽水站等主要工程。

按照太浦河河道整治开挖工程规划部署,今冬明春重点是开挖通上海市境内16.57公里长的河道(含浙江省境内近2公里),拟采取机械施工与人工开挖相结合的方法,赶在明年上半年汛期前完成约800万立方米土方量。

另据有关专家分析,该项工程完成后,上海市的水质将得到明显改善。同时,黄浦江及苏州河沿岸的防汛设施也将相应予以加高加固。随着"八五"期间太湖流域10项综合治理骨干工程的陆续完工,将可为江、浙、沪地区创造可观的经济效益。(记者朱瑞华 通讯员唐文平)

(原载《解放日报》1991年10月19日第01版)

城乡协作　军民参战　人机结合　科学施工

太浦河工程昨全线动工

共投入 3 万多人员和 700 多台机械

　　昨天上午,川沙县、上海县和市直机关数千名干部群众投入太浦河工程大会战。至此,太浦河上海段已全线开工。15.24 公里长的工地上,目前集结起了一支 3 万多人的开河大军。其中近 3 000 名"民工",是为修筑"样板段"立下战功的驻沪三军和武警总队的子弟兵。

　　昨天的太浦河工地,一片繁忙景象。南北各长 10 多公里的大堤两侧,人欢马叫,机声隆隆。战地广播台播放着节奏明快的乐曲。团市委青年突击总队在工地上宣誓成立。市科技党委、市科委、中科院上海分院、上海科学院、市科协的 50 多名科学家和机关干部,也来到热气腾腾的太浦河工地,他们中有王志勤、杜雨苍、范崇惠、吕也博、沈国雄等知名科学家。只见他们有的挖泥,有的挑土,有的平整河堤,仅一天就完成了 45 立方米土方,平整了 90 平方米的河堤。

　　华东化工学院、法律专科学校两所高校的 600 名大学生昨天上阵,拉开了由教卫办组织的 26 所高校、13 000 人次参加的大学生太浦河大会战序幕。在法律专科学校的工地上,年逾花甲的老教授舒鸿康挥汗大干,而与此同时,他的妻子、儿子也在工地忙碌,一家三口放弃星期日休息出动修水利,在工地被传为美谈。

全市总动员,城乡大协作,军民齐参战,是太浦河工程会战的一个特色。在这支开河大军中,除了郊区农民,还有来自市各大口的产业工人和机关干部,他们和子弟兵一起承担了40%的修筑太浦河大堤的土方工程量。这是上海兴修水利史上前所没有的。

人机结合,以机为主,是太浦河工程会战的又一特色。1 700多万立方米土方的河道开挖,将全部由市内河疏浚公司、水利部13工程局和河南省水利厅第一工程局的新型挖泥船进行。230万立方米土方的筑堤和围堰工程,也有不少以机械完成。市建委、经委、交通办所属单位已调集上工地的大型挖掘机、自卸载重汽车、推土机等工程机械达201台套。市郊各县区将500多台50马力拖拉机改装成推土机或拉土机上阵参战。这支"机械化部队"参与兴修水利,充分体现了90年代的上海水平。

为了高标准、高速度、高效率、高质量完成这一上海水利史上规模最大、耗资最多、施工艰巨的大型水利工程,市指挥部采用了"由小试到中试,再全面开工"的施工方案,以便取得组织人员机械、确保工程质量的完整资料。由子弟兵和松江县修筑的小样板段和大样板段的先后完工,为全线开工提供了各种有效的数据和经验。各路开河大军错开时间进场,又便于众多兵力的展开,亦大大缓和了住宿之难。

如今,进行得有节奏、有章法的太浦河工程大会战,已完成了筑堤、围堰总土方工程量的三分之一。(钟泉　黄辛　朱桂林　朱瑞华　张蕴)

(原载《解放日报》1991年12月2日第01版)

城乡一体治水管水　上海近年成绩不小

本市近期将开展学习贯彻《水法》宣教活动

　　城乡一体，治理水患，统一管水，造福人民。上海已初步形成城乡一体治水的新格局，从而有效地保障了上海经济的发展和城乡人民的生活安定。

　　《中华人民共和国水法》实施五年来，上海的水利建设和管理取得了突破性的进展。据统计，以太浦河水利工程为重点，近三年中全市完成总土方量12 410万立方米，围垦滩涂近10万亩，突破了新中国成立以来围垦土地累计100万亩大关；郊县70万亩低洼地、盐碱地、半低地的治理已告结束，农田灌溉机电化达98.8%，18万亩菜田基本实现了喷灌化，灌溉输水地下化正以每年80公里的速度延伸；为提高防洪抗灾能力，市郊营造了14个大控制片、450个圩区，建成了以2 700公里海塘、江泖圩堤为主的防洪挡潮工程体系；此外，还形成了以18条骨干河道和100多座泵闸为主的分片治理控制工程体系以及以乡村河道沟渠和2 400多座小型泵闸配套为主的农田排灌工程体系，大大地提高了本市抗御自然灾害的能力。

　　城乡一体，军民协作，共同治水，成为近两年来上海水利建设的一个显著特点。上海西部，太湖流域综合治理的头项工程——太浦河工程，经过上海城乡12万军民一年多的努力，迄今，其泄洪能力已达每秒300立方米流量的标准，总土方量为

800万立方米的太浦河二期工程正在紧张地实施；上海东部，总投资为12亿元，具有防洪、排涝、供水、绿化、航运等综合功能的浦东新区水利基础工程开始启动；市中心，具有千年一遇挡潮能力的外滩防洪墙，在完成一期工程的基础上，正在抓紧实施二期工程的建设；拥有现代化设备的苏州河闸桥，去年8月也成功地抵御了新中国成立以来上海历史上第二个高潮位5.04米的袭击；另外，市区400多条河道也纳入市水利部门管辖，为统一治水创造了条件。

但是，据有关方面介绍，由于本市水资源分布不均，水害频繁，污染严重，开发利用水资源不尽合理，优水劣用、损失浪费普遍存在。目前本市已成为相对缺水城市，人均占有量只达4 200立方米，不到世界人均的一半。此外，水事纠纷不断，破坏水利工程设施的事件也不断出现。为进一步依法治水，市人大于去年10月17日，审议通过了《上海市实施〈中华人民共和国水法〉办法》，以加强水资源的统一管理。据悉，本市城乡于近期将大规模开展学习《水法》，贯彻《水法》的宣传教育活动。（记者朱瑞华　通讯员吴树福　陈彬）

（原载《解放日报》1993年1月29日第01版头条）

老抽王晒酱油南乳出口成为抢手货

上海鼎丰酿造厂10年摘取14块奖牌

在洋食品、洋饮料、洋酒纷纷涌入国门的今天,我国民族工业的佳品——鼎丰牌老抽王晒酱油、上海南乳,沐浴春风,漂洋过海,成为大洋彼岸的抢手货。在去年荣获出口产品优质奖的基础上,今年头两个月,已出口老抽王晒酱油60.21吨,上海南乳13.25吨,从而为我国传统民族工业的特色产品进入国际市场打下了扎实的基础。

上海鼎丰酿造厂创建于1864年(清同治三年),是我国民族工业建厂最早的厂家之一,也是全国酿造行业历史最悠久的企业之一。据《奉贤县志》记载,清朝年间,鼎丰酱园制作的乳腐被列为贡品,享有"进京乳腐"的美称。历经130年来数代人的努力,尤其是新中国成立以来经过五段革新,改进菌种接种发酵、制坯点浆及改善后期发酵工艺,使旧时的"进京乳腐"成为迄今色泽鲜艳,香气协调,鲜甜适口,质地细腻和余味绵长的精制玫瑰乳腐,1983年荣获国家银质奖。

自1987年以来,上海鼎丰酿造厂的红方、糟方、小玫瑰、小霉香乳腐、鼎丰牌系列乳腐、老抽王酱油、黄豆辣酱、145克冰砖等8个产品先后荣获商业部和上海市优质产品奖,一级、二级酱油、浓酱油、纯粮醋和100克小冰砖5种产品获得市局级优质产品称号。据统计,近10年中这家企业摘取了国优、部优、市优和市局优共14块奖牌。另外,鼎丰乳腐毛霉新菌种等7个项目,相继获得部、市、县级科技成果奖。

(原载《解放日报》1993年3月7日第02版)

大力发展特色农产品

市郊将建五十个基地

以市场为导向,建设特色农产品基地,正在上海郊区形成大趋势。自今年起,市郊区、县拟建50多个特色农产品基地,计划至"九五"末,种植业初具区域化、产品化、专业化生产新格局。

按照今年市农村工作会议上市委、市府领导提出的建设第一流农业的要求,市郊区、县从上海城郊型农业的特点出发,利用特大城市的工业、科技优势,发展规模经营、高度集约化生产、工厂化生产的农产品加工业,逐步形成适应大城市所需的"高、精、尖,名、特、优、细、新、嫩"农产品基地。

一批区、县依托资源优势,建立农产品基地。松江县计划近3年内建立数万亩以上优质稻米、油料、大蒜、梨、鲜食玉米、西甜瓜、时鲜蔬菜、水生作物、银柳和花卉等10大农产品基地;南汇县结合"粮经型"经济特点,建设1万亩中药材、5万亩蔬菜、6万亩优质油料、6万亩西甜瓜及优质米、优质水果基地;奉贤县计划经过数年努力,逐步形成葡萄、特色米、黄桃、草莓、白果等基地;金山县注重"一乡一品"生产,重点发展蚕桑、果树、蔬菜、竹林等基地。

发展加工企业,促进种植业结构调整,成为上海郊区推进农产品基地建设的又一个显著特点。嘉定区马陆乡以中外合资企业的人头马酿酒企业为依托,在原有的1000亩种植面积的基地上,进一步扩大,建立起紫球葡萄生产基地。浦东新区按照城市化农业起步,建设高水平的农产品基地,拟在"八五"末建设每个占地在50亩以上的10个蔬菜园艺场,"九五"期间再建20个园艺场,形成园艺设施蔬菜生产基地。

市农业部门的权威人士指出,发挥各自的优势,建设一大批农产品基地,使农副产品生产与社会化大市场连接起来,推动种植业结构的调整,向"高优高"农业方向发展,有利于资金、技术、物资的优化投入及社会服务体系的建设。(记者朱瑞华　通讯员陈方)

(原载《解放日报》1993年4月8日第01版)

设施配套　布局合理　风格别致　环境优美

奉贤洪庙乡建成"农民城"

奉贤洪庙乡建成"农民城"已有自理口粮的1 400多农户进镇落户

奉贤县洪庙乡加快农村城镇化步伐,迄今为止,集镇建筑面积累计已达20多万平方米。"农民城"营造的良好投资环境,促进了全乡经济的发展。今年头3个月全乡工业总产值达6 800万元,增长幅度居全县各乡之首。

1986年7月,洪庙乡针对地方财政没有财力进行大规模集镇建设的现状以及农民素有自建住宅的传统做法,果断决策,允许农民自理口粮进镇落户务工经商。即由农民个人预交资金,住宅和基础设施则由集体统一规划建造。历经近八度春秋的努力,目前,乡集镇建设资金总投入已高达8 000多万元,已有1 400多家农户进镇落户,集镇的常住人口达到5 500多人。集镇初具规模,布局合理,建筑风格别致、市政设施配套、功能较为齐全,镇容整洁、环境优美、秩序良好,荣获全国文明镇和全国先进镇的称号,并被建设部列为全国村镇建设的试点单位。

"农民城"良好的基础设施,引来了四面八方的投资者。上海人立制衣公司在洪庙乡建立了人立制衣厂,并设立了人才培训基地,合作生产夹克及男式时装,去年产值达2 000多万元。上海时装公司与洪庙四团服装厂联营,上海宝大祥也在此组建了宝大祥制衣厂。这些上海滩上的名牌企业,与乡办的东霞实业总公司的4家服装企业及生产外贸产品为主的上海开利制衣厂一起形成生产基地,使洪庙乡赢得了"服装之乡"的盛誉,年总产值达到7 000多万元。

上海新力机器厂与乡里合资建立的上海涂料工程公司,今年承接了4 000多万元产值的北京切诺轿车的涂装工程业务。目前,全乡已初步形成以服装、机械、化工、建筑装潢材料为主体的产业新格局。

洪庙"农民城"的未来发展前景诱人。乡办大型商场年内竣工;豫园培训中心即将动工;上海大桥实业公司别墅度假村已签约。

(原载《解放日报》1993年4月30日第02版)

市水产总公司调整生产结构

以远洋渔业为导向　走国际化经营之路

彻底扭转本市海洋渔业生产的被动局面,调整生产结构,实行远洋渔业为导向的国际化、综合经营的新格局。这是本市第一家由专业局改建而成立的上海水产总公司向外界介绍的新思路。据悉,公司与新加坡共同开发过洋性渔业合资项目近日可签约;购置一批大型运输船、增大国外优质水产品对上海市区投放量的计划正在实施之中。公司力争在今后三年内初步形成渔、工、贸、运多种经营外向型经济的新格局。

由于近海海洋渔业资源继续衰退,自1985年起,上海积极组建远洋渔业船队,发展远洋渔业成效显著。七年来已有远洋渔业渔船76艘,生产经营鱼货20.65万吨,创利4 282万美元,并每年运回国内自捕"洋鱼"1万多吨,丰富了上海市场供应。在目前近海海洋渔业资源仍不见好转的情况下,市水产总公司成立之后,决定发挥总公司在发展远洋渔业上的船舶设备、捕捞技术、经营管理以及在海外有10多家合资、合作企业的优势,以远洋渔业为导向,实行国际化、综合经营,全面推进上海渔业的外向型经济。

据公司总经理介绍,上海水产总公司加速发展外向型经济的新思路是:拟在北太平洋、中东波斯湾、东南亚、澳大利亚、新西兰、南美洲等区域稳定和发展大洋性渔业,并稳定西非、发展毛里塔尼亚,开拓东非、东南亚的过洋性渔业,以逐步形成区域化生产;大力发展与渔业相关的工业,通过多种贸易,组织国产网具、渔具、渔业机械、水产加工食品的出口;在国外已有的10多家合资、合作企业的基础上,再兴办一批海外实业公司,增设一批购销点,扩大贸易业务范围;逐步设立境外办事机构,拟在北美洲的美国、南美洲的阿根廷、大洋洲的新西兰、西南非的拉斯帕尔玛斯、远东的日本以及东南亚的新加坡,分期分批设立六个境外联络办事机构;派出专家组,在一些已建立渔业合作的国家承包海浅水水产养殖、制冰、冷藏库、码头等水产渔业工程;在发展国内航运的基础上,组新中国成立际贸运船队。计划在"八五"末,远洋渔业船发展到110艘左右,境外从业人员达到2 000多人,以初步形成外向型经济,特大规模型、跨国界、集约化的集团型企业。

(原载《解放日报》1993年7月8日第02版)

向都市化、市场化、法制化方向迈进

上海形成城乡一体大水利格局

三年投入十九亿元,完成大中型骨干工程十项

水利建设向都市化、市场化、法制化方向迈进,使上海初步形成了大水利的格局。

市委市府一直把水利作为上海的基础产业来抓,确定了城乡一体、团结治水的方针,加大了对水利的投入。据统计,这三年中财政对水利的投入达19亿元,是前三年的2.3倍,完成城乡大中型水利骨干工程10项,为前三年的3倍多,其中有8个项目为城市功能配套。最近,市政府作出大力加强水利工作的决定,表明上海水利事业开始进入一个新的发展时期。

上海在建设农村水利的同时,大力加强城市水利基础建设,出现了都市化水利的态势。先后完成了按千年一遇标准营建的黄浦公园——十六铺外滩防汛墙一、二期工程和具有现代化设施的苏州河闸桥工程,抵御了高潮位的侵袭。浦东水利一期外环运河北段工程已经完成,两大枢纽工程正在建设中。太浦河(上海段)已完成土方任务和部分结构工程。市区370条段河道自市政府明确由市水利局管辖后,已着手规划和整治。苏州河综合治理立项报告已上报。作为今年市政府实事工程的杨树浦港应急疏浚工程,迄今基本完成疏浚的土方任务。为从根本上解决市区一些河道调蓄水功能萎缩,地面路段大面积积水等问

题,市水利局领导不久前会同市计委等部门实地察看,拟对俞泾浦4条河道实施清障疏浚。

为适应市场经济需要,让"水"走向市场,近年来本市进行投资体制的改革,改"等、靠、要"为社会办水利,多元化、多渠道、多层次筹措水利资金。根据社会公益型、有偿服务型和生产经营型不同的产业,上海初步建立了一条包括"拨"(财政拨款)、"征"(征收规定费)、"集"(单位集资)、"招"(招商引资)、"贷"(银行贷款)为主要方式的筹资渠道。如市菜办、市政等部门筹资5 000万元,用于城乡结合部一期工程建设;市财政、水利、交通、农委筹资6 000万元,解决青松大控制骨干河道油墩港工程费用;浦东新区水利工程试行还贷举债建设;真如港治理结合中山北路批租;外滩防汛墙墙厢招标承租所获资金用于水利项目;即将完工的杨树浦港应急疏浚工程,其工程费用也由受益单位共同筹措。此外,市政府还批准了征收水利工程供水水费、堤防维护费、危桥维修费、水资源费等,用于水利事业。

走依法治水的道路,使本市的水利建设逐步纳入了法制化的轨道。近几年来,市人大常委会和市政府先后批准和发布了《上海市滩涂管理暂行规定》《上海市实行〈水法〉办法》等一批地方性法规和行政规章,为依法治水提供了依据。此外,市、县、区依法加强了水行政管理和执法工作。市设立水政处,县、区相应建立水政监察和水利公安两支执法队伍,从而强化了依法治水的力度。据统计,仅今年上半年,就查处水事违法案件及处理水事纠纷59起,查破刑事案件4起,依法维护了河道、湖泊、滩涂及各类水利工程设施的完整与安全。(记者朱瑞华 通讯员吴树福)

(原载《解放日报》1995年7月24日第01版头条)

五年造地 12 万亩　等于新增一个乡

向江海要地，变滩涂为良田，上海在这方面又取得突破性进展。来自市水利局的最新资料表明，近五年来本市围垦造地 12.4 万亩，面积相当于市郊一个中等规模的乡镇，比前五年围垦造地的总量增长近 1 倍。目前这些土地已成为"菜篮子"、"米袋子"和工业生产、旅游休闲等项目建设的理想基地。

随着上海城市的不断扩展和农村工业化步伐的加快，本市每年有大批耕地被征用，开发新的土地资源已成为上海经济建设中的重要内容。近几年来本市积极加大围垦造地的力度，制订了从征地费中开征垦复基金，专门用于农副业围垦造地的政策，并组建起市江海滩涂造地开发公司，有关区县亦相继成立造地公司，从政策、资金和组织体制等方面，确保围垦造地工作的开展。市滩涂管理处和市水利局围垦处也密切合作、统筹安排，联手实施好围垦造地工程，从而促使全市围垦造地快速向前推进。

多方筹措资金，试行多元化投资体系，是上海近五年来开展围垦造地的又一特色。据统计，近五年内，市财政拨出 2 亿多元征地垦复基金，用于农副业的围垦造地，对开发单位也均以 1∶1 的资金比例予以配套。本市还从前年起改垦复基金由无偿拨款为有偿还贷，以提高资金使用效益，推进围垦造地。同时积极推出"谁投资、谁得益"，社会投资办围垦的新措施。浦东新区外高桥、三甲港和金山县漕泾、金山嘴等地均由用地单位多方筹资实施围垦造地,五年内累计自筹资金4亿多元,是市财政垦复基金投资额的2倍,从而使这些地区围垦造田的面积数量逐年增加。

一张白纸可画最新最美的图画。迄今,12万亩新围垦的土地,近一半已被开发,外高桥垦区内已接纳外高桥电厂、上海海运局油污水处理基地、上海航道局疏浚船舶停靠基地、中船总公司造修船基地等在此"落户"。新围垦的崇明团结沙垦区也正在建设无公害蔬菜示范区,杭州湾北岸垦区白玉兰度假村已建成,并对外迎客。中国奉新国家级风筝放飞场,也是新围垦出来的土地。

(原载《解放日报》1995年9月29日第02版)

首座由地方筹资建造的黄浦江大桥

奉浦大桥通车

江泽民题写桥名　黄菊出席通车典礼

　　本市首座由地方筹资兴建的黄浦江大桥——奉浦大桥，昨天上午举行了隆重的通车仪式。
　　中共中央总书记、国家主席江泽民为奉浦大桥题写了桥名。
　　中共上海市委书记黄菊、市人大常委会主任叶公琦、副市长夏克强、市政协副主席赵定玉及有关委办局的领导出席了通车庆典。
　　黄菊在接受记者采访时说，奉浦大桥是黄浦江上的第四座大桥，它的建成将为改善上海奉贤和浦南地区的投资环境，为杭州湾北岸的开发、建设打下良好的基础。奉浦大桥的通车，是本市以区县为主，各方配合，加强路桥建设的新尝试，是深化改革的成果，是团体协作的结晶，是奋力拼搏的体现。上海人民将按照五中全会的精神，以新的姿态，积极探索新的发展思路，以优异的成绩迎接新世纪的到来。
　　夏克强副市长在热情洋溢的讲话中代表市委、市政府向参与大桥建设的各位专家、工程技术人员、施工管理人员和工人们表示热烈的祝贺和亲切的慰问，向在大桥建设中给予帮助和支持的各界人士、各单位部门和市民们以及兄弟省市的同志们、朋友们表示衷心的感谢，并高度赞扬奉贤人民的奉献精神。
　　十月的浦江，秋水盈盈。几万奉贤人扶老携幼，早早相聚在大桥南堍。凌空飞架的奉浦大桥，在金秋的阳光下显得雄伟壮观。宽阔平坦的桥面上，彩旗飘扬，锣鼓喧天。10时30分，近百辆崭新的薄荷青色2000型桑塔纳轿车和24辆五彩缤纷的彩车一齐起动，由北向南徐徐地驶过，使大桥犹如刚刚出水的彩龙，昂首摆尾，潇洒腾跃。顿时欢声雷动，掌声似潮。

由上海奉浦大桥建设有限公司建设、市城建设计院设计、铁道部第12局施工的奉浦大桥，是继松浦、南浦、杨浦大桥之后，黄浦江上的第四座大桥。奉浦大桥位于黄浦江奉贤西渡与闵行东面，全长2 201.8米，其中主桥长545.3米，大桥净空高度28米，可通行5 000吨船舶。设双向四车道，设计车速每小时为100公里的奉浦大桥通车后，奉贤与市区的行车时间仅需一个小时。奉浦大桥既不同于松浦大桥的桁架梁形式，也不同于南浦、杨浦大桥的斜拉桥式样，而是采用了当今先进的预应力钢筋混凝土连续箱梁悬灌工艺，其连续长度为国内在建同类桥梁的第二。

黄浦江作为一道"天堑"，制约了奉贤及杭州湾北岸地区经济的发展。为实现奉贤52万人民在浦江上建大桥的夙愿，快速发展浦南地区经济，经过历届县领导的筹划，在市委、市政府及市建设、公路等部门的关心支持下，县委、县政府决定由县建设局担起建大桥的重任，并组建成奉浦大桥建设有限公司，在不到两年内筹措建桥资金，从而开创了本市由地方筹资建设大桥工程之先河，为今后多元化投资建设市政基础设施提供了成功的经验。

被列为本市今年第2号重点工程的奉浦大桥，是本市实施"五环十射"交通规划的一大枢纽。它连接市南北快速干道十号线，与横贯奉贤境内的郊区外环线亭大公路形成十字网络。（记者朱瑞华　朱桂林　陈发春）

（原载《解放日报》1995年10月27日第01版）

历时 14 年　几易其稿

长江口综合开发整治规划编就

南港北槽深水航道首期工程年内动工

长江口综合开发整治工程的蓝图已经编就,日前通过了专家评审,这是上海开埠以来投资规模最大的河道整治工程。该工程五大系列项目之一的南港北槽深水航道工程,其投资 32 亿元的一期工程已由国家计委批准,并将于年内开工。

据该项目总工程师黄觉新、徐建益介绍,这一重大工程将于 2020 年全面完成。届时,第三、第四代集装箱船可全天候进港,10 万吨级的海轮可乘潮进港,通过长江口的年货运量将达到 3.2 亿吨,为把上海建成国际航运中心奠定了基础。同时,可造地百万余亩并通过建造水库,每天提供 500 多万吨长江优质水。

与世界其他河口相比,长江口具有航运、供水等丰富的资源优势。但由于长江口存在拦门沙,0.6 万～2.5 万吨海轮需乘高潮才能通过,外轮也经常需候潮进港。与此同时,北支河道萎缩,南支河段滩槽变化频繁,影响航运和沿江的岸线开发;还有口门外盐水的入侵以及泥沙、盐水倒灌南支河段,影响了上海和江苏沿江地区的水质。

据了解,长江口综合开发整治工程主要有五大系列项目:一是南港北槽深水航道工程,规划构筑南北近百公里的导堤等工程,形成深水航道,确保巨轮通行;二是徐六泾及白茆沙河段整治工程,通过徐六泾河段加固、白茆沙护头工程和扁担沙整治工程,形成 4 公里宽、14 公里长的束窄段,增强束流、导流功能,促使白茆沙北水道稳定地发展;三是南北港分流口工程,这是长江口的第二级分汊口,主要修建一条 20 公里长的导堤,与中远期建设"青草沙水库"相结合,稳定河势,满足上海的城市供水;四是南北港束窄河宽整治工程,主要是固定暗沙,束窄河宽,稳定入海航槽的上游航道,有利于保障外高桥港区前沿的水深;五是北支开发整治工程,主要考虑全河道束窄和建水库方案,进行综合开发。

1983 年,水电部上海勘测设计研究院根据国家计委下达的规划任务书,进行综合治理的规划设计,历时 14 年,几易其稿,终于编就蓝图。日前由水利部主持,国家和上海、江苏省有关部门的专家对该规划要点报告进行认真评审,并予以通过。南港北槽深水航道一期工程由交通部门规划设计并负责实施。

(原载《解放日报》1997 年 12 月 28 日第 01 版头条)

5 000多建设者艰苦奋战19个月

金山漕泾围海造地工程竣工

造地面积10平方公里,相当于两个黄浦区

时值汛期,杭州湾北岸一条长8.1公里挡潮大堤屹立在惊涛骇浪之中,大堤内是一片广袤的土地。经过5 000多建设者19个月的艰苦奋战,金山漕泾围海造地工程于4月底全面竣工。这是本市历史上规模最大的围海造地工程,造地10平方公里,相当于两个黄浦区的土地面积。

昨日中午,记者登上宽9.5米、高9米的大堤极目远眺,但见8.1公里长的挡潮大堤宛如一条巨龙昂首伸向杭州湾,将10平方公里已成陆地的区域紧紧地揽在"怀中";堤身内侧,或绿草茵茵,或草芽初绽;由10.3米高的钢筋水泥防浪墙、两道钢筋水泥栅栏板、两道水泥平台、抛石护脚、消浪翼形体和丁坝组成的大堤斜坡,构成了立体防御体系。

据介绍,金山漕泾围海造地工程地处金山区漕泾镇张家库向东至奉贤县柘林镇竹港出海口,本市将在这10平方公里的垦区内建设上海化工区。

杭州湾是世界上著名的风急浪高、潮水汹涌的河口。金山漕泾围海造地垦区的部分地段距吴淞标高负1.5米,在波涛浪峰中构筑全长8.1公里的挡潮大堤,并一次圈围10平方公里土地,打破了过去只能在吴淞标高3米以上进行围垦的常规,在上海乃至全国的围垦史上绝无先例。市水利工程公司、宝冶特种工程公司、上海化工建设总公司、中石化上海金山工程公司、奉贤县水利建设公司和金山水利建设总公司等单位组成"集团军",自1996年9月28日起打响构筑挡潮大堤和隔堤的"攻坚战";上海、长江、天津三大航道局组建起"联合舰队",投入围垦工程的吹泥"大会战";金山、奉贤两地基干民兵自觉行动,踊跃"支前";驻沪空军指挥部、驻沪叶挺部队官兵也积极参战;建设者们还采用冲泥管袋新技术,使围海造地工程提前竣工。

(原载《解放日报》1998年5月3日第A1版)

发展主导产品　拓展流通渠道
奉贤农副产品基地显特色

肉用鸡、罗氏沼虾、韭黄……如今,奉贤县每天有数十吨特色农副产品发往国内外各大市场。近几年来,奉贤县从提高农业生产效益和竞争能力出发,鼓励各镇村抓住当地特色产品,进行规模集约经营,至今全县20个镇都建立起特色农副产品基地,经济效益年年有较大幅度的提高。

为提高农业生产效益和竞争能力,奉贤县以调整生产布局为抓手,鼓励各镇村从实际出发,选择一两个特色产品,实行规模经营。柘林镇利用滩涂优势,发展养殖风险较小的台湾草虾和罗氏沼虾,建立起面积达1万亩的养殖生产基地,成为全市有名的"养虾之乡"。胡桥镇农民精于养鸡,近年来该镇采用公司＋农户的形式,发展饲养可炸成"肯德基"的肉用鸡,使之成为上海肯德基公司的重要肉用鸡生产基地,全镇仅养鸡一项年产值就达2 000多万元。此外,一些各具特色的农副产品基地在各镇相继建立起来,如泰日的草莓、新寺的葡萄、奉城的方柿等等,光明、柘林两镇还荣获"全国农业特产百佳乡镇"的称号。

奉贤县还通过多种形式,拓展流通渠道。经过几年的建设,一个由龙头企业、批发市场、配送中心等相配套的流通体系已在该县形成。柘林镇申富公司为全镇虾农提供从虾苗到饲料供应、技术指导、冷冻加工、销售的一条龙服务,促进了当地的虾品生产。光明镇农业公司在镇区建起了一个占地20亩的黄桃交易市场,并以镇农贸公司为龙头,组织队伍在市区设立3个批发销售黄桃的"窗口",帮助果农进市区直接设摊销售,从而使该镇的锦绣黄桃生产大步发展。胡桥镇农副公司采取让生产基地与流通体系直接挂钩的办法,使农副特色产品走向大市场有了一条快速通道。(记者朱瑞华　通讯员钱忠群)

(原载《解放日报》1998年5月29日第B1版)

创新为主体　市场为导向

沪郊科技产业化出高效

九十六个市级科技项目年产值达一百十八亿元

以创新为主体,市场为导向,沪郊科技产业化"三箭齐发","火炬"、"星火"、"科技成果推广"计划同步推进。据有关方面最新统计,一年来沪郊96个市级科技项目已实现产值118亿元,成为郊区新的经济增长点。

为了使科技优势转化为经济优势,增强郊区的实力和水平,去年6月市科委选择了96个市级科技项目,以列入"火炬"、"星火"、"科技成果推广"三项计划的形式下达郊区实施。为了使科技产业化产生高效益,项目实施单位纷纷在技术创新上下功夫。紫江集团下属的上海紫燕模具制造有限公司,联合交大,开发了国际上领先的模具制造技术,专业为国内外汽车、通信、电器等工业制造高品位模具,最终形成年产值10亿元的世界一流模具制造商。市农机所、市飞机所、市植生所等单位联手,研制创新的"上海智能温室",实现了先进性和经济实用性的统一,如今已有一批温室"落户"大江南北。

以市场为导向,加快科技成果的转化。上海曹杨粘合剂厂与中科院硅酸盐研究所合作,开发生产的申泰牌陶瓷砖粘合剂,解决了用水泥加107胶水粘贴内外墙装饰砖材易脱落的毛病,其产品已广泛应用于国家和本市的重大工程,市场占有率达到

90%,成为我国最大的粘合剂生产厂。上海嘉定保温材料厂开发的硬硅钙绝热材料,以其强劲的竞争力进军东南亚、美国等市场,年创汇达1 350万美元。

(原载《解放日报》1998年7月3日第05版)

公路网络九纵六横　血脉畅通近悦远来

奉贤距离市区"近"了

5年前从县城到市中心乘车约两个小时，现在缩短一半时间，全县公路总长度560.2公里，密度每平方公里0.82公里，达到中等发达国家水平

奉贤距离市区近了。日前，记者两次从报社驱车赴奉贤采访，一次过南浦大桥，走沪南公路和叶大公路；一次上市区高架道路，经虹梅南路，过奉浦大桥。从两条途径到奉贤县城，每次行程仅40分钟，比五年前缩短一半多时间。

奉贤成了"近郊"，是奉贤的路多了、宽了。五年前，奉贤公路数量少、等级低，从县城进市区主要靠一条人车合流的二车道公路，中途还要经西渡口摆渡，一般行车时间约2个小时。若遇雾天停渡，半天进不了市区。如今，这个县建成了"九纵六横"公路交通网络，公路总长度560.2公里，通车总里程360公里，分别比五年前增长155.6%和185.6%。全县每平方公里内拥有的公路也由此增加到0.82公里，公路密度达到中等发达国家水平。

奉贤与市中心直线距离并不算远，仅40余公里，但由于过江大桥未造，道路交通不畅，严重制约了全县经济和社会的发展。"若要富，先筑路"！县委、县政府的决策迅速成为全县52万人的自觉行动。县建设局按照市整体规划，高起点地规划了

公路建设网络。通过新建和改建,目前全县南北形成了四号线、沪杭、奉新、新四平、邬胡等九大公路主干线;东西也形成了亭大、叶大、奉柘、南航、西闸等六大公路主"动脉"。此外,奉贤还出资在邻县区边界内筑路,打通了向外延伸的"瓶颈",大大改善了与市区及邻县区的沟通。

推行公路建设投资新机制,是奉贤公路面貌迅速改观的重要原因。1995年,奉贤县在奉浦大桥建设取得成功经验的基础上,进一步探索多元化筹措建设资金的新路子,成立了县建设投资有限公司,将公路养路、公路建设附加、公用事业附加、农民进城、基础设施使用、房地产土地开发收入等12项规费由公司统筹,取之于路,用之于路。公司在此基础上再自行筹资、借贷、还贷,从而盘活了公路建设资金。5年里全县公路建设总投入资金19亿元,除市里投入7.75亿元外,其余11.25亿元由公司筹措,从根本上改变了过去"财政拨多少钱,建(修)多少路"的公路建设投资模式。

奉贤县公路建设超常规发展,还有一个重要原因,是动员全县人民积极参与。如市级公路的四号线、亭大公路等,建设所需的土地、土方、动拆迁、人员安置等费用,由县里消化,市里只承担公路结构工程的费用。同时,这个县的镇级公路建设也按上述思路实行,从而节约了整个工程费用的三分之一。目前,全县20个镇都新建改建了公路,使该县公路建设"九五"规划提前两年实现。

公路面貌的改观,增强了奉贤对外吸引力。目前,500多家外资企业来这里落户,同时市区3 000多户居民到泰日、塘外、西渡等镇买房安家,形成了独特的"阿拉小区"。

(原载《解放日报》1998年7月12日第01版头条)

上规模　上效益　上水平

市郊涌现科技兴企领头羊

56 家企业今年可实现产值 180 亿元，
利税 25 亿元

沪郊农村"科技兴企"取得良好成果，据市有关部门透露，郊区 56 家科技上规模、上效益、上水平企业今年可实现产值 180 亿元，利税 25 亿元，成为郊区工业一大"支柱"。

为培育科技与经济紧密结合的企业新机制，推动经济增长方式从粗放型向集约型转变，自 1994 年起，市科委与工行市分行、农行市分行联手，由企业报名，区、县、局主管部门推荐，市科委和金融单位共同评估和筛选，确定了 56 家科技"三上"企业，并在科技立项、金融贷款、科委贴息、政府优惠政策等方面给予扶持。目前在这些企业中，年产值达 10 亿元的有 1 家，超 5 亿元的有 3 家，超 3 亿元的有 7 家，还有许多年产值超 1 亿元。56 家科技"三上"企业已成为郊区"科技兴企"的"领头羊"。

56 家科技"三上"企业还积极参与"星火""火炬""成果推广"三大计划的实施，自去年 6 月到今年 6 月，这些企业共开发 96 项市级项目。上海现代温室产业工程有限公司通过技术型组合，研制生产的温室，实现了先进性和实用性的统一，迄今已形成规模化生产。上海现代房产开发公司联合同济大学、宝钢等 30 多家企业，用高新技术开发稀土合金钢、稻麦草墙体保温材料、PVC 低发泡板材及塑料门窗、轻质高强度陶瓷、新型建筑涂料和电梯远程监控等新型建筑产品,可为旧城区改造原拆原建提供优质廉价新型建材,实现经济效益、社会效益和生态效益的和谐统一。

科技"三上"企业还使更多的产品打入国际市场。上海派克电器有限公司生产的轿车和面包车仪表系统线束,除了与上海大众配套外,又与福特、德福尔公司配套,年创汇 6 500 万美元。上海东升灯饰厂开发的国际上流行的草地灯、电子扫描仪畅销欧美市场,年出口创汇高达 8 000 万美元。上海嘉定保温材料厂开发的特超轻无石棉硅酸钙绝热制品,进入东南亚和美国市场,深受欢迎。

(原载《解放日报》1998 年 7 月 31 日第 05 版)

抵御百年一遇台风浪潮侵袭

申城实施海塘达标工程

耗资 7 亿元,计划 3 年时间完成

市海塘管理处昨日透露,为抵御百年一遇台风、浪潮的侵袭,从现在起本市全面实施海塘达标工程。整个工程计划投资 7 亿元,用三年时间完成,使本市海塘全线都能达到抵御百年一遇台风加 11 级或 12 级组合风浪潮侵袭的能力,为本市经济和社会发展筑起一道防汛保安屏障。

上海东临长江口及东海,南濒杭州湾,464 公里海塘是抵御台风侵袭的第一道防线,同时兼有稳定河势、保滩造地等功能。过去由于缺乏统一规划,每年有不少险工险段,成为防御台风的心腹大患。1949 年本市发生海塘决堤,造成的经济损失占上海当年经济总产值的 25%。前年受 11 号台风影响,造成本市直接经济损失达 6 亿元。新中国成立以来,尽管市财政年年拨款整修海塘,但每年仍有不少险工险段,目前还有 115 公里海塘未能达到抵御百年一遇台风加 11 级或 12 级组合风浪潮侵袭的能力。

对此,本市编制了《上海市海塘规划》,分别对城市化和非城市化等不同堤段制定了相应的设防台风标准,同时投入巨额资金,启动海塘达标工程。本市还实行多元化投资体制,市财政承担了海塘达标工程建设资金的 90% 以上,区(县)政府投入建设资金1.1亿元,市化学工业区、浦东国际机场等沿海沿江企业也自筹数亿元建设海塘,从而改变了海塘建设单一靠市财政投入的模式。

为了让海塘达标工程经得起历史检验,市水利局制定了项目报建、初步设计方案审批、招投标、财务管理、工程监理、质量监督、质量管理和技术档案管理等14项制度,全面推行项目法人制、工程建设招投标制和建设监理制。

为构筑申城防汛保安屏障,市委、市政府领导多次亲临海塘察看,要求加快本市海塘达标工程的建设,使完成海塘达标工程的建设周期从15年缩短到3年。据了解,根据海塘建设3年全线达标计划,到2001年6月的主汛期前,使现有标准不高的115公里海塘达到防御百年一遇台风加11级或12级组合风浪潮的能力,并完成85公里海塘保滩工程和一批"病危"水闸的更新。

(原载《解放日报》1998年9月2日第05版)

调整养殖结构 品种洋为中用

沪郊特种水产异军突起

时值国庆佳节，家庭主妇们惊喜地发现，菜场里特种水产品一下子多了。昨日记者在昭通路水产品市场上发现，鲜虾不仅品种多，而且鲜活价廉。一位中年妇女花 36 元买了 1 公斤的活虾，连称便宜。据水产部门介绍，从 9 月 30 日起，市郊每天有 100 多吨鲜活罗氏沼虾上市。

本市从 80 年代中期起着手调整水产品养殖结构，除积极发展河蟹、鳜鱼、鲈鱼、甲鱼等本地特种水产品的池塘人工养殖外，还从国外、境外引进加州鲈鱼、罗氏沼虾、台湾草虾等特种水产品种。经过科技人员努力，中外特种水产养殖得到较快发展。目前，全市鱼蟹混养面积 3 万亩，年产河蟹 1 000 吨，10 多个甲鱼养殖场年产甲鱼 300 吨，美国加州鲈鱼养殖 500 多亩，鳜鱼、鲈鱼、甲鱼养殖面积和上市量也年年增加。特别令人注目的是，从马来西亚引进的罗氏沼虾，由于能适应池塘大面积高密度养殖，加上价格适中，深受消费者青睐，得以迅速发展，去年达到 2.2 万亩，今年猛增到 3.2 万亩，增加近 50%，预计总产量可达 5 000 多吨。今年，特种水产品约占全市塘养水产品总量的 10%，其中罗氏沼虾占全市特种水产品总量的六成。

（原载《解放日报》1998 年 10 月 4 日第 02 版）

沪郊城乡一体化形成新格局
190万农民搬入"农民城"

城镇建成面积270.12平方公里,农村城市化率达40%

农民进镇落户,过城里人的生活,在沪郊已成为一种潮流。随着一座座令农民欢愉、让城里人神往的"田园都市"的崛起,已有190万名农民成为"都市人",25个乡镇成为"卫星城",这一切都是上海深化农村改革,加快小城镇建设,推进城乡一体化带来的新变化。

据资料显示,迄今,上海农村城镇建成面积270.12平方公里,农村城市化率40%左右,居全国前列。

作为与国际化大都市相配套的上海农村,如何以新的姿态面向世界?农村城市化是重要的战略步骤。自80年代中期起,郊区各地就抓住撤乡建镇的大好机遇,以全新的思路推进小城镇建设。在这一进程中,奉贤县洪庙镇起了先行和示范作用。1986年7月,奉贤县奉城、四团、平安3个乡边缘地带11个村400多名农民不花国家一分钱,自理口粮、自筹资金,在蛙声一片的田野上开展新镇建设,如今,这里已形成占地2平方公里、建筑面积达60万平方米、有1.2万名农民落户的新型"农民城"。目前,上海郊区不仅涌现出奉贤洪庙镇、江海镇、松江洞泾镇、小昆山镇、青浦华新镇等一批新型集镇,而且绘制出与全市总体规划和县(区)域规划相衔接,构成中心城—新城、县城—中心镇—集镇—中心村完整城镇村体系发展蓝图。

在实施小城镇建设中，郊区各地积极以面向 21 世纪、长远发展的眼光来规划布局。不仅做到规模相当、设施齐全、功能完善，而且把以"绿"为重点的环境建设作为重点，建筑上既保持传统特色，又体现现代意识；既有江南特色，又有欧美风格。广大农民迁居到这些新型城镇，享受到城里人的生活，接受城市文明的熏陶，思想观念发生很大变化。同时，小城镇作为城乡之间的连接点，既是城乡经济、文化、科技交流的纽带，又是城乡物资交流的集散地、农村产业结构调整和劳动力转移的"蓄水池"，给农村社会、经济、文化等带来深刻变化。比如，原来比较分散的乡镇企业，因小城镇的崛起向工业园区集中，使全郊区形成了 36 个经济开发区。

小城镇的崛起，使城乡关系从原来的分割走向一体化，城乡之间出现了相互依靠、相互渗透的良好局面。由于道路交通便捷、邮电通信发达，市区与郊区的距离"近"了，促进了城乡工商企业的联营发展，推动了市区工业向郊区战略转移，百万市民也能入主城乡结合部新居，市郊名特优新农副食品能快速直销市区，等等。现在，郊区工业的产值已在全市工业总产值中"三分天下有其一"，全市工业经济中净增部分六成来自郊区。（记者 朱瑞华 马笑虹）

（原载《解放日报》1998 年 10 月 12 日第 01 版）

奉贤资源优势渐成产业强势

全县形成6大生产基地,今年农业
总产值可比去年净增1亿元

　　围绕把农业资源优势转化为产业强势这个目标,奉贤县加快种养区域化、经营规模化、服务社会化的步伐,形成了瓜、果、虾、猪、禽、蛋等6个市郊规模最大的种养业生产基地。今年尽管夏熟遭灾,但据目前统计全县农业总产值仍可比去年净增1亿元,农民人均储蓄也因此跃居市郊前列。

　　近几年来,奉贤县委、县政府在确保2.15亿公斤粮食生产的前提下,鼓励各镇从各自的资源优势出发,选准一两个主导产业,因地制宜发展特色农业。目前,沿海一带的柘林等三个镇海虾、河鳗等特种水产生产区已经建成;东部的光明、泰日、奉城等镇的果林生产"三角带"初具规模;在南部禽畜疫病低发区,则形成了肉猪、鲜蛋、肉用鸡带状生产基地。

　　种养区域化格局的形成,为经营规模化创造了条件。光明镇种植锦绣黄桃,今年种植面积已达万亩,年产黄桃1万多吨,总产值占全镇农业总产值70%强。泰日镇的万亩草莓和奉城镇的方柿、大红枣等,也都形成了相当规模。柘林、胡桥、奉新等镇大力发展台湾草虾和斑节对虾养殖,现在各类海水虾养殖面积已达2万亩。胡桥镇建立起本市规模最大的河鳗温室养殖基地。这个镇农副公司还为上海"肯德基"公司饲养肉用鸡,今年生产200万只，产值达2000多万元。

在建设生产基地的过程中，奉贤县加强社会化服务，形成了农副业服务公司、批发市场、直销网络等多渠道流通体系，使产品优势变成商品优势。柘林镇申富公司为全镇虾农提供从虾苗到饲料供应、技术指导、冷冻加工、销售一条龙服务。泰日镇农业公司在草莓上市旺季，每天组织20多辆卡车为农民将草莓直销市区。市农科院、市农学院、县农业技术推广中心等单位，与奉贤建立了科研攻关、产品包装、销售上市等协作关系。生产基地与科研、流通企业挂钩，不仅使奉贤资源优势渐成产业强势，而且为农副特色产品走向大市场架起了一座"金桥"，丰富了市场，富裕了农民。（记者朱瑞华　通讯员钱忠群）

（原载《解放日报》1998年11月12日第01版）

高科技启动超常规发展

"南洋"两年增长十倍

网络工程、信息服务、计算机培训,是上海南洋高科技有限公司开发计算机产业的三大"拳头产品"。这个仅21名员工的公司,今年技工贸总收入可达2 500万元,比创办初期增长10倍多。

1996年初创办于奉贤的南洋公司,去年根据计算机行业发展趋势,积极开发网络工程,迄今已成功地为国家"金税工程"的"防伪税控系统"研制开发了信息数据库。这一系统启动后,可大大减少国家税源的流失。此外,公司参与研制开发的国家"金关工程"国际电子商务系统也已基本定型,届时海关可与银行、税务、客户间进行数据交换,实现商务无纸化。与此同时,该公司利用已开通的国际互联网终端系统,建立了联合国技术信息促进系统中国上海奉贤服务中心,向各类企事业单位即时提供来自联合国主持的167个国家和地区的招商投资、经贸合作、产品供求等信息,并将县内企业的相关信息直接上网,供国外客户"访问"。今年7月,奉贤县数家企业利用信息网做成多笔出口生意,创汇近千万美元。市教委批准,"南洋"还建立了培训中心,两年来累计培训各类学员5 000多名,成为有关部门的定点培训和考试单位。(记者朱瑞华 通讯员钱忠群)

(原载《解放日报》1998年12月3日第05版)

专家出大院 "下田"去兴农

百人科技下乡团今赴奉贤蹲点

上海农科院和奉贤县政府日前决定,在奉贤共建"科技示范综合基地"。由109位农业科技人员组成的科技下乡团今天赴该县六个镇和三个示范区蹲点,具体实施八个科技兴农项目。这是上海实施科技兴农战略的一个重要举措。

这次科技下乡团蹲点在西渡、青村、四团、江海等六个镇和金汇、西渡等三个农业示范区。农业科技人员将围绕种子、温室、生物、绿色"四大工程",具体实施八个科技兴农项目,其中包括水稻良种、特色经济作物、食用菌等农业基地建设,以畜禽粪便处理和稻麦秸秆利用为目标的生态农业示范基地建设、蔬菜设施栽培技术的示范推广以及农业科技在畜牧水产领域的应用等。科技下乡团还将对农村技术员和农民进行培训,逐步使奉贤成为农业优良品种的推广基地、农业综合技术应用基地、农业新产品新设备的开发基地和农业技术人员的培训基地。

据了解,参加这个科技下乡团的农业科技人员,有70位来自市农科院,其余由奉贤县农科单位派出。他们中有39位具有高级专业技术职称。根据各自承担项目的不同要求,他们将在奉贤农村蹲点1~3年。(记者朱瑞华 通讯员钱忠群)

(原载《解放日报》1999年1月26日第04版)

"科技财神"下乡来

昨天下午 4 时许,奉贤华园宾馆嘉怡堂二楼大厅内,上海农科院和奉贤县政府联合举行的百人科技下乡团送迎仪式在这里举行。当下乡科技人员从副市长冯国勤手中接过"科技兴农下乡团"绿色团旗后,109 名被农民称为"科技财神"的农科人员刚走出宾馆大门,就被等候在外的六个镇三个现代农业园区的农民代表"抢"上汽车,迎回家乡。

在"抢科技财神"的队伍中,要数金汇镇的农民最卖力。这个镇近两年建起了现代农业园区,新建了蔬菜园艺场,迫切需要农科人员来指导。这次他们事先刺探"情报",把市里县里搞环境、土壤、肥料方面下乡的 10 位专家全部请到金汇,并购置了床铺被褥,腾出明亮的办公房让科技人员住宿、办公。镇党委书记和镇长原先要到市里参加项目洽谈,昨天也留下来迎接科技人员。

下午 4 时 30 分,10 名农科人员来到了金汇镇。面对农民们一张张期待的脸,农科人员顾不上喝一口水,就直接走向园艺场,向菜农传授卷心菜的栽培施肥新技术。环境科学专家博士姚政、高级农艺师胡善翔、农艺师钱非凡被两名种菜的老妈妈拽着,察看大棚里的草头的生长状况,之后,专家们就如何科学改良土壤、施肥、生物灭虫等作了浅显易懂的介绍。夕阳西下,农科人员又来到农业园区的麦地,与承包麦田的农民切磋如何运用科学手段来提高麦子品质和产量的方法。

　　昨天,江海、西渡、青村、泰日等镇的农民代表也同样以真诚和欢喜,把"科技财神"们请回了家。今年将要退休的高级农艺师胡善翔对记者表示:"农民需要我们,尽管我今年将要退休,但我还是报名参加了。这也是科技工作者实现自身价值的大好机会。"

(原载《解放日报》1999年1月27日第04版)

创业环境优异　投资回报丰厚

奉贤招商引资成果累累

昨签订项目95个,吸收资金30.2亿元,
居今年市郊招商之首

优异的创业环境,丰厚的投资回报,使奉贤县成为海内外客商的投资热土。在昨天举行的'99奉贤县投资招商会上,美、英、德、日、新加坡等2000多名客商云集南桥镇,当场签订项目95个,吸收资金总额30.2亿元,其中吸收外资1.77亿美元、内资人民币15.6亿元,分别是去年招商会的5.6倍和3.4倍。签订项目数和吸收资金总额不仅创奉贤历史之最,而且均居今年以来市郊各区县招商活动之首。

这次奉贤县投资招商活动呈现"三个增多"的良好景象:一是欧美投资者增多,与去年的招商会相比,这次增加了英、法、加拿大、希腊等国的客商,吸引欧美资金8800万美元以上,超过了该县历年吸引欧美资金的总和。二是落户的大项目增多,有13家海内外著名企业集团前来签约,其中美国GE公司与上海广电电气集团签订了投资4500万美元合办企业的项目,美国沟神公司签约在庄行镇建立机械生产基地,我国有名的人民企业集团也与西渡镇签约,共同兴建占地500亩的工业园区。三是追资企业增多,台商永恩国际集团在光明镇投资见效后,这次又追加资金1200万美元扩大生产规模;双菱集团也追资1.5亿

元,在金汇镇发展新项目;本市新高潮集团原来在头桥镇已投资2.5亿元,这次又追资2亿元,开发高科技项目。

奉贤县招商引资成果累累,主要得益于优异的投资环境。经过几年建设,目前,奉贤县已形成"九纵六横"平坦宽阔通畅的公路交通网络,每平方公里的公路密度已达到中等发达国家水平,奉贤县不仅与市区"近"了,而且向外辐射的功能也强了。海内外客商纷至沓来,美国开利空调、美国标准洁具和德国曼内斯曼公司等都来奉贤安营扎寨。

奉贤县还积极改善服务质量,让投资者称心、放心、安心。他们在市郊率先建立海关、商检等服务机构的基础上,去年又在奉浦工业区内设立外商投资服务中心,提供"一揽式"服务。此外,县主管部门和各镇还对投资项目从签约起即实行终身服务制,提供种种便利,使投资者较快取得丰厚的回报。世界化工巨子比利时优西比公司落户庄行镇后,在短时间里就获得良好效益,不久前这家公司又增资480万美元建办新企业。海螺集团、金城集团等也慕名前来,有的还介绍他人来投资。(记者朱瑞华 通讯员钱忠群)

(原载《解放日报》1999年6月19日第01版)

为农户与市场架"桥"带"信"

奉贤千名经纪人闯荡市场

奉贤县1 000多名农副产品营销经纪人闯荡市场,在农户与市场间架起"桥梁"。该县年营销额在10万元以上的100名营销"大户"代表,昨天受到县委、县政府的表扬。

近几年来,奉贤县的特色农副产品生产发展较快,目前已形成瓜果虾猪禽蛋六大生产基地。但由于信息不畅,产销脱节,农民往往是种养多少不知道,有否效益不知道。前几年邬桥镇一农民养殖了100万羽朗德鹅,因产销脱节造成损失,生产积极性受到很大打击。县镇农业主管部门意识到,在市场经济条件下发展农副产品经营,必须借"脑"营销。为此,他们在禽畜、水产、蔬菜、瓜果、花卉、苗木等方面着力组织经纪人队伍,活跃于产地与市场之间的1 000多名营销经纪人,把奉贤的农副产品运销到全国20多个省市。据统计,全县年营销额在10万元以上的300名"大户",年营销农副产品达3.35万吨,产值近2亿元。

做好产销中介,及时反馈信息,是营销经纪人一项主要工作。柘林镇赵三宝专门从事虾产品及其苗种的营销,在6个省市建立了信息网络,去年虾品营销额达1 193万元,今年上半年已在奉贤营销虾苗2.5亿尾。四团镇董宝龙以温岭、海盐、浦东、青浦等地作为豆浆销售点,并以市场价签订了销售协议,回家后贴出告示并标出当天的收购价,去年豆浆销售超1 000吨。

泰日镇潘永仁、吴龙昌从事肉猪、苗猪营销不到4年,已形成年营销肉猪万头,苗猪3万头的能力。

营销经纪人还是农民致富的带头人。庄行镇唐雪良自己饲养珍禽致富后带动了200多家农户饲养,并为饲养户提供苗种及商品的销售服务,在全国20多个省市建立了营销网络,年销售量达150多万羽。金汇镇王秀明种植花卉发家后动员村民以土地参股种植花卉11亩,年创利36 000元,比种植常规品种高出3倍多,带动了更多的农民种植花卉。塘外镇珍禽联合社的几位营销经纪人,从开始的10户发展到现在的130多户,日销量达1 000羽,年销售额达350万元。(记者朱瑞华 通讯员王昌年)

(原载《解放日报》1999年6月23日第03版)

【编后】为农服务大有可为:

埋头生产不问销路,其实是市场经济中的"睁眼瞎"。目前市郊广大农民,生产积极性很高,涌现出不少新、优、特产品,就是市场信息比较缺乏,拓展市场能力比较弱。奉贤县建立营销经纪人队伍,让农户借"脑"销售,当农户的市场"侦察员",不失为一种好办法。

为农户与市场架起"桥梁",是建立为农服务体系的重要组成部分。随着农村经济的发展,专业化、社会化分工是必然趋势。诸如经营中介、技术培训、营销策划等,都是农村经济不可或缺的,这不仅有助于提高农民的生产积极性,而且还是个极具潜力的市场。希望郊区各地在为农服务上开动脑筋,使农民放心、安心发展生产。

充分利用长江口泥沙资源促淤围垦

十年向大海要地六十万亩

上海市滩涂造地有限公司昨成立

本市围垦造地如今有了"集团军",由本市农工商集团总公司、江海滩涂开发公司、崇明县滩涂造地公司联合组建的上海市滩涂造地有限公司昨天正式成立,这是本市充分利用长江口丰富泥沙资源,大规模促淤围垦造地,促进耕地总量动态平衡,实现经济可持续发展的一大举措,冯国勤副市长出席挂牌仪式并表示祝贺。

新中国成立以来,本市通过滩涂围垦增加土地面积117.8万亩,在这片土地上,相继崛起宝钢、金山石化、漕泾化工园区以及10多个国营农场,由于各项建设事业的需要,本市非农用地不断增加,为实现国家提出的"耕地总量动态平衡"的目标,增加上海土地后备资源,本市编制了近期和中长期促淤围垦造地规划,分年度实施,到2010年规划围垦土地60万亩,形成耕地38万亩。

据介绍,这次组建市滩涂造地有限公司,将建立新的滩涂开发投资机制,以加快滩涂的围垦开发力度,同时按计划对重大滩涂开发项目进行投资和建设管理,对已围垦成陆的土地组织开发经营,多元化、多层次筹措资金,探索出一条滩涂开发经营的良性循环的道路。

(原载《解放日报》1999年7月11日第01版)

发展种子农业、设施农业和生态观光农业

奉贤构筑现代农业新框架

占地15平方公里的农业高新技术综合开发园区,一期工程正在紧锣密鼓地进行;总投资2 500万元的本市首家深水浮板蔬菜栽培生产示范园区,前期工作全部就绪;本市规模最大的上海世泽河鳗温室养殖基地,目前进入产出阶段……近年来,奉贤县加大科技兴农力度,大规模地调整农业结构布局,构筑起现代农业的新框架。

上海农业的生产结构必须把科技含量高、生产手段新、辐射能力强、经济效益佳作为目标。近年来,奉贤县大力发展种子农业、设施农业和生态观光农业。在继续办好原有种子种苗场同时,还先后建起优质种猪基地、特种家禽繁育基地、特种鱼繁育基地、特色食用菌菇种基地和海淡水虾苗温室繁育场等基地。目前这些基地逐步形成效益,特种家禽繁育基地开始向市内外提供日本丝光鸡等名贵禽种苗,今年可提供300多万羽。

推进设施农业的建设,奉贤县舍得投入,该县的农业高新技术综合开发园区占地15平方公里、涉及4个镇。填补国内空白的特色食用菇工厂化生产园区,总投资2 100万元,形成生产后可年产1 500吨柳松菇、杏鲍菇、秀珍菇等。

奉贤县还在生态观光农业下重笔,继邬桥镇建成本市第一个生态镇之后,今年又在全县实施新的造绿工程:市四号线等公路主干道两侧营造"绿色通道",目前20公里长的竹港竹林带基本建成,占地140公顷的上海世界生态农业旅游观光园区,首期工程已初具规模。(记者朱瑞华 通讯员钱忠群)

(原载《解放日报》1999年8月9日第01版)

科技团下乡传授科技

奉贤万余农民握得致富"金钥匙"

如今,奉贤县许多农民在种植粮油蔬果上,积极应用现代新农艺;在饲养生猪家禽上,讲究使用先进的配方喂养法……由于农民在生产上不再依赖"老天"靠科学,如今有近万人掌握了致富"金钥匙",这是科技下乡团半年来向农民传授科技知识所获得的成果。

今年年初,奉贤县和上海农科院联合组建了百人科技下乡团,在奉贤共建"科技示范综合基地",以科学知识引导农民,向农民传授适用农科技术,推进科技兴农。下乡科技人员围绕种子、温室、生物、绿色"四大工程"进行攻关,并积极推广新品种、新技术、新产品、新设备。他们按照建设现代农业的要求,首先在种子工程及种植业结构性调整上下功夫,为农民树样板作示范。在西渡镇蹲点的徐根章、金巧玲等科技人员,面对今年特大梅雨所造成的水稻制种田播种及移栽困难的状况,积极采用水肥管理提高成秧率和高产栽培模式,为农民解决杂交水稻高产栽培技术的难题,为水稻生产搭起了丰产架子,同时也给全县杂交水稻高产栽培作出了示范。过去多年,胡桥镇"三高"粮田作物的布局呈单一稻麦结构,经济效益不高,这次在下乡科技人员的指导下,他们走了两步好"棋":一是用高产栽培模式主攻单产,保证粮食丰产高效;二是腾出一定面积改种市场前景广的小宗经济作物,每亩经济效益增长300多元。

　　下乡科技人员还对农民进行面对面的传授、手把手的指导,使广大农民尽快地握得致富"金钥匙"。邵厂镇一些农业大户种植的蔬菜生长速度慢、效益受影响,到该镇蹲点的农科人员深入田头,帮助农民分析原因,并传授"治病"良策,使这些农户的蔬菜生产有了很大改观。四团镇一些农民种植的西甜瓜长势差,科技人员就向他们传授新技术、新农艺,今年该镇种植的西甜瓜质量好、产量高,农民收益也大大增加。此外,下乡团人员还积极举办农科技术讲座,除自己上场讲课外,还请全县有名的种植大户来传授技术和经验。

（原载《解放日报》1999年8月10日第04版）

鲜花缀申城　盛世花更红

上海年销鲜切花 3.6 亿支、盆花 1 500 万盆，占全国销量 3 成

上海人如今与"花"结缘：徜徉商街、上班工作，处处有鲜花"迎送"；漫步公园、进入家居，时时与花香"亲吻"。国庆期间，点缀在街头的 500 多万盆鲜花应时怒放，每天有 120 多万支鲜切花和 50 多万盆鲜花进入百姓家。上海已成为我国最亮丽的"花都"，全市年销售鲜切花 3.6 亿支、盆花 1 500 多万盆，占全国总销量 30％以上。

50 年前，全市只有 20 来家花店，品种仅有本地的栀子花、白兰花、茉莉花和泊来品香石竹、扶郎花等 10 多个，人们也只有在夏季才能听到"栀子花——白兰花"的沿街叫卖声。如今，本市有 20 多家花卉交易市场、2 000 多家花店，供应的品种数以千计。今年以来仅精文花市平均每天销售鲜切花 60 多万支，超过 1978 年全市的年销量。上海已成为国内最大的鲜花消费市场、良种供应市场和批发交易市场。

花卉已形成一种市场、一项产业。50 年前，上海只有南郊的梅陇和北郊的赵家花园种植花卉，面积百余亩。改革开放以后，花卉种植业似雨后春笋在沪上崛起，至今种植面积达 1 万多亩，销售产值 10 亿余元，其中闵行的香石竹、崇明的唐菖蒲、宝山的菊花、嘉定的玫瑰和松江的银柳已形成规模生产。近几年，

随着"电力园艺"、"中房园艺"、"上海缤纷"、"教大园艺"等一批中外大型花卉企业相继"诞生",激活了沪上花卉经济。自1997年以来,本市成功举办上海花卉博览会、上海国际花卉节和中国花卉园艺博览会,每届都有400多家中外花卉企业"加盟"。目前,滇、粤、闽、京等地及荷兰、比利时、日本、韩国等国的花卉企业纷纷抢滩沪上。上海花市的"吞吐"功能也不断加强,每年向全国提供优质花卉种苗3 000多万株(球),出口花卉1 000多万美元。

上海的花卉栽培也从传统迈向现代。目前,全市塑料大棚、连栋温室和智能温室等花卉栽培面积达5 000多亩,"短日照""反季节""无土栽培"等新技术已在许多园艺场应用,香石竹、唐菖蒲等60多个品种能四季开花、周年上市。市花卉良种试验场在近5年中,先后有10项技术成果获得国家和市级10个大奖,他们采取"借天借地借空间"的新思路,探索出在当地制种、到外地繁育的新型栽培生产方式,产出的香石竹、唐菖蒲和百合花质量,接近了荷兰的水平。今年昆明"世博会"上,市园林、农林和科研部门栽培的300万盆优质鲜花"亮相",赢得各国来宾赞誉。(记者朱桂林 朱瑞华)

(原载《解放日报》1999年10月3日第01版)

让市民吃到更多更好海鲜

市水产集团内联外扩建货源基地

市水产(集团)总公司昨日宣布,今年底将在国内沿海和南澳洲建立合作、合资项目,内联外扩建立货源基地,以进一步丰富上海市场的海水产品供应。

市水产集团担负着上海水产品供应的主渠道任务。随着上海城市的日益国际化和市民生活水平的不断提高,消费者对水产品的品种、质量和营养结构有了更高的要求。为此,今年市水产集团考察了国内沿海主要渔区及海外有关渔业生产国,确定了合作、合资内联外扩建立货源基地的方略。

迄今,市水产集团已与江苏南通、浙江岱山商定,由水产集团提供码头、冷库、加工厂等硬件设施,充分利用其市场销售网络和品牌优势,为产地渔民来沪投售渔鲜和合作经营创造条件。南通、浙江岱山等地则凭借其群众渔业的捕捞优势,分季节组织当地渔船到沪投售海鲜,优势互补,互惠互利。澳大利亚盛产银鲈、尖吻鲈、龙虾、鲍鱼等优质海鲜,水产集团已与南澳洲达成合资意向,在澳发展海洋渔业捕捞、海产品加工和养殖等合作项目,为上海市场提供更多的中高档海产品。

(原载《解放日报》1999年11月3日第04版)

国务院批准拦路港、红旗塘和黄浦江上游干流防洪工程

上海三大治理太湖流域工程开工

中央和地方共同投资,概算达23亿元,施工期预计4年

经国务院批准,太湖流域综合治理大动作——拦路港、红旗塘、黄浦江上游干流防洪三大工程昨日全线开工,这是上海解放以来投资规模最大的河道整治工程,它揭开了太湖流域综合治理的新篇章。

今年太湖流域发生特大洪水,虽然有太浦河、望虞河等治太工程在防洪中发挥巨大作用,但损失仍达120多亿元。为加快实施太湖流域综合治理,国务院决定实施拦路港、红旗塘工程和黄浦江上游干流防洪工程,以加快太湖流域的综合治理。

三大治太工程由中央和地方共同投资,投资概算达23亿元,市水利投资建设有限公司承担工程的建设管理。拦路港上接淀山湖,主要位于青浦区和松江区境内,河道总长23.5公里,计划实施河道堤防工程、支河口控制工程和元荡分流工程及泖河枢纽工程。流经青浦区和松江区的红旗塘,5.1公里主干河道需要拓宽疏浚,11.9公里大蒸塘、园泄泾需加高加固堤防和实施控制工程,6.2公里俞汇塘构建堤防护岸和控制工程。黄浦江上游干流防洪工程河道全长约22公里。根据工程计划,今年底要完成近2亿元工程投资,三大治太工程施工期预计需要4年。

据负责工程建设的市水利局副局长顾士龙介绍,三大治太工程竣工后,可加快汛期太湖泄洪,发挥太湖流域综合治理的整体效益。

(原载《解放日报》1999年11月26日第02版)

为建设都市型现代化渔业

上海"十五"水产发展定蓝图

为建设都市型现代化渔业,实现渔业可持续发展,日前,上海制定了"十五"水产发展计划。

改革开放20年,是上海水产业发展最快的时期,全市迄今形成了18万亩精养鱼塘,建立了市郊商品鱼生产基地,年产淡水鱼13万吨以上,比1978年增长近12倍。近几年来尤其是海淡水虾、河蟹、中华鳖等特种水产养殖发展较快,去年总产量达1.66万吨,给上海市场添了鲜。

上海制定的"十五"水产发展计划为:

——海洋捕捞:拓展和稳固远洋渔业,增强渔业在国际上的地位,充分利用人类共同的渔业资源;稳定近海渔业,调整作业结构,确保养护近海资源。远洋和近海的年捕捞产量稳定在14.6万吨。

——水产养殖:海水养殖突破中国对虾养殖的病害防治,扩大刀额对虾、台湾草虾的养殖面积。淡水养殖扩大名特优新水产品养殖面积,到"十五"期末形成海淡虾类、中华绒螯蟹、中华鳖特色鱼类为核心的8个龙头企业。

——水产苗种:适当缩小常规水产苗种基地,扩大名特优水产苗种基地的建设和改造,以适应名特优水产品养殖的需要。"十五"期间除常规优良这种水产苗种全部自给外,名特优水产品苗种的自给率达到80%以上。

——水产品加工：水产品加工是"十五"期间重点发展的项目，计划发展家庭菜肴类冷冻小包装、生鲜半成品、调味制品；鱼香肠、鱼糕、鱼干、鱼松等即食类食品；熟食品、休闲食品、软罐头制品、烘烤制品；保健类营养食谱类、浓缩鱼蛋白等。

（原载《解放日报》1999年12月6日第03版）

调活夏熟　调优品种　调顺布局

上海农业结构调整初见成效

今年夏熟粮食与经济作物比例为一比三,市场竞争力增强

以调活夏熟、调优品种、调顺布局为主体的上海农业结构调整,迄今初见成效。记者从市有关部门了解到,今年郊区的夏熟粮食与经济作物比例已由1998年的45∶55调整为25∶75,种植业的结构和布局日趋合理,农业的市场竞争力进一步增强。

为促使农业产业升级,实现农业的高产高效优质,去年本市确定了以市场为导向、效益为核心、科技为依托、质量为抓手的新一轮农业结构调整。沪郊各地在去年秋季播种今年的夏熟粮食与经济作物时,加大结构调整的力度,积极调活夏熟,小麦种植面积比上年减少86万亩,减幅达49％,而优质油菜、季节性蔬菜、西甜瓜、青饲玉米、草莓等市场适销的经济作物种植面积为275万亩,比上年增长23％,使"粮经"比例为25∶75,调整幅度为近年来最大的一年。其中调整步伐最快的南汇和崇明县,"粮经"比例已调整到20∶80。

沪郊各地还依托科技来调优品种,重点抓好新品种的引进、繁育和推广。奉贤县利用海南岛良种繁育基地,繁育"8优161"优质杂交粳稻良种800亩,去年种植面积达1.5万亩,比前年增加70％。同时,他们还扩种低硫低甙优质油菜6万亩,占市郊"双低"油菜总面积的80％。南汇县建立了800亩优质果树试

种繁育基地和百亩名特优农产品引种基地,今年优质西甜瓜的面积将超过万亩。市花卉良种试验场开发了10多个花卉新品种,建立了鲜切花组培苗规模生产的工艺流程,具备了对200多个花卉和观叶植物品种进行批量生产的能力。青浦区赵屯镇种植的6 000多亩草莓,全部采用国外优良新品种,去年亩产值上万元,比上年净增2成。

沪郊调整农业的结构布局,使资源优势渐成产业强势。目前,崇明的优质稻米和河蟹、南汇的优质西甜瓜、奉贤的珍禽和海虾、青浦的水产水禽和水生作物、嘉定的肉鸽和葡萄、松江的肉禽和肉鹅、金山的出口蔬菜、闵行的花卉等,基本形成区域化生产的格局,并涌现出20多个特色农副产品的乡镇。此外,为实施沪郊"十五"农业现代化发展规划,上海农业结构布局进行了一系列调整,从发展区域比较优势出发,重点建设近郊农业区、滨海农业区、黄浦江上游农业区和海岛农业区四大功能性农业发展区域。

(原载《解放日报》2000年1月9日第01版)

上海农科院和奉贤县共建科技示范基地

百人科技团下乡 百项"四新"推广

一年培训人员 4 000 人次,受惠农户收入
增幅高于其他农户 4%

时值隆冬,原本春秋两季生长的菇类,在奉贤县七大设施栽培基地里却是生机盎然,每天有 500 多公斤的特色食用菇类供应市场。这是本市"百人科技下乡团"到奉贤县实施科技兴农计划所取得的成果。据有关部门透露,"百人科技下乡团"到奉贤一年里,有近百项新成果、新品种、新技术、新农艺得以推广,下乡团所联系的农户,收入增幅高于其他农户 4%。

去年初,上海农科院和奉贤县全面合作,推选出 100 余名科技人员组成"百人科技下乡团",分别深入 9 个镇蹲点,合力建设"科技示范综合基地"。下乡团围绕种子、温室、生物、绿色"四大工程",携带水稻良种、双低油菜、特色食用菇类、名特优蔬菜新品种、大中型猪场标准生产模式示范推广等 6 大领域近百项新成果、新品种、新技术、新农艺,面对面地向农民传授,示范推广。

"百人科技下乡团"蹲点农村,结合农业结构调整推广新技术,就近交流、就近指导,实现农业增效、农民增收。下乡团水稻课题组在该县 20 万亩粮田开展杂交水稻高产栽培示范,应用推广"8 优 161"、"闵优 128"等良种,示范方平均亩产 589.2 公斤,比常规品种高出 61.2 公斤,农民由此增加纯收入 152 万元。油

菜课题组将低芥酸、低硫葡萄糖甙的"沪油12"优质油菜在三个镇示范推广，并向农民传授良种良法高产配套技术及复合肥料、新型除草剂的使用方法，使农民每亩增收35元。食用菇课题组在江海镇军民村建立示范推广栽培基地，使食用菌菇生产由一年2～3茬增加到15～18茬，实现周年栽培、四季上市。

"百人科技下乡团"在推广"四新"的同时，还对农民进行科技"充电"。下乡团成员先后举办各类培训班40多期，培训人员逾4 000人次。生猪养殖课题组在县种畜场示范基地，传授肉猪"生长、补料、断乳"三关饲养管理技术，使35日龄断乳仔猪的体重由7公斤提高到7.74公斤，仔猪成活率达到97％。（记者 朱瑞华　通讯员 钱忠群）

（原载《解放日报》2000年1月30日第01版）

实施土地整理工程　确保总量动态平衡

奉贤"长"出耕地七千余亩

已先后建四级现代农业园区十多个

奉贤县历年来规模最大的土地整理工程新近全面完工，20 694亩土地经整理后，可净增耕地2 897亩。至此，依靠整理土地，奉贤县近四年里净增了耕地7 240亩，不但解决了非农建设用地的需要，而且实现了耕地总量的动态平衡，促进了经济的可持续发展。

奉贤人均耕地仅一亩左右，近年来，随着工业开发和小城镇建设等非农建设用地的增加，与耕地保护的矛盾日渐突出。1996年初，县主管部门经过调查分析，发现县内有众多纵横交叉的河汊沟头、废弃仓库、牧场和农民空余宅基地等未加合理利用，这些土地通过整理，完全可"长"出"新"的耕地来。为此，他们在编制新一轮土地利用总体规划时，把田、林、路、渠、宅统一规划，合理布局，高起点、超前性制定土地利用规划，并于这年年底将金汇、西渡镇列为试点，通过平整零散田块、填平废地沟浜、拆除老宅旧库等，按照农田格子化、水系暗灌明排等要求，对1 056.9亩土地进行大面积土地整理。结果在对整理前后的土地测量中发现，耕地增加了12%，得到了市、部和中央领导的肯定。在此之后，各镇也纷纷开始实施土地整理。

为调动镇、村整理土地的积极性，县里规定，凡是净增1亩耕地，县财政给予一定数额的补贴，同时在县土地利用总体规划内，净增的耕地可用于非农用地建设的置换。此外，从去年下半年起，奉贤尝试县土地置换指标实行有偿使用制度，建设单位若需要非农建设用地指标，经批准可向有置换用地指标的镇购买，从而使全县的土地整理遍及县内21个镇。青村镇近三年中整理土地5 382亩，净增耕地1 800亩，满足了日益增长的非农用地建设的需要。

开展土地整理不但"长"出了耕地，而且强化了基本农田的保护。整理后净增的耕地列入基本农田保护区，加上原来的基本农田保护区，目前，全县已划定基本农田保护区面积为472 500亩，占耕地总量的88.97%。土地整理还促进了现代农业园区的建设和发展，使土地资源要素得到了合理流动和有效配置，推动了产业结构的调整和布局的优化。迄今，奉贤通过土地整理已先后建立了金汇、西渡等10多个市、县、镇、村级现代农业园区。此外，农民也从土地整理中得到实惠。农民原承包经营土地经整理建成的农业园区，可获高产稳产；若从事非农产业，农民则以土地使用权参股，每年可分到一定比例的粮食。（记者朱瑞华　实习生宋鹏霞）

（原载《解放日报》2000年7月8日第01版头条）

"上海实业"控股"人工半岛"

至 2002 年 6 月,将为海港新城造地 38.7 平方公里

昨日,上海人工半岛建设发展公司原股东方与上海实业集团麾下的上实置业集团(上海)有限公司签订合资合同,宣布"上实"投资并控股人工半岛公司。据介绍,至 2002 年 6 月,人工半岛近 6 万亩围海造地工程全部完工后,可为海港新城建设提供 38.7 平方公里的土地资源。

为给海港新城建设提供广阔而又廉价的土地资源,市委市政府决策在南汇东滩规划建设人工半岛,并指示由市农委牵线,于 1995 年 8 月组建了上海人工半岛建设发展有限公司。为降低造地成本,公司制定了"先促淤,后围垦"的方针,一期围垦大堤工程 4 月份已竣工,圈围土地 1.5 万亩。投资 1 亿元、促淤 4.5 万亩的二期工程于 6 月底开工,预计明年 8 月起可实施围垦。

上海人工半岛位于长江与杭州湾交汇处上海黄金海岸的东南端,即芦潮港南汇嘴向东外延 10 公里、吴淞标高负 5 米等深线范围内的边滩上。总投资达 10.8 亿元的人工半岛,其围海造地工程北起石皮勒港,南至汇角,造地面积约 38.7 平方公里,岸线长 30 公里,属拓地型半岛。围海造地工程主要是通过建造人工促淤大坝,利用潮汐作用,拦截长江口泥沙加速其自然淤积,并围垦成陆。人工半岛北邻浦东新区,距市中心约 80 公里,与浙江、宁波、舟山地区隔海相望,是上海通向浙东地区的桥头堡

和中转站,距大洋山、小洋山岛仅25公里。

昨日,中国工商银行上海市分行和上海人工半岛建设发展有限公司签署了银企合作协议,市工行授信贷款额度5亿元人民币,以加快人工半岛建设。

(原载《解放日报》2000年8月4日第01版)

30个乡镇建成"新型城镇"
50万农民过上"都市生活"

沪郊农村城市化率达47%,居全国前列

在上海郊区,农民进城镇买房落户、过城市人生活已成为潮流。资料显示,"九五"期间,郊区有30个乡镇建设成为规模相当、环境优美、设施配套、功能齐全的"新型城镇",50万名农民过上"都市生活",目前农村城市化率达47%,居全国前列。

"新型城镇"建设,是农村经济发展到一定阶段的客观要求和必然产物。郊区各地采用新的投资机制,加快了农村城市化建设。迄今已涌现出嘉定马陆镇、松江洞泾镇、青浦华新镇等一批"新型城镇"。奉贤县江海镇经过6年的建设,目前镇区建筑面积达80万平方米,吸引近3万名农民进镇落户。广大农民入住"新型城镇",享受城市人的生活质量,接受城市文明的熏陶,思想观念、生活习惯和素质修养发生了深刻变化。如今,他们的择业观念,由过去的单纯种养业演变为亦农亦工亦商的"兼业型"劳动者。乱扔垃圾、乱搭违章建筑的陋习,随着文明楼、文明小区的创建而逐步改变,近两年来郊区有7个镇被评为国家卫生镇,占全国卫生镇总数的17.5%,居全国之首。进城农民还注重知识"充电",一些科技文化活动点相继涌现,如南汇惠南镇的"外语角"、青浦朱家角镇的"科技角"、奉贤头桥镇的"沪剧角"、金山朱泾镇的"书画角"。

"新型城镇"的崛起,推动了郊区第三产业的发展。如今,金山枫泾商城、南汇航头商城、奉贤邬桥陶瓷批发市场、闵行九星建材批发市场等已成为远近闻名的物流集散地。不少农民依托城镇兴办了特色家庭工业,奉贤的木制家具、青浦的毛衣和蔺草编织、金山的手绣花边等,吸纳了上百万名农民就业,使农村大量剩余劳动力向非农产业转移。城乡关系也走向一体化。过去是农村与城市间有条"银河",现在则是城乡相互依托、相互渗透。由于道路交通便捷、邮电通信发达,市区与郊区的距离"近"了,郊区成了市中心的延伸。目前形成的9个市级工业区和200多个县、镇经济开发小区,为城市大工业向郊区战略转移提供了发展空间,第一批市区大工业与市级工业区合作项目已投产。同时,工业园区的发展,也加快了农村城市化进程,实践着江泽民总书记在上海工作时倡导的城乡一体化构想。

高起点建设"新型城镇",是实现城乡一体化宏伟目标的重要基础。有专家指出,面对新世纪,上海郊区的城镇建设要在总体规划、科学设计、功能配置、环境配套等方面进一步拓宽思路,高起点绘制建设蓝图,展现国际大都市郊区城镇的独特风采。

(原载《解放日报》2000年10月5日第01版)

市郊九大工业区"好戏连台"

今年来引进工业项目和投资总额分别同比增 45% 和 50%

最近一个时期,分布在郊区的 9 个市级工业区"好戏连台":上海工业投资集团与奉贤县政府签约,在原奉浦工业区上组建上海工业综合开发区;经国务院批准,松江工业区内设立出口加工区;有"中国硅谷"之称的上海集成电路产业封装基地,到松江、青浦等工业区投资落户……来自市农委统计资料显示,9 个市级工业区今年 1~8 月,引进工业项目 175 个,投资总额 55 亿元,分别比去年同期增长 45% 和 50%。

工业向园区集中,是沪郊经济发展的趋势。去年 7 月,本市 11 家工业大集团与 9 个市级工业区签约,结成长期合作伙伴。之后,许多大工业企业采用独资、合资等形式,进军工业区。广电集团在松江工业区里投资近 3 亿美元,新建 PDP、VFD 等高科技显示屏项目。电气集团与法国阿尔斯通公司合作,投入上千万美元进军莘庄工业区,创办轨道交通电气设备公司。大工业通过战略转移,新技术、新设备、新产品在"脱壳"中喜获"新生",觅到发展的新空间。

市级工业区根据自己的基础,培育主导产业,形成发展重点,从而吸引了海外大企业纷至沓来"筑巢落户"。目前,松江工业区的外商总投资额逾 25 亿美元,建成新型建材、信息产业、休闲食品、生物医药和精细化工的生产基地。嘉定工业区内,仅世界500强投资的工业项目20多个,形成了汽车及配件工业为主的主导产业。据统计,已开工的1 019家外资企业,去年完成产值325亿元,利税达17亿元。外省市大企业也争相前来"落户"。康桥工业区形成了一批以"一汽"为主的汽车配件企业和红旗轿车组装企业。

(原载《解放日报》2000年11月25日第02版)

为有效改善枯水期黄浦江水环境

引太湖清水济申城

太浦河泵站工程开工，计划 2003 年 6 月竣工

国家级重大工程项目——太浦河泵站工程，昨天在江苏省吴江市平望镇举行开工典礼。这一在枯水期可调遣太湖清水济申城，改善市区饮用水水质的市重大工程，计划于 2003 年 6 月竣工并交付使用。水利部副部长张基尧、上海市副市长韩正、江苏省副省长姜永荣出席开工仪式。

太浦河泵站工程建在太浦河源头的太浦闸南侧，工程静态总投资 2.76 亿元，其中国家利用世行贷款投资占 52%，上海投资占 48%。太浦河泵站枢纽工程，由抽水泵站、拦污栅闸、公路桥、上下游进出水河道和变电站等组成。泵站的 6 台斜 15 度轴伸泵，单泵每秒流量为 50 立方米，叶轮直径为 4.1 米。泵站设计每秒总流量为 300 立方米。在同类型的斜式泵中，其单机流量、规模及装机容量为亚洲之最。

太浦河泵站工程建成后，枯水期间，6 台大功率轴伸泵既可以直接将太湖水送入黄浦江，又可以与望虞河联动从长江调水入太湖进黄浦江，改善太湖和黄浦江的水质，提高上海市 700 万以上居民生活及企事业单位的饮用水水质和供水保障率。

（原载《解放日报》2000 年 12 月 27 日第 01 版）

萌动第三代动力系统革命

上海制成"氢能发电机"

以氢和空气为原料,安全性好,排放零污染

真神奇!昨日,记者在奉贤上海市工业综合开发区坐上一辆新型旅游车观光,这辆车用氢气、空气通过化学反应直接转化为电能,排放物为纯净水。这种新能源环保型动力车,起动快捷,行车平稳,转向灵活,使乘客感受到第三代动力系统的一场革命正在上海萌动。

这辆"中国氢动力首号车"的"动力心脏"——质子交换膜燃料电池,是由上海神力科技有限公司提供的。据"神力"公司总经理、燃料电池研制负责人胡里清博士介绍,燃料电池不是普通的充电电池,它是一种以氢气为燃料,空气为净化剂,通过化学反应,无须燃烧而将化学能直接转化为电能的发电装置。用通俗的话来说就是氢能发电机,只要外部源源不断地向其输入氢气,它就能连续不断地发出电来。由于此种"氢能发电机"使用氢气和空气,因此安全性好,达到零污染排放。

蒸汽机、内燃机的诞生,是动力系统的第二次革命,它在促进人类文明进步的同时,也消耗了大量不可再生的自然能源资源,并造成环境污染。以氢和空气为原料的燃料电池,是取之不尽、用之不竭的廉价资源。目前世界上只有美国、加拿大等少数国家掌握燃料电池这项尖端技术。我国在这一领域的研究工作,早在20世纪60年代就已起步,但长期徘徊不前。各项技术指标与北美等发达国家相比,差距较大。为早日开发成功我国自己的"氢能发电机",1998年胡里清博士放弃海外优厚的物质待遇,怀着报效祖国,振兴民族工业的赤诚之心,到上海奉浦工业区艰苦创业。国家科技部、中科院、上海市科委给予高度重视,让胡里清承担"30千瓦质子交换膜燃料电池动力系统"这一国家"九五"重点攻关科研项目。奉贤县委、县政府也给予全方位的支持。胡里清等人用了两年多时间,独立开发一批拥有自主知识产权的燃料电池系列产品。

上海市质量技术监督局检测部门对"氢能发电机"中电池模块的各项技术指标进行严格的技术检测,中科院上海文献情报研究中心进行查新检索,结果表明,其技术指标达到"国内领先,国际先进"水平。目前,这一产品被市政府认定为上海市高新科技成果转化项目。胡里清博士被提名为国家"九五"科技攻关先进个人。

专家称,大功率高功率密度质子交换膜燃料电池在能源、环保、造船、汽车、电站、航天、电讯等各个领域的广泛应用,前景已见端倪。随着产业化的发展,必定会引发各个相关产业的连锁反应,并创造出许多新兴产业和就业机会。(记者朱瑞华 吴楷林)

(原载《解放日报》2001年2月23日第01版)

上海郊区全面整理土地资源

四年"长"出两个澳门

今年将再复垦净增耕地1.7万亩

昨日召开的上海市土地整理工作会议宣布，今年本市将通过土地整理复垦，计划净增耕地1.7万亩。据介绍，近四年来，本市已对32.3万亩土地进行整理复垦，总共净增耕地8.56万亩，相当于"长"出了两个澳门的面积，不但基本满足了非农建设用地的需要，而且为实现耕地总量动态平衡的战略目标迈出了一大步。

近几年来，随着工业和小城镇建设等用地的增加，与保护耕地的矛盾变得突出起来。1997年，奉贤县率先对县内的河汊沟头、废弃仓库、牧场和农民空余宅基地等整理，当年"长"出耕地近130亩，被列为全国土地整理示范县。此后，各区县纷纷编制了新一轮土地利用总体规划，合理布局田、林、路、渠、宅，全面开展土地整理。金山区迄今已整理土地51.2万亩，新增耕地1.17万亩，实现了全区耕地总量的动态平衡。为了合理配置土地资源，市有关部门规定，新增耕地面积的90%可由各区县用于非农业建设用地的置换，而非农业建设占用耕地每亩须交纳开垦费1万元，其中60%返还各区县，用于土地整理复垦。此外，本市还对异地土地置换指标实行有偿使用制度。非农业建设用地指标少的区县若需要非农建设用地指标，经批准可向有置换用地指标的区县购买,用地者和造地者各得其所。迄今,全市通过土地整理先后建立了13家市级现代农业园区和一大批区县、乡镇级农业园区。(记者朱瑞华 实习生吴华)

(原载《解放日报》2001年3月14日第01版)

4.5 亿元的海塘保滩工程计划已编就

千里海塘将穿新"外衣"

记者日前从市滩涂管理处获悉,上海的千里海塘将要穿上新"外衣"。总投资额近 4.5 亿元的海塘保滩工程计划已编就,近期将公开招投标,并于 4 月初开工。水务专家称,工程全线完工后,可使本市海塘达到抵御百年一遇台风加 11 级或 12 级组合风浪潮侵袭的能力,为本市经济和社会发展构筑一道防汛保安的坚固屏障。

上海东临长江口及东海,南濒杭州湾,464.4 公里海塘是抵御台风、风浪潮侵袭的第一道防线,同时兼有稳定河势、保滩造地等综合功能。为抵御台风浪潮侵袭,从 1998 年起,本市全面实施直接抵御风暴潮的海塘主堤达标工程,预计今年可全线完工。滩地、海塘唇齿相依,为减少海浪对海塘达标主堤的冲刷,市政府决策上马海塘保滩工程,从整体上提高海塘主堤的防御能力,工程实施范围为:崇明岛崇头三角坝-跃进 8 号丁坝、崇明岛南沿、长兴岛南沿、长兴岛北沿、横沙岛北沿、杭州湾北岸等。(吴华 朱瑞华)

(原载《解放日报》2001 年 3 月 16 日第 09 版)

申城"十五"期间构建治水三大体系

饮水：将接近发达国家标准

为实现安全、资源、环境三位一体，目前，本市三项防洪工程和太浦河泵站调清水等工程正在加紧施工。随着一大批重点治水工程的上马，到2005年，申城治水可形成防汛保安、水资源配置、水环境保护"三大体系"，从而优化城市综合发展环境，本市的饮用水质也将接近发达国家标准。

"九五"期间，上海治水经历了城乡水利、都市水利和资源水利，构筑起都市型现代化水利的新格局。"十五"期间，本市着力建设治水三大体系。

——防汛保安体系。以千里海塘、千里江堤、城镇排水系统和14个片除涝工程为基本框架，防汛信息系统、防汛应急预案和各级防汛指挥系统为支撑，形成完备的防汛保安体系。要改造并新建20个排水系统，使建成区达到排水标准；全面完成新增黄浦江市区防汛墙工程、治太"2+1"工程（红旗塘、拦路港和黄浦江上游干流段防洪工程）等，完善防汛保安体系，提高重要地区和重点部位的防洪抗灾能力。

——水资源配置体系。以水资源综合利用为核心，确保市民饮用水优质供给为首要目标，建立和完善以"三源一网"（黄浦江水源、长江水源、地下水源和供水管网）为重点的水资源配置系统，形成城镇供水、工业用水、农田灌溉、内河航运、环境用水相协调,水量、水质实时监控系统和合理的价格机制相配套的水资源配置体系。重点抓好"三个一"工程建设(长江水源增量、太浦河翻水泵站、黄浦江原水预处理厂),提高市民饮用水质量。同时,根据不同季节的上游来水量,实行黄浦江水和长江水两大原水供应互换,并计划开辟横沙岛青草沙第三水源。全市日均供水能力将由现在的1 048万立方米升到1 068万立方米。

——水环境保护体系。以"一江一湖十二河"(黄浦江、淀山湖和全市骨干河道)为重点,以"六线六厂"(石洞口、竹园第一、竹园第二、白龙港、新和、中港污水干线以及相应六座大型污水处理厂)污水处理骨干设施为基础,逐步形成污水收集处理、长期调水、定期清淤和长效管理机制相结合的水环境保护体系。完成"三厂三线"建设(新建石洞口、竹园和白龙港三座污水处理厂以及竹园第二干线、石洞口和白龙港污水干线);提高污水处理率和处理等级,使全市日处理污水能力达到580万吨,处理率达到70%;以苏州河整治为重点,带动全市中小河道整治,集中整治市中心区苏州河南北两翼之间的骨干河道和吴淞工业区水环境,建成一批水质改善型、滨河景观型、生态改善型等样板河段;重点疏拓整治赵家沟、浦东运河、大芦港等郊区骨干河道,使整治的河道基本消除黑臭,逐步恢复水生态系统。(记者朱瑞华 实习生吴华)

(原载《解放日报》2001年3月22日第01版)

打破千镇一面模式　规划设计国际招标
一城九镇将现异国风情

德国的设计大师来了,美国的设计专家来了,意大利的设计名角来了……今年以来,在本市"十五"期间率先重点建设的"一城九镇"中,不时能看到外国建筑设计师在实地察看调查。市农委有关部门透露,累计有 30 多家外国设计院(所)前来角逐"一城九镇"的规划设计,目前松江新城和安亭、浦江、高桥、朱家角、奉城五个镇的设计已完成中间成果,进入详细规划阶段;罗店、枫泾、堡镇、周浦等地近日也将向国际招标。

上海郊区"一城九镇"的规划建设,为各国设计院(所)所看好,用荷兰 TKA 公司董事特恩·库汉斯的话来说:"能参与'一城九镇'的规划设计,是千载难逢的机遇。"一时间,德国的阿尔伯特拜尔、英国的邦雅、意大利的格里高蒂、荷兰的高柏和澳大利亚五合国际建筑设计集团相继云集市郊,参加"一城九镇"规划设计的竞投标。其中有中国大剧院的设计者意大利斯加凯蒂设计院、曾设计过上海大剧院和浦东世纪大道的法国夏氏建筑与城市设计事务所、参与海南岛小城镇扩建改造工程的美国 SWA 设计院。各国设计师为能拿出最佳的代表作品,纷纷到实地进行勘察,对大量资料进行论证,并以全新的思路设计创作。参与高桥镇规划设计的荷兰高柏公司、法国夏氏建筑与城市设计事务所、澳大利亚五合国际建筑设计集团等,专门听取本市有关部门对方案的意见,并认真加以改进。

各国设计师还带来了崭新的设计理念。各国设计师在制定方案中,都坚持以人为本,注意建筑与生态交汇,国外特色与江南风貌融合,并用不同的理念将"音符"弹奏成不同风格建筑的"凝固乐章"。意大利设计师在突出公共服务设施和公共基础设施上大作文章,西班牙设计师注重居住社区的人际交往空间,荷兰设计师则时时处处体恤人,关怀人,在设计街道时着意考虑孩子们的喜好。方案设计风格独到,让人耳目一新。

市农委有关部门负责人欣喜地告诉记者,目前已完成中间成果的一城五镇,在整体规划上已打破"千镇一面"的传统模式,初步形成各有特色的框架。不久的将来,建成后的"一城九镇"与市区的"万国建筑"相呼应,进一步体现出上海现代化国际大都市的风采。(记者朱瑞华 实习生吴华)

(原载《解放日报》2001年4月27日第01版头条)

上海郊区显示实力水平

粮经调整力度、城市化率、农民增收幅度居全国之首

积极调整农业结构，加快城市化进程，千方百计增加农民收入，促进了上海郊区经济和社会的全面发展。去年郊区粮经比例、城市化率、农民增收幅度均居全国之首，初步体现了郊区的实力和水平。

——农业结构调整取得阶段性成果，提升了农业的竞争力。与1998年相比，种植业用地占农业用地的比重从85％下降到79％，林、园地面积从5％上升到10％，林、园地面积正以年均10万亩的速度增长；全市粮食与经济作物结构之比，已由1998年的6∶4调整为4∶6，调整力度为全国最大。在推进农业结构战略性调整中，郊区计划再用5年左右时间，使农田大体形成以经济林为主的林木花卉、以创汇农业为主的园艺蔬菜瓜果和以优质稻米为主的粮油基地"三分天下"的格局。

——加大城市化建设力度，着力塑造郊区新形象。通过工业向园区集中，农田向规模经营集中，农民向城镇集中，城市化建设呈快速发展态势。至去年底，郊区的城镇建成面积达380万平方米，有近70万名农民进镇落户，郊区城市化水平已达47％，城市化率居全国之首。今年，松江新城一马当先，目标直指国内一流的中等规模城市；安亭镇依托汽车产业，将建成"国际汽车城"；高桥镇将建成以亲水为特征的门户型港口重镇；浦

江镇规划建设9万亩城市森林,将形成"城在林中、居在绿中"的形态特征;朱家角镇规划建设以休闲度假和生态居住为特色的新城镇。同时,围绕"造林、保洁、清河、治污"四个重点,全面营造郊区环境新貌。

——落实四项措施,千方百计增加农民收入。去年市政府落实四项措施:发展高效经济作物,结构调整增一块;加快二三产业发展步伐,非农产业长一块;鼓励非公经济创业,财产性收入加一块;完善农村养老和合作医疗制度,社会保障补一块。全郊区农民人均可支配收入达 5 850 元,比上年增长 5.1%,增幅居全国首位。为争取实现今年农民人均可支配收入突破 6 000 元大关,郊区将加快二三产业发展和城市化建设,并通过本土就业、跨地就业和境外劳务输出等途径,争取再新增 5 万个非农就业岗位。

(原载《解放日报》2002 年 4 月 2 日第 05 版)

通讯特写

官術數古

秋雨绵绵访虾场

秋深对虾肥,一年一度的捕捞季节来到了。

一张普通的渔家小网轻轻地起动了。霎时间,即将脱水的渔网内,漾开诱人的涟漪。这一网,少说也有一百来对成年虾,足足有 6 斤多重。"啧!啧!啧!才养 5 个月,就长得这般肥大!"冒着秋雨,观赏这次试捕的主人和客人,一齐赞叹起来。

在这市郊最大的人工养殖对虾单位——奉贤盐场,笔者和渔民们一起分享着大捕捞前夕的欢乐。

对虾的老家本来在黄海、渤海一带。由于日益增长的需求,人们在几年前就注重探索人工养殖这一课题。多年从事对虾人工养殖研究的市水产养殖总场工程师叶惠恩说,对虾是我国黄海、渤海一带的特产,素以肉质鲜美、营养丰富而驰名中外。说来有趣,对虾的名称,并不是像鸳鸯以雌雄配对相伴而得名,而是因为过去在我国北方市场上,人们以"对"作为出售单位,习惯以"对"来统计劳动成果,这样,对虾的名称就流传下来。

登上海堤大坝,一眼望去,堤内 109 只虾塘如块块明镜,镶嵌在海涂上。场长毛英良高兴地说:"我们是在兄弟场养殖成功的基础上,利用原有水面和废弃的盐滩地建立虾场的,今年我场一下子扩大到 2 400 亩,照试捕测算,平均每亩可达百斤左右,搞大面积养殖这是个不小的数字哩!"真是靠海吃海,大有可为。

收获时节的欢乐,往往会使人甜蜜地回忆起养殖时的辛劳。

夏至前夕，当这些祖籍渤海、在高盐度环境里出生的"小宝贝"，经过长途跋涉，喜孜孜来到低盐度的杭州湾畔"安家"时，一开始感到浑身不舒服。好客的主人为此特意在生产塘里建了一只小暂养塘，使它们逐步适应低盐度的生活环境。说来真有趣，对虾一生要蜕 40 次左右的皮才能"成年"。据说，刚出生的对虾"婴儿"，它的形状、面庞一点儿不像它的"父母"，倒酷似一只只小蜘蛛聚集在池水的表层。小"蜘蛛"蜕六次皮，像一只只小蜻蜓在水中游弋，又蜕三次皮，才初具虾形，犹如一只只倒悬列队的孑孓，再蜕三次皮，才变成父形母貌的仔虾，仔虾最后再蜕十次左右的皮，每尾体长达到 7 毫米以上，就可以养殖了。

本市郊区沿海对虾人工养殖自 1979 年获得成功后，发展较快。今年全市已发展到 2 880 多亩。仅奉贤、南汇、金山等县，如果将已经围垦的滩地，再改造一下，预计可以开挖成 15 000 多亩养殖水面。但是，由于市郊没有初具规模的对虾育苗基地，缺乏价廉物美的对虾喂养颗粒饲料，缺少相应的对虾冷藏和加工设施，这宴席上的珍品，目前还很难成为市民餐桌上的佳肴。
（周兆熊　朱瑞华）

（原载《解放日报》1983 年 10 月 28 日第 02 版）

"海上人参"——青蟹

——访本市第一个青蟹人工养殖试验场

秋深蟹儿壮。记者慕名访问了奉贤县柘林乡南部海涂上的本市第一个青蟹人工养殖试验场。

漫步于蟹塘堤岸,但见清澈的池水中,一只只体魄强悍的成蟹逆流勇进,继而,纷纷地向塘内的栏网步步攀登。两只肥硕的冲天大钳有节奏地一张一弛,向企图接近它们的人群示威。

陪同的科技人员告诉笔者,这种海水蟹,上海人称之为青蟹,俗名又称黄脚蟹,是我国珍贵海产品之一。青蟹肉质鲜美,营养丰富,兼有滋补强身之功效。尤其是雌蟹,被我国南方及港澳台同胞们视作"膏蟹",有"海上人参"之称。

中国水产科学院东海研究所的赖庆生形象地描述了青蟹的生长和生殖的情景。他说,青蟹是一种广温性底栖动物,盛产于温暖的浅海中,主要分布在我国广东、广西、福建、台湾、浙江、江苏和上海沿海等地,越南、日本、菲律宾、印度尼西亚、泰国、印度、澳大利亚、新西兰和美国沿海也有青蟹的足迹。本市的青蟹人工育肥试验,自去年获得成功后,今年扩大了育肥试验的面积。根据两年的试验观察,发现青蟹一生要蜕13次壳才能"成年"。刚出生的青蟹形状像跳蚤,蜕5次壳后似倒悬在水中的蜻蜓。"小蜻蜓"蜕1次壳变成了幼蟹,幼蟹再经过8次蜕壳后,开始进入了"婚配"阶段。老赖风趣地说:"别看青蟹这种冷血动物,平时横行霸道,但在'婚姻'方面颇通'人性',先'恋爱',后'结婚'。发育成熟的雄蟹追求'伴侣'时,首先要花两三天的时间,频频地向它的'意中人'献媚,在博得'情人'的欢心后,雄蟹与雌蟹'拥抱''接吻'两天,尔后警惕地护卫在雌蟹的周围,抗击'第三者'的插足,静候'情人''卸旧装''穿新衣'(最后一次蜕壳),举行'婚礼'。"

在谈到青蟹的人工养殖发展前景时,老赖高兴地对笔者说:"我国人工养殖青蟹已有近百年的历史,新中国成立后的五六十年代,在我国的东南沿海曾有较大的发展。目前本市的青蟹人工育肥技术已日臻完善,喂养的青蟹最大的已长到16厘米以上,体重达1斤半,预计净亩产可达500斤。"(记者朱瑞华　通讯员周兆熊)

(原载《解放日报》1985年12月5日第02版)

一家筹建中的新厂，居然创汇 120 万美元，奥秘何在？

借"鸡"生"蛋"

筹建中的奉贤县洪庙乡东霞服装厂，从圈地打桩、架梁盖顶，一切从零开始。可是，谁能料到，这家还没有具备生产能力的新厂，日前在厂房落成的同时，却为国家挣得了 120 万美元外汇。"这简直是一个谜！"为了解个中缘由，记者前往采访。副乡长马天林风趣地用借"鸡"生"蛋"四个字道出了谜底。

奉贤县洪庙乡投资 160 万元，于 1987 年初筹建东霞服装厂。厂长夏建邦从市外贸部门获悉出口服装销售看好，但苦于厂房正在盖建，有劲使不上；厂党支部书记徐明根也是个精明人，他俩一碰头，居然不谋而合：借用本乡空余厂房组织生产，来个借"鸡"生"蛋"。

他们兵分两路：一路人马疏通了外贸服装生产的供销渠道，另一路人马抓紧落实产前的各种准备工作。很快，本乡一家乡办服装厂让出了两个空闲车间，一家村办服装厂腾出 800 平方米简易房舍，并从县内兄弟单位租借了一部分生产设备。乡里还抽调了 10 多名技术骨干，招收了具有一定服装生产技能的男女青年，组成了 370 人的职工队伍，就这样东霞服装厂拉开了借"鸡"生"蛋"的序幕。

与外向型产品相配套的质量、生产、技术、管理体系和五级质量检验网络，在厂里相继建立、实施，产品质量名列全市同行业前茅。前不久,市商检局等单位来厂验收,质量获得《上海出口产品质量许可证》。他们生产的服装畅销日本、美国等国家。去年,东霞服装厂获得税利70万元,创汇120万美元。有关部门算了一笔账,东霞服装厂借"鸡"生"蛋",意外获得60万元建厂资金,加快了新厂的建设,工期比原计划缩短了两个月。

(原载《解放日报》1988年2月21日第04版)

愧对子孙的浩劫

——1989年"鳗苗大战"纪实

一衣带水的日本人特爱吃河鳗。中国老百姓一直不谙扶桑国中事,近年来对外开放,知道河鳗出口能卖好价钱。一时间趋者如云,鱼贩大肆出动,抬价抢购;渔船千舟竞发,狂捕滥捉。

河鳗一时身价百倍。一条头发丝大小的鳗苗竟能卖3元人民币,价格几同于黄金!

烟花三月,正值河鳗苗洄游长江之际,恭候它们的是千万张疏而不漏的网。

中国的河鳗资源正濒临断子绝孙的险境。

东海告急,长江告急保护资源!拯救鳗苗!从中央到地方,禁令接着禁令。然而,"捕鳗苗淘金"的狂潮却是年甚一年,愈演愈烈……

金 钱 的 疯 狂

晨日初上,南通、张家港江段,波光闪闪。涨潮了,原先蛰伏在浅滩上的各等捕鳗苗船只,此时迅即涌向附近江面,有木船、水泥船、帆船,还有柴油桶、塑料桶、汽车轮胎……舟楫纵横,远远望去,江面上黑压压一片……

南通孙老大兄弟三人驾一叶扁舟,在万船丛中一路领先。老二把舵,老三张网,老大自己则两眼直勾勾地盯住前方江面……

　　三年前,孙氏三兄弟在长江中捕刀鱼,听人说捕河鳗苗可发大财,遂改换行当加入"淘金"者的行列。三年,仅用270天,三幢小洋楼矗起,一条新船下水。今年不到两个月,7万元收入已把钱包撑得鼓鼓囊囊!

　　金钱的诱惑,逗得"旱鸭子"也蠢蠢欲动。

　　今年刚过而立之年的王小毛,原在苏北一家乡办小厂当搬运工,月薪50余元。今春的一天去邻村亲戚家串门,所见所闻,"淘金"的欲火烧得这位"旱鸭子"坐立不安。是日,他从农机站拽了个拖拉机旧轮胎,搭上婆娘陪嫁过来的一只木盆,自个儿在屋前的小河里"试航",第二天即加入了"淘金"者的行列。江面上一头死猪漂来了王小毛的好运。在咒骂和急红了眼的嘈杂声中,王小毛眼疾手快抢在众人头里网到了上面叮咣着上千条鳗苗的死猪。一夜间他就成了"万元户"!首战告捷,小毛初涉江水时战颤的模样荡然无存。"旱鸭子"面对同伴的戏谑,坦然道:生死在天……

　　据一家报纸报道:一位船老大,春节刚过就偕妻携儿入江"淘金",那天风急浪高,小船不慎倾覆,全家被倒扣在船底。熟谙水性的船老大跃出水面,又拼力救出奄奄一息的妻儿。害怕了?第二天,死里逃生的船老大一家人又义无反顾地摇橹下江……去年,江苏省有上百人为捕鳗苗命丧江海。今春以来,虽无大风侵袭,仅南通市就有20余人溺水身亡。

　　国家明令禁止在长江内捕捞河鳗苗,但在金钱暴利的驱使下,他们连死都不怕,何以法惧之?!上迄江苏射阳,下至吴淞口外,千里江面上捕鳗苗船只星罗棋布,樯桅如林。他们中有经验丰富的渔民,有近水楼台的船工,有扔了锄杆的农民,也有揣着病假单的小青工,瞪着土黄色的江水,眼睛红得都快出血——

通讯特写

鳗！鳗！鳗！
钱！钱！钱！
恨不能竭泽而渔，巴不得一网打尽！！

"鳗特区"掠影

苏北某县。一辆黑色的"皇冠"牌小轿车在茫茫夜色中悄然驶入一处偏僻的渔村。听到三声低沉车笛，暗中窜出几条黑汉，簇拥着数位"南方客"闪进路旁的渔舍。一番讨价还价后，拍板成交。昏暗的灯光下，手持钢皮卷尺的当地佬在测量一捆捆"大团结"的身高。数分钟后，几瓶内盛河鳗苗的液化气钢瓶被麻利地装上了"南方客"的车，小车便在夜幕中消逝得无影无踪……

一位不知高低的"南方客"，今年初来乍到，便横冲直撞。一个月黑风高的晚上，稀里糊涂吃一顿棍棒，他清醒了。卧榻之旁，岂容他人酣睡。"南方客"画地为界，此一帮，彼一伙，势力范围内有他们各自的"51号兵站"。

元旦之后，坐飞机、火车、轮船、轿车、摩托车来的"南方客"，操着生硬的国语，提着沉甸甸的旅行袋，以一厚迭"大团结"开路，"团结"了当地一些干部和群众，进入"避风港"，找到"安乐窝"。他们可以放心地将成捆"大团结"当作被褥，铺在床上安然睡去，自有人为之放哨站岗；甚至有人甘愿租妻让床。

上级渔政机构的"特工"曾乔装前去南方客"兵站"探情，归来后百思不得其解：为何当地人保护"南方客"，赛过《沙家浜》里的阿庆嫂？

这些都是真实的故事。

自1985年春开始，上级执法人员前往苏北某县履行禁捕公务，没想到当地人看到戴大檐帽、穿制服的人，饭不让吃，电话不准打。三年中,不是镶嵌着国徽的大檐帽被掀落在地,就是人员被打伤。而不法分子和"南方客"们则受到当地人无微不至的关怀,他们可以在邮局无所顾忌地与遥控的"大老板"通话。通报鳗苗行情,商谈交易价格。发生在今年 2 月 18 日的一场"遭遇战",更是让人莫名惊诧。上级执法部门的 18 名精兵强将,展开了一次"闪电行动"。几名鳗苗贩子被就地擒获,鳗苗和现金被当场扣留。突然间,执法人员竟遭致数百人围攻,混乱中贩子被放跑,鳗苗和现金被抢走……

人们为此纳闷,这里难道是"敌占区"不成?

贩鳗苗的大老板坐镇大城市宾馆遥控指挥,二老板、三老板、四老板们等分别在中小城市把关。鳗苗,成"绝密情报"按联络图由专人运送。即使一站出差错,亦不至于一网打尽。

为逃避沿途检查,鳗苗贩子在当地人的通力协作下化整为零,将鳗苗分别装入充有氧气和水的塑料袋,分散携带。或藏于女"交通员"的胸部、腹部衣服内,或装入羽绒衫、手提包、旅行包、空油箱、备用轮胎中……万一不慎"失风",也可免遭"全军覆灭"之灾。

"有钱能使鬼推磨",鳗苗贩子为了过关,不惜花钱雇"死人",前面花圈簇拥,哀乐齐鸣,后面送葬队伍一群,哭声阵阵;或救护车中吊盐水瓶,医生监护着危重"病人",一路风驰电掣过关走卡。

尤其令人吃惊的是,鳗苗贩子已由单帮发展到团伙,有周密的计划,严密的组织,配备了对讲机、匕首、三节钢鞭、电警棍,动用了警车、军车、囚车、飞机、远洋轮。什么"鳗苗麻醉运输法"、什么"声东击西障眼法",手段日趋完善,气焰越发嚣张……

SOS! 船长呼救

今年 3 月某日。南通港。黎明前的黑暗。

通讯特写

此时,一艘"东方红"大客轮正朔江而上。

怎么了,主航道内的灯浮不见闪烁?伫立在驾驶室,手持望远镜的船长为之一颤。

蓦地,驾驶室内雷达屏幕上显示前方出现无数黑点……

船首探照灯亮了,但见茫茫江面,点点小舟挤挤挨挨、密密匝匝,30米距离内就有一条捕鳗苗船,江面被交叉拦成数10条"封锁线"。航道灯浮已成了"淘金"者们船只的现成缆桩。

"淘金"的狂潮,淹没了客轮阵阵汽笛。前进不能,后退无路,大客轮陷入了铁壁重围。

强行通航,大船碰小船,犹如顽石击卵。伤人覆舟,有理说不清。

船期!船长的职责。硬的不行,软的怎样?船长接通了高音喇叭的开关。"农民伯伯,请给我们一条出路吧……"

近于乞求的呼喊,随着江风飘落……

浩浩长江难行舟,急红了眼的船长向港监发出呼救:SOS!

2月中旬一天下午,张家港市东北西界港通沙汽车渡口,1公里长的江面,"淘金"船只云集。一道道绿色纱网似屏障一样围绕在浩浩江水之中。江水汹涌起伏,小舟颠颠荡荡。入夜,这多小舟既没有信号灯,又遮蔽了江上的航标灯,长江被"腰斩"。

港监望江兴叹。千里江面万船云集,"淘金"者约10万之众,他们只有几条小小巡逻艇。力量对比如此悬殊,管得了东,管不了西,抓了这船,跑了那船。仅1月15日至2月12日,九艘中外客货轮因无法航行被迫抛锚。国家重点工程的华能南通电厂,也因卸煤船队不能靠泊面临停产。

"南通港告急!张家港告急!天生港告急!通沙渡口告急!江阴水道告急!福南水道告急!吴淞口告急!……"

SOS!长江在呼唤。

紧急查禁、强行疏航,亮出了法规、条例、红头文件、加急电报……,从江苏省、上海市以及下属的各级政府、人大及水产、渔政部门发出的各种文告,不少于"十二道金牌"!

省长、市长、县长带队,水产、渔政、公安、工商、港监出动,队伍浩浩荡荡……

管用吗?一俟"王师班朝",淘金者故态复萌,长江航道又是"肠梗阻"。

急电传到国家农业部。接农业部渔政局电令,正在东海执行任务的中国渔政22号于3月6日挥师巡航长江。

扣船、罚款、没收……

长江内没有专职的渔政管理船,"光杆司令"岂能与淘金者的"千军万马"匹敌?你罚你的,我"淘"我的。今天被罚,明日再来。奈何!

巡航在长江。中国渔政22号左冲右突,螺旋桨在混浊的江水中犁出条条"S"形疲惫不堪的尾纹……

大战何时方能休?

捉来的河鳗苗都到哪里去了?

有捉鱼的必有收鱼的。从南方省来的鱼贩子以高出国家收购价几倍的重金相诱,通过他们的"地下航站",鳗苗源源外流,从而实现了"国际大循环"。

鳗鲡,简称鳗或白鳝,在江河里成长的又叫河鳗。其貌不扬,但鳗肉细嫩鲜美,含有丰富的脂肪。日本人所以爱吃河鳗,据说有抗病疗疾之功效。80年代每年的食用量由70年代的3万吨猛增到8万吨,但日本只能自产3万吨,而我国的鳗苗资源却举世瞩目。

与河蟹一般,我国中央政府和地方政府及主管部门对这一珍贵的水产资源,采取保护措施,我国渔业法规定,沿海河鳗苗实行持证限额捕捞。

沿长江的省、市也作出了有关规定。

去年,江苏省政府第24号文件重申"严禁捕捞进入江、河水域的鳗苗"。今年2月15日省政府又发出"关于加强鳗苗资源及管理的通知"。

上海市人民政府也分别连续两年作出了有关规定。

但为何屡禁不止?水产、渔政部门官员认为,由于价格失控,现今河鳗苗成了"水中黄金"。今年国家收购鳗苗"公价"1公斤9 000元,(为最高限价),但实际"公价"收购中的最高限价,已被大大突破。江苏有的地方1公斤跃为1.4万元,浙江平湖县1公斤高达1.5万元。而1984年1公斤鳗苗只有300多元,6年中涨了几十倍!至于"私价",1公斤鳗苗,今年开始为1.8万元,2月底至3月初,最高黑市价已"跳"到2万多元,为历史最高价格的两倍。

来自国际市场的行情,1吨成鳗价值约1.1万美元,1公斤鳗苗养殖后即可产出一吨成鳗。因而,从中国收购河鳗苗,无疑是一笔诱人的买卖。

于是,除了正当的鳗苗贸易外,大量的黑市"国际贸易"在公海上进行:一条鳗苗换一包"万宝路"洋烟。一包"万宝路"在中国内地将又是什么"身价"?

俗话说,"魔高一尺,道高一丈"。在"公价"与"私价"的收购竞争中,"公价"提价后不到一个小时,"私价"便迅即上浮。于是,反常的现象出现了:国家收购站点门可罗雀,私下交易却人头攒动。巨额的价差,致使大量优质苗种(白籽苗)源源不断地流入了"南方客"们的"51号兵站"。

一则数据也许颇能说明问题。

去年,江苏省估计捕捞鳗苗约 15 吨,其中国家出口鳗苗约 7 吨,占总量的二分之一还不到。今年国家收购鳗苗状况又是如何?历来是捕捞鳗苗重点区的江苏省沿海东台县,今年一个半月内,国家只收购到 7.5 公斤鳗苗。水产部门估计总捕捞量已达 200 公斤,当地群众则说有 1 吨多。尽管官方与民间众说纷纭,但鳗苗被倒卖、贩运、走私却众口一词。

长江、内河鳗苗,年年查禁,年年捕捞。且愈演愈烈,一浪高过一浪。难道是无章可循?否!症结是执法不严。日本、加拿大、苏联、美国等国十分重视对珍贵资源的保护。美国规定,即使捕获一只带卵梭子蟹,务必令其放回,否则处以重罚。在苏联,违禁捕捉一条大马哈鱼,将被罚款 75 卢布。今年 4 月初,一条中国渔船在日本海域只捉了 10 公斤最普通的沙丁鱼,因违反日本有关渔业法规,船长当即被日方逮捕。与之相比,我们这个更习惯于"人治"的国度,法律往往成了"橡皮筋",可宽可松,可长可短,执法的随意性代替了法律的严肃性,以行政处罚代替了法律的制裁。上万船只"断"航道,10 万之众"战长江","南方客"欺行霸市,甚至有些地方干部、执法部门推波助澜,从中牟利。临时突击式的罚款、没收显然已经无济于事。

历来说,我们地大物博,一觉醒来,按人口计,方知晓地窄物薄。鳗苗出口,比出卖鳗苗初级资源换汇率高 4～5 倍。"先养殖后出口",中央钦定的方略,为何收效甚微?全国现有 7 000 多亩成鳗养殖池塘,据说有相当部分池塘朝天。

江苏省去年成鳗出口 1 489 吨,居全国首位。全省拥有 60 多万平方米的养鳗池,今年全省计划自用鳗苗 8 740 公斤,其中供应苏南 2 675 公斤。因"南方客"哄抬价格,鳗苗流入"第二渠道"。致使"产苗大国"计划内用苗养殖出现危机。苏南大部分养鳗场无苗可收,盐城 65 家养鳗企业只进池 600 多公斤,而实际需要 4 000 多公斤。其中两家最大的养鳗企业,3 万平方米鳗池,到 3 月 26 日止,仅得到公安局送来的 8 公斤缉私苗。行家统计,全省数以亿计的鳗场资产大半将要闲置。

全国"一盘棋"喊了多少年。闽、广等地缺鳗苗,江苏捕捞量占了全国一半。可是一道"篱笆"挡住了。各省创汇承包基数怎么算？

水产部门呼吁：从扶持国内养鳗业出发,鳗苗出口要不要加税？成鳗出口能不能免税？供鳗苗省能否相应缩减创汇承包基数？

"鳗苗大战",今年已接近尾声,明年是否烽烟再起？结论尚为过早。不过想到连年不绝的"蚕桑大战"、"棉花大战"、"化肥大战",令人不寒而栗。

长江中的鲥鱼,由于人们狂捕酷渔,目前几乎绝迹。它和河鳗一样的珍贵。

人活着需要钱,但人更需要做人的尊严。我们不能愧对祖宗,我们不能造孽子孙！

（原载《解放日报》1989 年 4 月 28 日第 07 版）

她从乡间小路走上歌坛

群星灿烂的上海歌坛,走出了一名新秀——孙美娜。

这位 26 岁的女歌手、上海轻音乐团的独唱演员,不是来自充满艺术细胞的艺术世家,而是出生于市郊江南水乡的一户普通家庭。

乡间的小路阡陌纵横,孙美娜走过的艺术道路也坎坷不平。高中毕业后,自幼酷爱艺术的孙美娜确定了人生的奋斗目标,向艺术的殿堂迈进。经人介绍,她拜上海歌剧院孙栗为师,每周一次,起早贪黑,奔波于城乡之间。

一分耕耘,一分收获。1981 年,孙美娜如愿以偿地跨进了上海师大的校门。在艺术系声乐专业的四度春秋里,她天赋的艺术细胞得以充分滋长。她学会了美声唱法并学会了一个优秀的歌唱演员所必备的基本功。毕业后,她又从师著名歌唱家刘明义,继续在艺术的海洋里遨游。上海轻音乐团筹建时,著名歌唱家朱逢博又相中了这位从"乡间小路"走来的姑娘。孙美娜凭借其曾经过美声唱法训练,功底深厚,音域宽广,能比较熟练地演唱东西方歌曲的优势,以唱功来赢得观众。在去年 5 月中日两国歌星演唱会上,她以一首《一无所有》获满堂掌声;今年 2 月,上海市首届"卡拉 OK 通俗歌曲演唱大奖赛"上,她在 1 600 名歌手角逐中进入决赛并获二等奖;今年 4 月,她又参加了中日友好城市文化艺术交流代表团,赴日访问演出受到日本观众的赞赏。

近年来,文艺界刮起阵阵"走穴风",外地许多单位愿出高薪聘请其前往。孙美娜均婉言谢绝。而对于慰问演出,她却热心参加。近几年来,她的歌声荡漾在边陲、部队、农村、工矿……

对艺术的孜孜追求,使孙美娜在上海的歌坛上占据了一席之地,近年来,她走南闯北,活跃在歌坛,把歌声献给人民。她应多家音像出版社之邀,灌制了一批独唱录音盒带,并为多部电影及电视剧配唱主题歌。

(原载《解放日报》1989年8月22日第08版)

洋学生做客洪庙乡　一昼夜结下难忘情

"我们走进十月的阳光,
我们走进收获的金秋……"

前天下午,在沪学习的几内亚、尼日尔、朝鲜、苏联、波兰、美国、加拿大和日本8个国家的10名留学生载着一路欢歌笑语乘车来到市郊第一个农民城——奉贤县洪庙乡。

由900多户农民集资兴建的洪庙镇,水泥路纵横交叉,新楼房相间有序,吸引了代表上海1 100多个留学生来这儿做客的10位洋学生。听完乡政府领导的介绍,他们便迫不及待地分头住进了三户农家。

留学生一跨进个体户农民邵国良的家,就为房里讲究的装饰、典雅的家具所吸引。几内亚留学生龚德和尼日尔留学生阿布巴卡尔连连赞叹:"像宾馆,太高级了!"主人用好酒、好菜盛情款待客人。龚德就像到了自己的家,忙不迭地为主人斟酒、夹菜。在黄奇昊家里,刚参加学烧中国菜的美国留学生罗雪如在同伴们的怂恿下,也戴上围裙,上灶掌勺,一下子烧了生煸菠菜、花菜肉片等三个中国菜。像小学生考试,她征求大家意见。主人品尝后夸奖说:"嗯,味道好极了!"

日本留学生矢吹敦则拍着自己胖乎乎的肚皮嚷道:"哈,晚餐吃得太饱了!"

虽是初次相识,但大家都说中国话,很快就熟悉了。波兰留学生史维思一进农户家,就搂着小主人8岁的丹丹说悄悄话,还指着世界地图告诉丹丹波兰在哪儿。席间,她又与苏联、美国、日本的同学商量,给丹丹起了一个四个国家都通用的名字"安娜"。在另一个农户陶德官的家里,加拿大留学生何爱惠饭后一个又一个地向主人提问,她十分想了解中国农民的思想和风俗。

晚饭后,留学生和农民们一起联欢。具有中国特色的江南丝竹引起留学生们极大的兴趣。那二胡的悠扬、琵琶的激亢和笛子的清脆,仿佛把留学生领进了一个桃红柳绿、小桥流水的境地。一曲奏罢,阿布巴卡尔情不自禁地挽着74岁的民间老艺人合影。史维思和矢吹敦表演了一段"小娃娃"双簧小品,两人发噱的配合逗得众人捧腹大笑。留学生和农民们轮流表演,东方和西方不同的肤色、不同的语言、不同的歌声,此刻被一个共同的心愿——了解和友谊连接在一起,江南宁静的夜晚增添了喜庆的色彩。

翌日,天色朦胧,只睡了几个小时的留学生兴致勃勃地赶到青村茶馆。他们沏上一壶茶,边喝边和老茶客们侃侃而谈,从外国的咖啡到中国的茶叶,从老舍的《茶馆》到鲁迅的《孔乙己》,海阔天空地聊了一个小时。饮罢茶,他们又逛农贸市场。鲜蹦活跳的鱼、碧绿生青的菜,吸引留学生们不时停下来看看问问,有几个留学生用刚学会的本地话问起价格来,引得卖菜老妪笑裂了嘴。

在市劳动模范陈莲英的家里,丰富的庭园经济又使留学生兴奋不已:房前的橘树结着累累硕果,大家纷纷去采摘;屋后小白兔蹦蹦跳跳惹人喜爱;水波粼粼的鱼塘更诱得留学生们拿起了鱼竿……

在洪庙乡,留学生们度过了一天一夜,时间是短暂的,但结成的友谊却是难忘的。朝鲜留学生朝成男说:"我们把全体留生的心带来了,也把这里农民的感情带回去。"几乎每个人都说:"我们以后还要再来。""欢迎再来做客",乡长张根舟说,"是党的政策使我们富裕起来,我们要沿着社会主义道路走下去,以后一定会更好!"(记者吴德宝 朱瑞华)

(原载《解放日报》1989年11月6日第02版)

金秋南桥观"行街"

昨天,正值桂花飘香、稻穗溢金的时节。史称"古华"的奉贤县南桥镇分外闹猛,吸引数万人夹道观瞻的"行街"正在进行。

龙腾,狮舞,锣鼓喧天,丝竹悠扬:

"莲湘"飞,蚌灯开,秧歌醉扭,彩车徐行……节目精彩纷呈,表演纯朴返真。一条长街,到处是舞台和观众。这偌大的场面,这无间的共鸣,随着欢歌笑语流动。

"行街"者,旧日之"庙会"也。这是农民自己的艺术表演。这次"行街",计有106个节目,近1700人参加,规模之大,可称南桥镇有史以来之最。胡桥乡的"滚灯"来了。但见一大三小四只"滚灯",在四位表演者手中,或随身蟠绕,或凌空飞转,堪称市郊一绝。奉城乡的腰鼓队,几乎都由土改当年的原班人马组成,那轻盈的舞步,那整齐的鼓点,既有当年翻身的感受,亦有今朝康富的喜悦。12条彩龙和2对狮子的腾跃飞舞,把"行街"的表演推向高潮。一别几十年的柘林乡反映盐民生活的"卖盐社"舞,泰日、齐贤等乡"清音班"的江南丝竹,更是使有生以来才见的年轻人看得如痴似醉。

农民的"行街"艺术,自然带着泥土的芬芳,带着庆贺丰收和对于明天的希冀,无一不根植于劳动生活。既承袭传统,又别开生面,成了此次艺术节的一大特色。在"行街"队伍中,最具时代色彩的是时装表演。庄行、四团、青村等乡的近百名姑娘小伙们，身着本乡服装厂生产的各色时装，台步端庄，俊丽潇洒；奉贤县名特土产"神仙大曲""东方对虾"生产地的人们，别出心裁地以其产品装饰而成的彩车，兼具艺术和宣传于一身，所到之处，人们无不喝彩。

"行街"总有尽头，而属于群众的艺术永无止境。（记者朱瑞华　朱桂林）

（原载《解放日报》1990年10月13日第02版）

新时期呼唤焦裕禄式干部

嘉定县委书记孟建柱谈电影《焦裕禄》

电影《焦裕禄》近日起逐步在上海城乡公映。上海郊区的县委书记们对此评价如何？有何感想？昨日，记者冒雨赴嘉定县采访了县委书记孟建柱。

昨天上午，孟建柱在全县纪委干部学习班上作了三个小时学习《焦裕禄艰苦奋斗、廉洁为民》的报告，中午刚回到办公室。由于下午1时他还有会议，便抓紧时间在他的办公室里同记者谈开了。

"焦裕禄是公仆的楷模。"孟建柱告诉记者，26日他观看了电影《焦裕禄》，再一次为这位党的好干部的精神所感动。昨天夜里就写下了影片《焦裕禄》的观后感。他认为影片《焦裕禄》可堪称为当今国产故事片的扛鼎之作。影片通过生动感人的事件、多侧面、立体化地再现了焦裕禄的崇高形象，艺术地再现了焦裕禄在兰考工作的日日夜夜。

"电影《焦裕禄》给你感受最深的是什么？"记者问。孟建柱略一沉思后说，是焦裕禄和群众的血肉关系。焦裕禄心里装着群众，时时事事想着群众，和群众心连心，这些，在影片中都突出地表现出来了。

记者在采访中感到别有意味的是，当年焦裕禄同志工作过的兰考县是个贫困地区，而眼前这位县委书记所在的地方则是工农业生产极其发达的县。体现一个地区综合经济效益的县级财政收入,嘉定去年高达 4.4 亿元,居全国县级财政收入之首位。

80 年代的干部,一个经济发达县的领导,向焦裕禄学习的必要性和重要性又在哪里呢?孟建柱没有正面回答记者的问题,他说:去年嘉定县级财政收入完成好,但没有半点可以骄傲自满的理由。全县经济工作虽然取得了一定的成绩,但也存在着一些问题。如外向型经济的指标在市郊位居第五,工业产品结构还有不够合理的地方,部分企业技术装备水平、劳动生产率、经济效益不高,第三产业发展不快。精神文明建设还有许多需要提高的地方。孟建柱告诉记者,2 月 26 日开县委全会扩大会议,讨论嘉定县实现第二步宏伟目标战略设想时,县委就组织大家观看了电影《焦裕禄》。大家感到,现在的工作环境、肩负的工作任务和焦裕禄所在的那个年代有很大不同,今天我们面临的任务是要带领群众实现小康生活水平,并为下一个世纪中国成为世界经济强国而奋斗。因此必须紧密联系群众,紧紧依靠群众,调动全县上下各方的积极性,扎扎实实地为实现目标而奋斗。在这一意义上说,必须继续发扬光大焦裕禄的革命精神,做焦裕禄式的干部。

对电影《焦裕禄》,孟建柱说,一个艺术形象的塑造不可能是全部完美的,从他自己担任县委书记的实践及感受,谈了两点他自称很不成熟的看法。他认为,首先县一级是宏观、微观经济的结合部,要从根本上改变一个县的穷面貌,县委书记的宏观决策方面,在影片中似乎表现得还比较单薄;二是作为"班长"、县委第一书记与县委第二书记之间关系的处理上,影片中的第二书记作为第一书记对立面而存在的。影片中对第一书记坚持原则与之斗争作了强化,但作为"班长"的第一书记,对第二书记的帮助教育、领导成员之间的相容性方面似乎还有缺陷。

(原载《解放日报》1991 年 3 月 1 日第 02 版)

中华鲟放流长江目击记

昨日上午 8 时 20 分,崇明县新开河的东客渡口码头,一辆天蓝色货运车,在一辆客货两用小车的导引下缓缓驶入中国渔政 602 船锚泊的码头泊位。

21 只包装严密的纸板箱,被人们小心翼翼地卸下卡车,抬上了 602 号船甲板。拆去包装纸板箱,揭开了神秘的面纱……

啊,中华鲟!早已等候在船上参与中华鲟放流现场会仪式的长江中下游渔业资源保护委员会、农业部东海渔政局、上海市水产局、上海市环保局、上海市渔政站、上海市野生动物保护协会及崇明县、局、乡、站的有关人士,纷纷走上前去,迎接这些中华"骄子"的到来。

瞧!60 条长约 41 厘米、体重 400 克左右的幼中华鲟正在鸟笼般大的透明塑料袋内摆动着流线型的身段,从容游弋,频频向人们展示其独特的尖头长吻,青黄相间的脊梁,雪白闪光的肚膛及长于背上表明其高贵身份的 12 块骨板。

10 时零 5 分,长江口絮云蔽日,风平浪静,此乃中华鲟放流的佳机。随着一声汽笛,中华渔政 602 号船直航长江北支 205～206 号浮筒附近,即崇明东滩团结沙一带中华鲟索饵生长的区域。

11 时 50 分,意想不到的事发生了。一直为幼中华鲟操心的崇明县水产局局长朱汉仁,发现有数条幼中华鲟,因袋内氧气不够,呈呆滞状,有的已开始肚皮朝天……他和渔政人员王利民、周建敏一起,不断地用长江水冲搅增氧。

12时零5分,中国渔政602号船航行两小时安抵长江的206号浮筒,既定的放流区域。12时15～35分,放流仪式宣告结束。

据市渔政站王英明介绍,以"中华"命名的鲟种,独产于我国长江。它们原在金沙江和宜宾川江一带产卵交配,繁衍后代。1981年初葛洲坝腰斩长江后中华鲟在大坝下游形成了新的产卵场。幼鲟出世不久,便顺江而下经吴淞口入海觅食生长。6～8月,由于长江口渔场渔网密布,幼鲟误入渔网擦伤后危及生命。为此,市有关部门在崇明建立了抢救、保护、暂养幼中华鲟基地,两个月后让暂养后的幼中华鲟回归长江入海。

(原载《解放日报》1991年9月7日第02版)

决战前夜话指挥

——访太浦河工程指挥长黄富荣

太湖流域综合治理 10 项骨干工程中的头号工程——太浦河上海段工程，前天已全线动工，今天将进入决战阶段。在这大决战的前夜，记者就如何精心指挥这一大会战，访问了上海太浦河水利工程指挥部指挥长黄富荣。

黄富荣说，把农村联产承包责任制的机制应用到太浦河工程建设上来是一个重要的决策。整个太浦河开挖工程都采取了包干制的方式。如对房屋拆迁征地费、各项工程设施搬迁费、机械疏浚土方费、人工开挖土方的分配以及设施建设的费用都实行了包干。黄富荣说，包干制的优点在于责任明确，赏罚分明，调动了各方面的积极性，使工程准备工作和施工进度比原定计划一再提前。

"太浦河工程指挥部是怎样运转的？"记者饶有兴趣地问。这位毕业于农学院经济管理系的指挥长一边手持无线电对讲机，频频指挥，一边告诉记者，太浦河水利工程现已形成了精干、高效的三级指挥系统。市里设总指挥部，市区大口、县区设分指挥部，下设基层指挥部。整个指挥系统构成纵向和横向相结合的矩阵式指挥组织，各级指挥部及职能部门职责分明，各司其职。"现在我们都是现代化指挥。"他不无自豪地介绍说，各级指挥部大多配备了程控电话、两个频道的移动电话、"大哥大"无线电通信等设施,可以说指令下达迅速,反馈信息灵敏。他说,太浦河工程大会战的每一个作战部署,都是市委、市府作出的,我们指挥部的几位指挥长的任务就是不折不扣地执行。根据市委、市府的部署,太浦河工程全线动工后即进入决战阶段,会战进入高潮。我们在这阶段工作重点是抓施工质量、抓安全。

黄富荣告诉记者,太浦河水利工程完工后,不但为太湖泄洪提供了主要通道,改善周围地区的除涝条件,还对上海带来了三个方面的益处:一是太浦河建成四级航道后,三五百吨级船可由黄浦江直航太湖;二是太浦河口抽水泵站建成后,可引太湖清水入沪,使黄浦江水质标准达到2～3级,造福于上海人民;三是太浦河两岸用块石、混凝土护坡,两岸水清树绿,将成为上海的又一个旅游去处……黄富荣高兴地说,美好的蓝图正在请有关专家制定,届时,上海人将有难忘的"太浦河一日游"。(记者朱瑞华 朱桂林)

(原载《解放日报》1991年12月3日第02版)

巡天遥看太浦河

昨日，青浦县莲盛乡上空天气晴朗，彩云轻飘；钱盛荡河水清澈，波平似镜；太浦河两岸工地一片繁忙景象。

下午3时40分，记者乘坐上海航空运动学校上海科普事业中心提供的"蜜蜂3号"水上飞机，在钱盛荡水面上起飞后，一会儿便扶摇直上百米高空。

"蜜蜂3号"身姿矫健，顷刻间即拨正航向，沿钱盛荡南岸，太浦河工地的奉贤县开河大军的施工区，由西向东巡航飞行。在敞篷式的"蜜蜂3号"座舱内，记者侧身鸟瞰，但见郊县工地上彩旗飘舞，人头攒动，铲土的、担泥的，人来人往，开河筑堤民工黑压压的一片。在市经委等市大口的施工地段，挖掘机伸出巨臂不断地挖土，推土机将泥土堆成座座"小山"，自卸式载重卡车满载着泥土穿梭于工地河场，显示了"机械化部队"会战太浦河的威力。

"蜜蜂3号"又作超低空盘旋飞行，离地面约50米高，太浦河工地两岸景象更是清晰可见。那方的、圆的、长形的临时棚舍和蒙古包，是民工和部队的"工地别墅"，那依岸而泊的水泥船只，被称为"水上营寨"……记者从附近的标记物上还可辨识松江县修筑的样板堤段以及宝钢五冶、武警部队等单位修筑的大堤。昔日九曲十八弯的老太浦河，正在按照人的意愿整治拉直，太浦河两岸大堤近一半已初具雏形。

5分钟后,"蜜蜂3号"返航。在飞抵钱盛荡水面时,工地上两幅"水利建设,造福当代,惠及子孙"、"城乡一体,军民团结,共同治水"的横幅标语,在阳光下显得分外夺目。

呵!火热的太浦河工地!(记者朱瑞华 朱桂林)

(原载《解放日报》1991年12月5日第01版)

太浦河工程方案是怎样设计出来的

——访水利部上海勘测设计院

太浦河工程大会战已进入决战阶段。从 8 月份抗御太湖洪水,到 11 月初太浦河上海段动工,仅仅相隔两个多月时间。上海水利史上这项规模最大的国家级水利工程是怎样设计出来的? 记者日前采访了水利部上海勘测设计院。

"太浦河工程的设计是与时间赛跑的结果。"设计院副院长、高级工程师何国忠告诉记者太湖流域管理局 8 月 2 日主持召开两省一市水利厅局长参加的设计工作前期会议,正式明确以水利部上海勘测设计院为太浦河工程的主体设计单位,联合上海市水利设计研究院、浙江省水利水电设计院、江苏省水利勘测设计院共同设计。以明年 6 月 1 日汛期开通太浦河为界线筹划河道的开挖,初步设计时间是十分紧迫的。院里决定由吴汉平、唐胜德两位院副总工程师牵头,组成了有 20 多名高级工程师参加的 50 余人设计队伍,和兄弟设计单位一起相互协商日夜突击设计,终于在 10 月底携太浦河"河道初步设计"报告飞赴北京送审,确保了 11 月初的开工。何国忠感慨地说,这是次工程设计上的"大会战"。

上海勘测设计院高级工程师、太浦河工程总设计师邢正仙摊开工程设计图,向记者介绍说,太浦河工程的设计考虑了防洪、排涝、航运、供水和改善环境等五大综合效益。如两岸采用块石、混凝土护坡,既能防止300～500吨级船航行时波浪对堤岸的冲刷,又为游人提供了沿河漫步憩息的环境。为改善水质,设计中对两岸排泄污水都进行严格控制。在太浦河口、江苏省吴江县境内还设计建一个有6台机组的大型抽水泵站,枯水季节可以300立方米/秒的流速抽太湖清水入太浦河,改善黄浦江取水口的水质。此外,为了使太浦河成为上海新风景点,大堤内青坎由原来的5米宽扩大为10米,辟为花果带,广植桃、李、葡萄、枇杷等果树。堤岸遇荡时则采用穿河堤,如双堤穿长白荡、白鱼荡而过,届时可与杭州西湖中的苏堤、白堤媲美。(记者朱瑞华 朱桂林)

(原载《解放日报》1991年12月7日第02版)

携手下好太浦河这盘"棋"

——沪、浙两军指挥共商治水方略

昨日下午2时许,上海和浙江两路治水大军的工程指挥员们,在太浦河南岸的浙江省嘉善县丁栅镇相会。

今年7月遭受严重水灾的丁栅镇上,随处可见"开挖太浦河,造福江、浙、沪"等一条条醒目的治水标语。"我们是来向你们表示感谢的!"上海太浦河工程指挥长黄富荣握着嘉兴市太浦河工程副指挥吴金林的手说,"开挖太浦河,把我们更加紧密联在一起。感谢浙江的同志,在工程的设计和施工等方面,按照同一标准,同步实施。"

"我们的工地在你们的中间。你们两头一动,把我们带起来啦!"吴指挥的话,说得既风趣又生动。接着,双方通报了各自的施工方法和工程进展情况。浙江的同志说,这次上海率先开挖太浦河,全市动员,体现了我国90年代的治水水平,使我们领略了上海市委、市政府根治水患、造福太湖流域的魄力和决心,以及上海人民为国分忧的风采。

太浦河浙江段全长1.53公里,总土方量达70多万立方米,吴淞标高零米以上,由人工开挖。上海同志高度赞扬浙江省、嘉兴市、嘉善县党政领导在很短时间里组织起一支能打硬仗的治水大军,以及浙江人民不怕困难苦干实干的精神。

上海市太浦河工程副指挥长朱家玺、李炳章和浙江段负责工程施工的指挥,就精心组织、科学施工、保证质量及后勤保障诸问题交流了具体做法和经验,并协商了下阶段机械挖河双方配合措施。

"请上海同志联系机械挖泥事宜。"

"行!"

太浦河开挖以后,青浦县和嘉善县一些原本交叉着的耕地,将被200米宽的河面隔开,双方商讨了为对方提供用电、灌溉等方便耕作和交通的具体问题。嗣后,上海的指挥员们来到了太浦河浙江段工地。只见凛冽寒风里,2万多名民工在肩挑人扛、推车运土,场面壮观感人。下午4时半,两路治水大军的工程指挥员们握手告别:"同饮一河水,同挖一条河,我们两家地缘相连,难分你我。我们要共同下好开挖太浦河这盘棋!"(记者朱桂林 朱瑞华)

(原载《解放日报》1991年12月14日第02版)

决　策

——太湖治理及太浦河工程前前后后

国务院：治淮河、治太湖，决心如铁

1991年9月17日。首都。京西宾馆。

上午9时，一个庄严的时刻开始。

主席台上，坐着国务院副总理田纪云、国务院副秘书长刘中藜、全国政协副主席钱正英、水利部部长杨振怀、国家计委副主任刘江及国内水利界元老之一王林。

主席台下，端坐着江、浙、鲁副省长凌启鸿、许行贯、王建功，皖、豫省长傅锡寿、李长春，上海市副市长倪天增，还有国家有关部委办局的头头脑脑……

一条醒目的会标横贯会场，显示着它与众不同的级别——"国务院治理淮河、太湖会议"。

上百名会议代表，神情庄严，步履匆匆。无须惦量，便知晓佩戴在胸前的代表证该有多重！

1991年神州大地洪涝灾害。淮河流域受淹面积仅安徽省即高达430多万公顷，损失粮食43.5亿公斤，被洪水冲走了一个"粮仓"。太湖流域水位超过1954年历史最高纪录，大水成灾，损失了100多亿元，丢了一个"钱庄"！

痛定思痛，大灾之后要大治！

"淮河用5年到10年时间，分两个阶段基本完成国务院确

定的治理任务。当前的重点是尽快修复水毁工程,集中力量打通中游的卡口,疏通下游入江入海通道,增大泄洪能力。"

"太湖要按照既定的规划方案进行综合治理,使太湖尽快成为具有能排、能灌、能供水和通航的综合利用功能的湖泊,当前重点是打通太浦河、望虞河,为明年防汛创造好的条件。"

李鹏总理定下盘子。决策,来自对过去的总结,来自对未来的希冀,来自对国情的把握……

中国水利史上崭新的一页,就这么揭开了。

太湖管理局:掘望虞、开太浦,众志成城建"钱庄"

9月19日,《解放日报》在头版显著位置刊发全国独家新闻:

"八五期间投资33亿元,太湖流域实施10项骨干工程。"

全国"一盘棋",流域同治理,喊了多少年。今夏一场大水,昔日龃龉已全然不见。

太湖流域,四周高,中间低,酷似倒扣在地上的锅底,六分之一是水面。

明朝时,太湖有300个口门泄水,迄今,80多个口门已难寻觅。堪称主要出水口的东太湖上原有的28个口门,已有11个被堵,加上历代下游围垦,人为设障,湖泊面积比原来减少一半。殊不知,洪水也应有它的"一席之地"。

天目山雨水一日内即可入太湖,太湖水一月却难排泄。太湖水易进难出,洪水永积不化;人与水争地,洪水通道被蚕食,太湖渐成"膨胀病"。日积月累,太湖焉有不"胀"破之理!

治理江湖,疏耶?堵耶?自宋以来历代一直争论不休。最早可上溯到传说中的远古时代。

大禹以疏治水，功绩卓然，成千古美谈；大禹之父用堵治水，然水未治住，人却掉了脑袋。

太湖流域管理局局长、总工程师们，奔走于江、浙、沪两省一市，研究筛选了130多种方案，遂使太湖综合治理框架形成：

疏控结合，大疏加大控。

打通太浦河、望虞河、杭嘉湖南排3个太湖下游口门，增加太湖泄洪通道。

修筑环太湖大堤，在156个原本敞开的口门上或建节制水闸，或筑土坝截流，不让洪水自由泛滥，"大游行"。下游涝水分而治之，各找出路。

规划方案，成了党中央、国务院根治太湖水患的决策依据：

太湖流域治理，以防洪除涝为主，统筹考虑航运、供水、水资源保护和水环境改善等综合效益。

综合整治太湖流域，大政方略"钦"定，就看我们如何去实践，去施行。

太湖流域人口密集，经济发达。工农业总产值占全国的八分之一，财政收入占全国的六分之一。它是我国的一块黄金宝地。田纪云如是说。

明年6月1日，我国的东南沿海地区又值汛期。岂能容忍今年夏季洪水，再度肆虐，让悲剧重演……

上海：大度纳水，引"湖"入"黄"，书记市长定方略

上海，今夏洪涝灾害，损失了11亿元。这也是一种"学费"。

上海需要水，渴望上游来水，改善上海的水环境，造福于城乡人民；上海又怕水，担心汛期上游洪水下泄，危及上海城。

矛盾吗？实在是无可奈何：城市防汛能力低。孰利？孰

弊？新中国成立40多年上海接纳上游来水的准则,历来以确保上海城市的安危计。这是中国最大的城市,黄金三角洲的宝中之宝。

为使城乡免遭洪涝之灾,近年来,上海的防汛设施日趋完善。城市排水功能的强化,黄浦江防洪墙工程的完工,上海不再矛盾。开通太浦河,能让太湖五分之二的洪水安然宣泄。黄浦江的儿女,将用自己的胸脯,挡住滔滔洪水。

太浦河,是太湖流域综合治理10项骨干工程中的"头号工程"。其工程量之大,涉及面之广,耗资之巨,工期之紧,在上海水利史上前所未有。

90年代,太浦河这国家级的河道怎样开？这对上海是一个考验。

10月31日,一个细雨蒙蒙的清晨。上海市委书记吴邦国、市长黄菊、上海警备区司令员徐文义等党政军领导,乘坐公安交通艇,由钱盛荡向西沿老太浦河,实地察看水利工程地形、水情。指指点点,思绪万千……

明万历年间,应天十府巡抚海瑞,以工代赈,征集民工,展开了对太湖东排重要通道——吴淞江的治理。百姓愈发敬重这位为民作主的"父母官"。

清道光年间,江苏巡抚林则徐对吴淞江"裁弯取直",予以治理。其意义不下虎门销烟。

一个美好的民间传说,更是令人感慨。远古时,太湖至东海没有一条通道可泄水,流域之地到处受淹。一位神仙牵一头仙牛,扛一张宝犁,从东海滩犁向太湖。犁过之地成黄浦江,神鞭甩过的南北两边出现条条河道支流。犁到当今松江与青浦交界之地,仙牛累倒了。无奈,神仙伸张五指,由东向西在地一铲,形成了斜塘、泖河……

通讯特写

今冬明春需打通的太浦河,即是传说中仙牛也犁不动的低洼沼泽之地。自我们的祖先起,老百姓世世代代寐梦以求:何日,浩渺太湖水,源源向东流;黄浦江至太湖,千帆竞发,争流百舸。

金秋。松江县红楼宾馆地下室。

上海,这个向以工业、商业称雄全国,名闻世界的大都市,此时,"兴修水利,人人有责,造福当代,惠及子孙",成为"主旋律"。

"太湖流域水系与地形图"、"上海太浦河水利工程地形图",分列于上海"太浦河水利工程动员大会"前排两侧。倪天增副市长,这位上海防汛的"总管",此刻,面对上百各区县以上的决策者、指挥者,滔滔不绝……

从人口、经济、环境协调发展的高度,充分认识水利建设的重大意义;顾全大局,肩负起历史的重任,作出上海人民应有的贡献;城乡一体,军民团结,共同治水;有钱出钱,有物出物,有力出力;体现上海水平,创造上海速度!

市长黄菊作报告。市委书记吴邦国作动员。太浦河水利工程需要搞"大会战"。

市长任组长,市委一名副书记、两名副市长任副组长,市府9个大口的委办负责人为成员。"上海市太湖治理领导小组"宣告成立。

一个河道工程,组成如此阵容,是空前的。

太浦河:城乡一体、人机结合,立体作战,前所未有

这是一个气度恢宏的治水方略。

经过了7月水患的人们,翘首期待着这一战略目标的实现,也翘首期待着进军太浦河的号角。

然而,殷切的愿望,并不等于架通了跨向彼岸的桥梁。整个工程建设,面临着这样的现实:

时间紧——第一期工程必须在明年5月底(即汛期前)完成,前后只有半年。

任务重——为保证太湖汛期每秒泄洪300立方米,开挖到吴淞标高负1米的土方工程量,高达1051万立方米。

标准高——新筑的太浦河大堤,要经受得住"百年一遇"洪潮的袭击。

显而易见,此役之战,需要一个翔实、周密、完善的实施方案。

历史已到了20世纪90年代。随着80年代乡镇企业的崛起,农村的青壮劳力大量转移,务农者大都是"3861"部队。务工农民很少经受强体力劳动的锤炼,原本是"小皇帝"的少数人,更是"肩不能抬,手不能提"。挖泥开河本是农家寻常事,如今能够胜任者,为数寥寥。

太浦河面宽200米,底深吴淞标高负5米。有人细算过:开河担泥者一个来回,就得走500米,爬8层楼。一天几十个来回,就是空身走,也够你受哇!

开挖这条上海地区有史以来最大的人工河,两种方法摆在决策者的面前:一种构想,"10万人上塘,人工挖河493万土方";另一种,"人机结合,以机为主"。

按照第一种构想,有9公里须将老河道打坝抽水再挖河筑堤,这在施工技术上没有问题,组织10万治水大军也不难。难的是老河道淤泥厚达1米多,人工和机械清淤都不易。更有甚者,工地沿线只有18个村子,拼尽全力也只能解决3万余人的住宿,其余6万余人的吃喝拉屎睡觉无法解决。

传统的样式,无法也不可能照搬套用。

90年代的上海,必须在老路上创出新路:

"筑堤,人机结合;挖河,以机为主。"

开挖太浦河,总工程量2 400万土方。人工筑堤、围堰230多万土方,机械挖河十占其九,高达2 150万土方。"城乡一体,共同治水,人机结合,以机为主",这一治水方略,既符合上海实情,又体现上海水平。

有例为证:实地试挖获得的数据显示,一艘每小时能挖200立方米的挖泥船,一天的工作量,相当于3 000多个劳动力。按工程所需,近30艘挖泥船12月底全部到位后,其工效抵得上10万人马。

"人机结合"的演绎是:160多万土方的筑堤任务,40%将由市经委、建委、交通办和市直机关系统的工人和干部承担。他们虽然是"工干农"的水利新兵,却不乏机械施工的行家里手。压到市郊各县(区)的分量相应减轻。

"以机为主"的内涵是:1 750万土方的河道开挖,450万土方穿荡河堤的填土修筑,将全部由挖泥船完成。按照工程要求,上海内河航道疏浚公司的10艘挖泥船,河南省水利厅5艘挖泥船,水利部第13工程局的12艘挖泥船,陆续从各地向太浦河进发。10月18日,上海内河航道疏浚公司第五船队的3艘抓斗式小型挖泥船率先抵达,拓宽河道,为大型挖泥船进场开挖"开路"。12月底,27艘挖泥船全部到位。

人机结合,构筑大堤,显示了城乡一体,共同治水这一上海兴修水利,开挖太浦河的特点。

11月下旬起,市经委、市建委、市交通办分指挥部3支"机械化部队"的200多台"942型"挖掘机、"D-5"型国内最大马力的湿地推土机以及15吨的自卸式载重卡车,从宝钢、杨浦大桥、外高桥码头、金山石化总厂、秦山核电站等工地出发,星夜兼程,相继出现在沪青平公路、朱枫公路和沿河的机耕道口。他们的目标：太浦河……

历史将永远记住这一天——公元1991年11月5日。

青浦县练塘镇北王浜村。上午7时许，三辆草绿色解放牌大卡车出现在村头鱼塘，70多名身着"迷彩服"的"南京路上好八连"官兵进入阵地，下塘舀水清淤，铲土运泥修堤……

太浦河工程拉开了序幕。

有人说："上海人开河，靠的是装备精良，条件优裕。"是的！那散落在稻茬田里的一幢幢"工地别墅"，锚泊在河湾里的一座座"水上营寨"，那披星戴月，肩挑人扛的火热场面，同样耐人寻味……

十多年来成果辉煌的"农村家庭联产承包责任制"在太浦河工地上被成功地借用。筑堤围堰，土方包干；大堤两侧，绿化包干；工程质量，包干到家……"谁家的孩子谁家抱！"市太浦河工程总指挥部指挥长黄富荣如是说。

12月7日，金山县承包的1.7公里大堤完工；

12月15日，市建委系统宝钢五冶、十三冶、宝冶承担土方机械化施工的大堤完工；

12月底，太浦河工程第一战役（筑堤）将全线竣工。在人们的面前，太浦河南北沿岸已崛起两条吴淞标高5.5米、底宽28米、长15.24公里的巍巍"长龙"。

12月22日，《人民日报》盛赞"太浦河工程上海段质量一流。"

明年6月，汛期来临之际，浩浩太湖水将沿着太浦河奔黄浦、入东海，一路潇洒……（记者朱瑞华 朱桂林）

（原载《解放日报》1991年12月27日第07版）

湄洲妈祖——"海峡女神"

在福建省莆田市湄洲湾口,湄洲岛的山腰上有一座巍峨雄伟、金碧辉煌的庙宇,她,就是世界著名的"海峡女神"居所妈祖庙。

湄洲祖庙供奉的妈祖,原名林默,人们尊她为天女、龙女、神女,世世代代习惯昵称她为妈祖。据明代《天妃显圣录》和清代《敕封天后法》等史料记载:妈祖是一位生长在福建莆田湄州湾畔的善良姑娘,生于宋建隆元年,公历960年,农历三月廿三日,公元987年农历九月九日"羽化升天"。终身未嫁,年仅28岁。民间传说,林默勇敢聪颖,善观天象,熟悉水性,常在波涛汹涌的大海中拯救遇难舟楫,还能行医治病,扬善除恶,救人济世。民间尊她为"海神"。据说妈祖成道后还显灵庇护郑和七下西洋成功,阴助清康熙帝统一台湾,护国庇民,泽施四海,因而自宋代以来的一千多年,妈祖26次受到历代封建王朝的褒封,封号以"夫人"、"天妃"、"天后"直至"天上圣母",并列入国家祀典。

一千多年来,由于得到统治阶级的多次褒封和文人学者的颂扬以及我国海员和华侨在对"海神"妈祖的坚定信仰与长期传播,妈祖逐渐成为统领四海的最高海神,信奉者已经扩大到全世界的海湾和港口。现在,不同肤色的两亿多妈祖信徒分布在几十个国家和地区,迄今全世界约有1 500座妈祖庙,其中800多座在台湾,台湾省2 000万人口中,居然有1 500万个妈祖信徒。

许多外国友人将妈祖视为中华民族战胜海洋,增进中外友谊的象征,尊妈祖为"中国海峡女神"、"世界和平女神"。

近几年来,随着海峡两岸的关系日趋缓和,从台湾前往湄州岛祖庙朝拜进香的人越来越多,近三年已达 30 万人次。1987 年湄州岛耗资 120 万元人民币,各用 365 块花岗石雕成两尊 14.5 米高的妈祖全身像,一尊矗立在湄州岛妈祖庙山巅,另一尊以祖庙的名义赠给台湾妈祖庙的总庙——北港朝天宫,供宝岛上的妈祖信徒们朝圣。一些台湾同胞说:"中国只有一个,妈祖只有一个。台湾的根基在大陆,全世界妈祖庙的香火发祥于中国福建莆田湄洲。"因此,每年农历三月廿三妈祖诞辰日和农历九月初九妈祖羽化升天日,世界各地的妈祖信徒,不远万里,不辞跋涉,络绎不绝,纷纷前来湄州祖庙朝圣,其热闹异常,盛况空前。

(原载《解放日报》1992 年 10 月 17 日第 11 版)

引导农民走向市场

——访农业部部长刘中一

党的十四大确定了我国建立社会主义市场经济的体制。随着国家对农产品生产由原来的指令性计划逐步放开搞活,面向市场,我国农业面临新的机遇和挑战。为此,本报记者、本报通讯员日前访问了来沪参加全国农业厅局长会议的农业部部长刘中一。

走向市场——要为农民开阔道路

"在社会主义市场经济体制下,如何进一步引导农民走向市场?"记者就此问题请教部长。刘部长说,这个"引"字用得好,我的想法也是要用"引"字。他说,现在有一种提法是把农民推向市场,我觉得"推"字值得"推敲",农民怕一推了之,无所适从。农民说,我们还没有熟悉水性,一下子把我们推入"大海",就不晓得怎么办了。所以,对于高度分散、生产规模小、自身调控能力差、自然风险大、市场风险也大的农民及农业,不能简单地"推",要引导。如何引导农民尽快进入市场经济呢?我认为,一是要给地方政府和农民信息,包括供求关系,价格信息和技术信息,发挥指导和引导作用。二是要实行一套宏观调控措施。三是要为农业和农民全面地进入市场开阔道路,鼓励他们在发展农业生产的基础上,搞"农、工、贸"。

四是要健全制度、法规和立法,以保障市场经济的正常运行,保护生产经营者的合法权益。

工业发展——农业基础地位不变

记者请刘部长对上海大城市郊区农业发展方向及城郊型农业的特点谈谈意见。刘中一部长首先肯定了上海农业及农村工作后坚定地说,上海是我国最大的城市,但农业的基础地位和作用不会改变。郊县广大农村人口的粮食不可能完全依赖外地,城市人民每天所需的鲜活食品、花卉等仍然要来自郊区。另一方面,上海农业有其独特的地位:如在发展规模经营、高度集约化经营、高科技运用、工厂化生产、农业现代化以及新产品开发,"高、精、深"农产品加工业等方面都应给全国农业起一个示范作用。同时今后在科技、人才、培训等方面都可以对南方地区起到帮助作用。刘部长说,城郊型农业的第一个特点是利用特大城市的工业、科技等方面的优势,充分利用特大市场,组织力量,发展适应大城市所需的高、精、尖,名、特、优、细、新、嫩农产品;第二个特点是提高农产品的加工增值率;第三个特点是发展设施农业、无公害农业,提倡大力发展"绿色食品"。

减少盲流——关键在发展农村经济

最后,刘中一部长回答了记者关于近一段时间全国农村一大批农民涌入上海大城市的提问。他说,农民大批走向城市,这是由于农业生产率大幅度提高,农村容纳不了,剩余的劳力就涌向城市。这种现象有盲目性,也有其必然性。解决这一现状的根本在于把农村经济全面发展起来。一是在发展"高产、优质、高效"农业的基础上,大力发展乡镇工业,让农民有事干。二是通过各级政府给农民一个信号：浦东不是遍地黄金，如确实需要的话，也可以有计划有组织地招工，或同民工所在地签订季节性、承包性的劳动力调配合同。（记者朱瑞华　通讯员方志权）

（原载《解放日报》1993年2月15日第05版）

迎难而上　构思精巧

——访人民广场地下变电站设计者

在上海市人民广场东南角地下 24 米深处,一座"太阳岛"即将建造完工。它,就是电压为 220 千伏,总容量达 72 万千伏安的国内第一座超高压地下变电站,也是当今世界上为数不多的最大型地下变电站之一。

这座大型超高压地下变电站是怎样设计出来的?日前,记者慕名走访了该工程的设计单位——能源部、水利部上海勘测设计研究院。院副总工程师张芝琪和总工程师庄涛,披露了这项赶超世界先进水平的设计思路。

由于在高楼林立、寸金之地的都市中心地面很难找到可供建造占地面积大的高压大容量变电站,为此,国家决定在市中心地下建造 220 千伏超高压变电站,这在我国尚属首次。首先是选址。如建在人民公园地下要毁坏公园绿地,闭园施工四年,损失收入数千万元,而且影响市民的娱乐和休憩。最后,选定在人民广场东南角地下建造变电站。但如何解决与附近的国际、国内重要通信枢纽——上海电信大楼之间强电和弱电干扰问题,成了设计中的一个难题。设计单位在进行理论计算、模拟试验及实测数据、反复论证的基础上,采取必要工程措施,终于解决了这一难题。尔后,全国一批著名专家对此进行评估,认为所采用措施是可行的。

地下变电站主要由变电站本体、中央控制楼和6条地下通道组成。在市中心地下建造220千伏以上超高压变电站，在世界上只有法国、日本、加拿大等少数几个国家，且变电站的本体均采用矩形结构。但人民广场处于地下水位高的饱和软弱黏性土层，若沿用国外的矩形结构，则施工难度极大。为此，设计人员根据站址工程地质及变电站规模，经与设计方案比较，在国际上首创了变电站本体采用60米大直径圆筒型结构，地下连续墙造壁用逆作法辅以内衬。这一创举不仅改善了本体结构边墙应力、应变，增强了基坑稳定，而且充分发挥了结构型体优势，取消了施工期大量的支撑物，既节省了施工费用，又为施工创造了优越的工作条件。英、法、日、瑞典等国家的著名公司对该工程的咨询报告的结论与我国设计单位的设计不谋而合。

为解决一个特大型超高压变电站由地面转入地下后，在变压器冷却、防火防爆、通风防潮等方面的难题，设计人员反复筛选设计方案。如变压器冷却系统，采用双管式油水热交换器；消防系统采用感烟、感温探测器自动报警系统，可自动切断电源、自动喷淋灭火、自动排烟等，以保证变电站的安全运行。

据介绍，为确保工程质量，自1989年6月工程开工之日起，设计单位即派出设计代表组进驻现场，与施工队密切配合。第一期工程安装两台变压器，目前已进入安装调试阶段，一台变压器输电容量相当于杨树浦发电厂发电量。变电站投运后，将为黄浦、卢湾、静安、南市等地区的建设和改造以及市民日益增长的用电需求提供强大的电源。

（原载《解放日报》1993年5月31日第02版）

到太平洋钓鱿鱼！

时下,城乡人民喜食的经济鱼类,如大黄鱼难见踪影,鲳鱼、带鱼、鳓鱼等个体越来越小,前几年大量上市的马面鱼屯鱼也很少上市,捕捞企业在经营上困难重重。海洋渔业生产出路何在?上海水产大学教授、远洋渔业研究室主任王尧耕说,城乡人民喜食鱿鱼,要抓住机遇,大力发展远洋鱿钓渔业。

我国的远洋渔业始于80年代,起步较晚。远洋渔业分为过洋性渔业和大洋性渔业。过洋性渔业大多在他国的200海里内与他国合作或购买其许可证进行生产,利益分享,但往往因沿海国政策的调整和变动,而容易受制于人。另一种是大洋性渔业,具有公海性。上海远洋渔业公司的"开创号""开拓号"大型拖网加工船,所从事的即是大洋性渔业。据统计,目前我国已有10多艘远洋渔船在北太平洋从事大洋性生产。无论是过洋性渔业,还是大洋性渔业,我国作业主要是拖网类型。有关资料显示,在大洋中上层头足类资源中如红鱿鱼、赤鱿鱼等,资源蕴藏量大,年捕捞量可达20～30万吨。还有一种阿根廷鱿鱼数量亦不少。我国台湾省鱿鱼年产量约15万吨,居台湾远洋渔业之首。

记者在采访中获悉:鱿鱼这种头足类海洋鱼是当今世界海洋中尚未充分开发的最重要的渔业资源之一,到海洋上钓鱿鱼——我国远洋渔业技术的这项空白,迄今已被上海水产大学负责的课题组填补。1990年起,舟山海洋渔业公司与上海水产大学合作,率先运用该课题组用拖网船改装的灯光诱集、机械自动化钓作业。即凭借钩往复式来回,利用鱿鱼习性和钓钩往上提的惯性进行生产,其单船平均产量现已与日本同类船持平。这标志着我国特色的远洋鱿钓渔业技术开始走上成熟。

发展远洋鱿钓渔业,既可以保护近海渔业资源,又可以合理地利用公海渔业资源,发展前景看好。与其他兄弟省市相比,上海在发展远洋鱿钓渔业上具有独特的综合优势。王尧耕教授认为,无论发展哪一种远洋渔业,都具有一定的风险性,但风险往往与机遇同在。为此建议国家首先应增加对远洋渔业的投入,继续给予优惠政策,组织集团性的"联合舰队"打出去。二是超前掌握世界上的先进技术,熟悉渔场,组织劳务人员出去,并有计划地安排技术力量进行攻关。三是选派科研人员上生产船,随船进行调查研究。四是熟悉国际渔业法规及国际鱼货经贸业务,为我国远洋渔业与国际远洋渔业"接轨"创造条件。

(原载《解放日报》1993年5月23日第02版)

妙哉！迷你香猪

上海农科院科技开发中心育成一种迷你香猪，日前，记者前往探秘。跨进迷你香猪饲养场，映入眼帘的是一种浑身黑毛、身体短矮、小耳朵、眼圈明显无毛、额头皱纹稀少的一群小猪，正在猪槽内觅食。你挤我推，其状令人捧腹。

香猪是适应消费者"换口味"和"讲质量"的需求应运而生的。香猪皮薄骨细，胴体瘦肉含量高，肌纤维较细、密度大，肉色鲜红，口感良好，有"一家煮肉四邻香"之美誉，堪称色、香、味和营养俱佳的上等肉食品。迷你香猪，在国际市场加工成烤猪肉后价格高得令人咋舌。国内，烤食香猪，历来是各大宾馆酒家的高级名菜，其中烤乳猪更是珍贵佳肴。由于香猪无体臭，性温驯，被逗弄时往往表现兴高采烈模样，加上其体型短小，可爱迷人，在美国宠物市场成为抢手货。

迷你香猪，又称"微型香猪"。据介绍，香猪刚生下来体重仅0.5公斤，两个月约5公斤时即断奶，三个月后可上市作烤猪食用。香猪性早熟，4～5个月可配种，其成年猪体重仅为30～50公斤。由于香猪体小，便于试验，节省饲料及饲养管理等试验经费，已成为生物医学界研究人类诸种疾病的理想动物模型。

迷你香猪是长期近亲繁殖的产物。市农科院香猪育种课题组已成功选育出乳猪系和实验系两个香猪品系。其中已向市郊及全国20多个省市提供乳香猪良种1 000多头，成为农民养猪致富的又一新途径。此外,今年可向上海市场提供商品香猪3 000余头,市场又增添了一种猪肉新品种。

  妙哉!迷你香猪。

(原载《解放日报》1993年8月31日第02版)

中外名犬风姿可掬

听说奉贤县畜牧兽医站珍稀动物实验场饲养了好多名犬，记者特去作了采访。一到饲养场，便有狗群从舍内奔出狂吠，犬声此起彼落，煞是热闹。场长卫龙兴见机作介绍，全场共有 20 多个品种，70 多条种犬呢！

记者边听边看，有幸目睹了一些中外名犬的绰约风姿。

那头大且宽、鼻黑短阔、身披金光丝毛的是北京犬，在宋代称"罗红狗"，元代叫"金丝狗"，至明清两代改称"牡丹狗"，曾是深宫内皇上的宠物。鸦片战争期间英法联军在清宫中发现五只北京犬后，始将其传入欧洲。1964 年，世界上一致公认北京犬为"狗中之王"。

原产于我国广东省南海县大沥乡的沙皮狗，也被列为世界珍贵犬种，长相奇特，头部像河马，全身多皱纹且松弛，皮厚而坚韧，抓其皮毛，可拉长 30 余厘米。此犬在古代作为斗犬，后传至美国；经多代培育才变成了陪伴主人、爱护儿童的温和型家庭犬。

在外国犬舍的运动场地上，记者领略了一公一母两只体重约在 70 公斤、体型酷似小牛的"犬中巨人"——圣伯纳德青年犬。这种威严倔强但生性善良的巨型犬，对人颇为友好。据说此种犬的先辈曾在阿尔卑斯山上的圣伯纳德救济院附近，营救过数千名迷路、冻倒和雪崩时的遇难者性命而闻名于世。"洋犬"中体型最小的要首推迷你笃宾犬了,看上去似一条微型猎犬,体重只有1公斤左右,别有一番情趣。

(原载《解放日报》1994年2月11日第02版)

中医世家新传人

——记胡氏系列药枕发明人胡庆禧

"中国医药药事精品博览会"在京举行。由卫生部药政局指名选派,胡氏系列药枕作为其精品参加了精品博览会,轰动了京城。由此,胡氏系列药枕发明人——胡庆禧亦自然成了首都传媒界的"明星"人物。

胡庆禧何许人也?谓浦东著名老中医胡伯禽之传人。今年47周岁的胡庆禧,家居浦东杨思镇胡巷村,祖上四代行医,堪称"中医世家"。其父胡伯禽先生擅治内科杂病及妇科顽疾,尤以对哮喘治疗有独到之处,在浦东一带颇有名气。天资聪敏的胡庆禧孩提时就跟着父亲为病家诊治处方,尔后成为乡镇企业的一名厂医。90年代初期,一个偶然的机会,使他成为胡氏系列药枕的发明人,从此改变了他人生的轨迹。浦东严桥乡幸福村的一位六旬老妇,因年轻时产后染上哮喘病,长期丧失劳动力在家休养。1990年下半年的一天,胡庆禧工作之余去此农家聊天,该农妇恳求他诊治。望着老妇企求的目光,胡庆禧动了恻隐之心。他记起儿时其父曾将30多种中药研成粉,用纱布扎成包放在病人枕边,据此,治愈了诸多哮喘病人。此外,他从古代医学典籍中获悉,古代医家根据四气五味归经的理论发明的药枕,千百年来一直被人们视为治病健身的法宝。他自己掏钱配药,制成药枕请老妇试用。一个星期后,奇迹产生了,农妇一除数十年哮喘病的沉疴,竟能担菜上街叫卖。

　　成功的喜悦,使胡庆禧一头扎入了药枕的研究和开发。他苦心研读中医经典,订阅了10多种医学报纸和46份中医杂志,从中汲取营养。在此基础上,他先后制作了200多只平喘药枕赠送病家试用,颇有灵验。接着他又委托上海医科大学中山医院姜春华、姜光华等专家做临床试验,有效率达92.5%,并通过了市级鉴定,市卫生药政部门核发了药准号。前年下半年,在浦东新区有关部门的支持下,办起了胡氏卫生保健品厂。几年来,胡庆禧经反复试验发明制成了"平喘"、"保心降压"、"熄风"、"抗衰老益寿"等胡氏系列药枕及胡氏"护腹"、"保心包"。经病家试用,疗效显著。迄今为止,胡氏系列药枕已生产销售了15多万只,热销全国各地。

(原载《解放日报》1994年5月8日第06版)

赶着黄牛奔小康

——新疆见闻之二

在新疆牧区采访,我们这些初来乍到的上海客不但领略了"风吹草低见牛羊"的旖旎风光,而且耳闻目睹了牧民在社会主义市场经济大潮中"赶着黄牛奔小康"的动人故事。

呼图壁县县委书记鲁恒祖与我们交谈时,用词频率最多的是"赶着黄牛奔小康"。他说,牧民奔小康的"抓手"在哪里?数年前全县的一场大讨论,使认识得到了统一:大力发展以养牛业为龙头的畜牧业,转化粮食和秸秆,形成优势产业。县委、县政府围绕秸秆养牛业,从黄牛改良入手,提出"三年换种,十年改良"的总体规划,实行国家、集体、个人一齐上的改良方针;对配种技术人员实行"包配包怀、见犊收费、成本包干、收入归己"的有偿服务责任制;对良种种公牛实行"公助私养、产权归己、有偿配种、以牛养牛"的管理办法。

在牧区,我们听到了一则"牛"县长"抓"牛的故事。"牛"县长不姓牛,真名刘建设,1988年夏从新疆畜牧科学院调出,被呼图壁县任命为科技副县长。当时,农牧民养的牛大部分是土种黄牛,养黑白花良种牛的很少。1987年全县7 728头生产母牛,搞品种改良的仅有441头。"牛"县长到任后,带领技术人员串村走户动员农牧民阉割土种公牛,宣传人工授精,进行黄牛改良工作,使全县人工授精怀胎率上升到70%以上,黄牛改良头数两年增加了 1.5 倍,基本实现了"优生优育"。

呼图壁国有种牛场是牧民奔小康的坚强后盾。这个场系国家重点种畜场之一,占地多达 28.8 万亩,相当于上海郊区三四个中等规模的乡镇面积,而且环境优美。场里饲养的一大批种公牛、产乳母牛高大健壮。从国外引进的 320 头西门塔尔黄白花种牛耐粗饲料、易放牧、疾病少、含脂率高、产乳多,已成为当地农牧民竞相争购的优良牛种。棚舍内一头编号为"880248"的西门塔尔黄白花乳牛,305 天内产奶 10 180 公斤,堪称全国冠军。据场负责人介绍,目前种牛场拥有 1 800 头奶牛,年产鲜奶 6 300 吨;每年育成 50 多头种公牛,农牧民花七八千元即可买一头种牛用于改良牛种,经济效益显著。

我们在牧区二十里店乡十四户村,看到了牧民"赶着黄牛奔小康"的曙光。村民贺生明夫妻俩去年买了一头种公牛配种、育肥 100 头菜牛。去年收入多少呢?女主人脸露笑容不愿透露,只说院子里那辆"东风"牌卡车是花 6 万多元钱新买的。陪同我们的杨副县长如数家珍地说,在呼图壁县,像贺生明家从事菜牛育肥致富的专业大户有 66 户,养牛专业户 420 户,菜牛专业村 10 个,奶牛专业村 3 个。三年内,全县牛的存栏数翻了近一番,被自治区确定为秸秆养牛示范县,并获得国家黄牛改良先进县的称号。

奇台县牧民"赶着黄牛奔小康"的热情也如火如荼。县委副书记刘世勇透露,今年该县计划改良黄牛 5 000 头,育肥出栏菜牛 5 万头。秸秆养牛业还带动了加工业的发展。去年,昌吉州牧区人均收入仅养牛一项就增加 200 多元。

"赶着黄牛奔小康。"口号多响亮!我们仿佛听到了新疆牧区各族人民建设社会主义现代化新农村的铿锵脚步声。

(原载《解放日报》1994 年 8 月 23 日第 05 版)

"五朵金花"竞艳

——新疆见闻之六

新疆半月行,记者深深为天山脚下的"五朵金花"所迷恋。这"五朵金花"的芳名是棉花、红花、油葵花、啤酒花和花生花。

有"塞外江南"之称的昌吉回族自治州,孕育了这"五朵金花"。昌吉州唐代为"北庭都护府",位于天山山脉北麓与准噶尔盆地南缘之间,是广阔的冲积平原。这里属中温带气候区,昼夜温差大,日照时间长,年平均气温6~7摄氏度,全年无霜期150天左右,水源丰富,土地肥沃,是发展农业的良好基地。去年全州农村人均纯收入1 085元,在全国30个少数民族自治州中位居第一,农业现代化初具雏形。

8月上旬的一天,记者驱车去昌吉州采访,但见公路干道两旁灌溉区内棉桃初绽,红花盛开,油葵花竞艳,啤酒花含苞,一派丰收胜景。昌吉州政府副秘书长杨春辉说,昌吉州享有"北疆粮仓"的盛誉,粮食吃不完,这几年凭借地理环境优势,大力发展高产优质高效农业,成为名闻遐迩的"五花之乡"。

新疆种植棉花已有2 000年历史,是我国最早的植棉地区之一,也是迄今我国最北部的重点植棉区。昌吉州今年植棉面积可达34万亩。这里产的长绒棉,绒花洁白,纤维长,质量好,早熟丰产。据悉,大面积丰产田,平均单产皮棉可达90公斤,单产皮棉最高可达100多公斤。该州玛纳斯县在保证粮食生产的前提下，棉田由 1988 年的 2 万亩猛增到去年的 18 万亩，面积居全州之首。去年该县农村人均收入 1 458.6 元中，很大部分来自棉花。做棉花梦，发棉花财，在全县农村已成气候。该县制订的植棉 20 万亩、产棉 30 万担的雄心勃勃的"2030"工程，正在紧锣密鼓地实施。

一身是宝的红花，是昌吉州农业的拳头产品。这里的红花，不饱和脂肪酸含量高达 90%，亚油酸含量达 80% 以上，品质优良，驰名中外。据说，全国红花种植面积为 70 万亩左右，昌吉州就占了 20 多万亩。有"红花之县"美称的吉木萨尔县，去年播种红花 3.6 万亩，产花绒 607 吨，花籽 2 760 吨，居新疆第一位。

在昌吉州园艺场内，记者有幸首次一睹啤酒花的芳容。这种接近成熟期的啤酒花，酷似一只只微型纺锤，倒悬在棚架下，煞是好看。场长李玉峰告诉记者，1988 年，园艺场的酒花公司从日本引进的高产高甲酸品种麒麟丰缘香型酒花，亩产干酒花 250 公斤，亩产值超过 3 000 元，是迄今国内质量最好的啤酒花。除出口外，已成为内地啤酒厂的理想酒花。昌吉州今年啤酒花种植面积突破 4 000 多亩。此外，30 多万亩油葵和 100 多万亩花生这两朵"金花"，也因其品质优异，经济效益显著为农民青睐。

天山脚下的"五朵金花"，是纺织、化工、食品、医疗保健行业中极其紧缺的原料。新疆的同志表示，希望能与上海开展更为紧密的经济合作。相信不久，天山脚下的"五朵金花"将惠及东海之滨的上海人民。

（原载《解放日报》1994 年 9 月 4 日第 05 版）

让"清贫"与教育告别

——记上海柘中实业总公司总经理陆仁军

他,曾经是教师。现在,他已不是教师。但是,众人说他仍在为党的教育事业呕心沥血。

他就是上海柘中实业总公司总经理——陆仁军。由于对党的教育事业作出了特殊的贡献,自 1978 年以来,年年被评为市教育系统先进工作者。1988 年,被国家教委、计委、财政部、劳动部评为全国勤工俭学先进个人。去年,他又获得了全国教育系统优秀工作者和上海市劳动模范的光荣称号。

陆仁军与新中国同龄。这位 66 届的初中毕业回乡知青,70 年代初选择了教师这一崇高的职业。在奉贤县柘林乡中学,既教物理,又兼学校会计。望着一间间破败不堪的校舍,目送着每星期六挤公共汽车回市区度假的教师,翻阅着一张张请调报告,作为学校"财务大臣"的陆仁军,深知这一切均出于学校教育经费的拮据。

80 年代,市郊农村流行的"无工不富"的这个词,给了他启迪。他决定为教育事业而"下海",让教师与清贫告别。1984 年他领衔创办校办厂。办厂没有一分钱,他靠着自己会驾驶汽车的特长,找到乡对虾养殖公司,用学校的一辆 2 吨卡车,以每车 100 元的运费,连续 46 天,挣回了 4 600 元办厂的启动资金,开始了艰难的创业生涯。第二年,创利 12 万元,陆仁军把 7 万元交给学校,5万元作为企业生产发展基金,添置设备,生产电器产品。皇天不负苦心人。1986年,校办厂创利42万元。至此,柘中电器厂开始跃上迅速发展之路,一个"以工助教",反哺教育事业的计划在陆仁军的脑海中萌动,并逐年得以实施。

1987年,企业先后出资40多万元,加上国家17万元的配套资金,柘林中学新校舍屹立在杭州湾北岸,成为当时全县乡级中学中设施最好、功能最全的学校。

1988年,陆仁军又出资50万元,为学校新建了一家电器成套厂。1992年元月,他将价值100万元固定资产的老厂全部给了柘林中学。他要让教师从此与清贫告别。

1991年起,他投资400万元,在县城工业区内新建了一座现代化的新厂房,花50万美元从国外引进了数控设备,形成了高、低压开关柜,动力、照明配电箱四个大类27个品种的电器产品,先后为石洞口电厂、杨浦大桥、南京东路商业街改造、市府市政大厦等重点工程提供了高质量的电器设备,去年创利税1 300多万元,成为全市校办企业中创利税最高的企业。1984年以来,企业先后向县教育系统资助了上千万元。近几年中,企业出资为教师购买了40多套住房,出资参与建造县招办用房,资助县教工艺术团,支付部分中、小学教师年终奖金,出资更换全县破旧学校门窗。此外,还为市教育会堂、市教师征文活动提供了10万元经费。

为全市教师提供理想的疗休养场所,是陆仁军的一大心愿。今年6月6日,一个由企业出资800万元,集学术交流、餐饮、住宿、娱乐等功能于一体的"桃李山庄"在柘中实业总公司内落成。9月2日,陆仁军用八辆桑塔纳轿车组成车队,车身披挂柘中实业尊师专车的缎带,从市区接来了普教界专家和劳模,莅临"桃李山庄"参观疗养,并聘请这些教育专家为总公司的名誉职工。

近几年来,社会上刮起了一股重奖体育明星、文艺明星的风,对人民教师的奖励则凤毛麟角。他决计要奖励"教师明星"。他将1992年上级奖给他的8万元奖金捐了出来,于去年4月设立了面向全市教师的"柘中奖教金"。由市教育局提名,奖励市区优秀中学校长彭文怡和优秀班主任黄静华各1万元;同时,奖励本县内1名优秀中学校长、2名优秀教师及获全国奥林匹克化学竞赛冠亚军的2名柘中学生。去年上级奖给他的25万元奖金也悉数捐给了"柘中奖教金"。今年10月份,他将颁发第二届"柘中奖教金"。

陆仁军有一句口头禅:该花的钱一分不能省,不该花的钱一分不能花。他作为一个拥有10个下属企业、年创利千万元以上的集团公司总经理,始终保持了共产党人的本色,安于淡泊。外出洽谈业务,面条、方便面、烧饼之类是他果腹的食粮。他和企业的其他领导只拿企业的平均工资。

(原载《解放日报》1994年9月8日第02版)

"火洲"沙疗记

一首《吐鲁番的葡萄熟了》的新疆抒情民歌，把有"火洲"之称的吐鲁番"炒"得热上加"热"。近几年来，吸引成千上万的中外游客在夏季扑向吐鲁番的另一个源动力，是钟情于"火洲"的热。于是，"埋沙疗法"成为"火洲"吐鲁番的一个新热点。

那日，晴空万里，火辣辣的太阳光直射在冠名为"太阳沙"的沙丘上。下了车，恍惚进了奇热的火山口。热浪袭人，烫沙烙脚，笔者睹见在滚烫的沙丘上，东一处、西一处的人群，纷纷将身体半埋在细沙中。女人们头上用一把遮阳伞；男人们身边则置放一把茶壶，仰躺豪饮。从远处眺望，犹如海边沙滩上的日光浴。眼观这些悠然自得正在进行"沙疗"的各式人等，双腿患有关节炎的我，经不住同伴的怂恿，亦照葫芦画瓢，挖了一个沙坑，咬咬牙仰躺在滚烫的沙坑内，体验一下"沙疗"的感受。随着一铲铲热沙往身上覆盖，一股股热流自脚跟逐渐向身体的上部传来。这样，火辣辣的感觉持续了20多分钟后才徐徐消失。在场的《新疆日报》维吾尔族翻译吐拉克孜内行地告诉笔者，由于人体吸收了沙中的热量，需要半个小时再换一个新沙坑，一般10天为一个疗程。笔者在现场看到双手拄着拐杖的，年轻力壮的，老的，少的，都蜂拥而至。许多人都说埋沙疗法有奇效。

据史书记载，吐鲁番过去曾叫过哈剌火州，元明以后又称"火洲"。每到夏季，地表沙子的温度常达70℃，最高纪录曾达到82.3℃,所以,当地有沙窝里"煮"蛋,石头上烙饼之说。传闻历史上有的县太爷在盛夏时曾蹲在地下室的水缸里办公哩。据吐鲁番市沙疗所吾甫尔·艾力所长介绍,沙疗是由光、干热、压力、磁力(沙疗所砂子比外地砂子含磁矿高9倍)等综合因素引起局部以至全身出现变化的过程,促进一些疾病的康复。经4 152例病人沙疗证明,总有效率达92.02%,其中类风湿性关节炎治疗率为96.7%,风湿性关节炎治疗率为89.6%。自80年代来,沙疗所每年接待全国各地前来沙疗的病人超过2 000多人。

"埋沙疗法"是广大劳动人民长期以来与疾病作斗争过程中一种利用自然条件治疗疾病的有效治疗方法。其历史可追溯到120年以上。通过100多年的经验积累,沙疗已日益成为人们喜闻乐见的一种治病方法。成为祖国医学遗产的一个组成部分。

妙哉!沙疗。

(原载《解放日报》1994年9月10日第12版)

上海有"桥乡"

翻开奉贤的地名册,南桥、邬家桥、胡家桥、钱家桥、泰日桥、齐贤桥、金汇桥、头桥……比比皆是。

地处江南水乡的奉贤县,出门即遇桥,人家尽枕河。光绪《重修奉贤县志》,载有名称的石桥266座。晚唐诗人杜牧以"二十四桥明月夜,玉人何处教吹箫"的诗句咏赞扬州城的桥多,可是扬州的桥比起奉贤来,却是小巫见大巫了。

建于南宋丙子年的新塘通津桥,拱桥6.5米,桥长17.5米,桥宽2.6米,桥高4米,此桥为县内现存最古老的石拱桥,迄今,尚存的近百座古拱桥,其"桥龄"最短的亦在上百年以上。这些造型精巧,风格迥异,或砖石木结构,或纯紫石筑成,有单拱,也有联拱,或跨于市河两岸,也有横于两街之间。

奉贤古桥有许多动人的传说。金汇镇上有座石拱桥,相传宋代由几十个金姓人家募捐所建,取名金汇桥。镇上有个孙姓大财主,欲改桥名,金姓不从。孙财主贿赂官方强改桥名,并重金聘请当地石匠修雕。赵石匠一夜雕成,孙财主见桥中"孙汇桥"三个金色大字,甚为高兴,当下摆席宴请。不料,一场倾盆大雨,桥上重现"金汇桥"三字,孙财主当即气倒。原来赵石匠用豆腐做了个"孙"字,经暴雨冲洗,"孙"字付之流水,"金"字重放光彩。孙财主不知底细,只道是"天意",从此再也不敢改桥名了。还有,吓退瘟官的高桥,缴获赌资修的麻将桥,换糖者筹款造的糖桥,李木匠出钱砌的匠桥,为爱情在桥上抱琴投河而亡的弹琴桥,更是民间妇孺皆知的传说。一座座古石桥,诉说着一个个遥远的故事,记载着一段段辉煌的历史。

奉贤桥多,源盖于江南水乡河网纵横,河道不宽,宜于架桥,便于日常通行;再者,奉贤的能工巧匠辈出,造桥,正是充分展示了他们的杰作。解放后,随着农田基本水利建设的开展,一部分失去通行功能的破败旧桥被拆除,一座座新桥在崛起。为弘扬其灿烂的"桥文化",一批造型奇特、历史悠久的古桥被完整保存下来。清代地方诗人汝霖咏赞的"桃花细雨垂杨柳,春在南塘第一桥"的百年古石桥——"南塘第一桥"与其他9座古石桥,1983年按原状移建于奉贤名胜古华园内,让游人有幸一睹"桥乡"古桥的风采。70年代风靡全县境内,似彩虹卧跨江河的近千座水泥拱桥,是奉贤造桥史上的又一杰作,令前来观摩考察的"老外"们叹为观止,迄今,这些水泥拱桥,仍闪耀着历史的光辉。

90年代,春风又绿江南"桥乡"。具有国家一级资质的奉贤城乡综合开发公司挺进浦东。金桥出口加工区第一座桥,浦东开发区跨度最长的赵家沟大桥,便是"桥乡"人的新贡献。其下属的水利工程公司经理、"造桥状元"——张龙海,去年被评为市劳动模范。

奉贤有大大小小的桥近7 000座,其中上一定等级的桥有2 000多座。"桥乡"人的世代夙愿,有一天能在西渡地区的黄浦江上造大桥。如今,梦想正在成真。由"桥乡"人多方筹资建造的黄浦江上第四大桥,全长2 318.8米,钢筋水泥预应力结构的奉浦大桥,已由奉贤县建设局局长、"桥乡鲁班"吴桂昌指挥组织建造,明年年底建成通车。

奉贤,无愧于"桥之乡"。

(原载《解放日报》1994年10月29日第12版)

戈壁"海市蜃楼"

记者孤陋寡闻，平生只听说海上有"海市蜃楼"。这次，在新疆有幸一睹了茫茫戈壁上的"海市蜃楼"的风采。

位于乌鲁木齐以东、准噶尔盆地东南缘的昌吉回族自治州奇台县北部渺无人烟的戈壁，是一个充满神奇色彩的地方，这里不仅有亚洲最大的恐龙化石发掘地恐龙沟，堪称全国之最的"石头树"硅化木群，而且还有景观独特的风蚀地貌"魔鬼城"。

8月3日上午，记者乘坐被称为戈壁沙漠"巡洋舰"的三菱越野车，从奇台县城出发，去戈壁上探奇。陪同前往的奇台县县委副书记刘世勇笑呵呵地说，今天天气好，气温高，碰得巧，回来的路上你们还可以欣赏到戈壁上的"海市蜃楼"哩！晌午过后，我们一行驱车途经将军戈壁上的将军庙遗址附近时，蓦地发现车前方茫茫戈壁上出现了一个酷似淀山湖一样的大湖泊。远眺，湖水浩淼，波光似镜，岛屿棋布，树木苍翠，渔帆点点，恰似东海"蓬莱仙阁"移来西域。大家正在为上午经过此地没有发现这人间美景而懊悔时，刘副书记才告知这就是难得一见的戈壁"海市蜃楼"。同伴们哇的一声，奔下车，手忙脚乱地举起"傻瓜"相机一阵"傻"拍。越野车向前疾驰20多分钟，方才令人眼花缭乱的"海市蜃楼"荡然无存，展现在前方的仍是一片浩瀚的大漠戈壁。

据当地人士介绍，将军戈壁因清朝时一位将军在此征战阵亡而得名。此地区属大陆性干旱气候,年平均气温在47℃以上,土壤类型为灰棕漠土、风沙土、碎石土、盐碱土,地表组成为碎石戈壁,仅有稀疏的部分耐旱植物。由于盛夏季节太阳直射戈壁,地表水分大量蒸发,水蒸气上升等原因,午后戈壁上往往会有这奇特的"海市蜃楼"奇观。据说,历史上曾有零星的迷路商贾或探险者,口渴难熬之时,视戈壁"海市蜃楼"为湖泊,每每逐水而去,其结果滴水未得,渴死戈壁。

在拥有现代化交通工具及通信手段的今天,这将军戈壁上的神秘色彩,必将进一步吸引中外旅游者及探险家前往觅奇揽胜,饱餐这戈壁大漠的独特风光。

(原载《解放日报》1994年11月19日第12版)

十年大桥梦成真

横空出世的奉浦大桥,似一条巨龙凌空飞架在奉贤西渡与闵行之间的滔滔黄浦江面上,成为黄浦江上的第四座大桥。

"一桥飞架南北,天堑变通途。"奉浦大桥胜利建成通车,圆了奉贤县50多万人民的10年大桥梦。金秋10月,在欢庆大桥建成通车的日子里,谁能忘记奉贤人民盼桥、建桥的10年风雨,10年期待。

"桥乡"人的大桥梦

奉贤堪称"桥乡"。出门即遇桥,人家尽枕河,全县有大大小小的桥近7 000座。县城所在地谓之南桥镇,县内还有邬家桥、胡家桥、钱家桥、泰日桥、齐贤桥、金汇桥、头桥……奉贤多桥,但偏偏缺一座黄浦江上的桥。多少年来,奉贤县与上海市区的主要通道,是经西渡口摆渡至闵行。然而,随着经济的发展和城乡交往的频繁,车流量日益增加。据有关资料显示,1988年日均过江车辆不足3 500辆次,到1993年则猛增到6 000辆次,且每年以10%以上的速度递增。每到高峰时,南北渡口的候渡车龙首尾长达数华里,候渡3个小时不足为奇。秋冬季节,一旦大雾锁江,更是只闻江水声,不见渡船来。有多少市区大工业合作者、外商投资者,看好奉贤这块临海濒江的热土,然而赴那里洽谈合作合资事宜时,又屡屡在闵行渡口受阻,望江兴叹。黄浦江隔断了奉贤多少发展经济的好"姻缘",成为制约奉贤经济快速发展的"瓶颈"。"过江难,难过江",在黄浦江上架一座大桥,让"天堑"变"通途",是奉贤人民的夙愿。

领导者的果断决策

改革开放的强劲东风,给奉贤人建造大桥带来了勇气和智慧,使梦想变为现实。1984年,县委、县政府狠下决心,大胆筹划建造浦江大桥的事宜。肩负着全县50多万人民的嘱托,1987年4月,姜燮富、沈效良、崔永进、张士荣等市人大代表,在市八届人大六次会议上,郑重地提出了在奉贤西渡与闵行之间的江面上建造黄浦江公路大桥的议案。而后,在市九届人代会上,姜燮富、沈效良、金家如、袁以星、张布尔、张同英、朱德龙等市人大代表就集资建桥又提出议案。原县委书记姜燮富亲自率有关人士数次向当时主管市政建设的倪天增副市长汇报,并委托上海城建设计院的桥梁专家拿出设计方案。

"致富先筑路,大桥不建,奉贤经济就难以快速发展。"面对兄弟区县凭借优越的道路基础设施,经济高速发展,而奉贤县经济发展滞后于兄弟区县的严峻现实,县委书记徐根生在一次会议上大声疾呼。

岁月荏苒,星移斗转。由于种种原因,建桥一波三折:建桥指挥部建了撤,撤了建;独资、合资、舟桥、浮桥方案一个又一个;工程上马又下马。真所谓:好事多磨。

"以路桥建设为重点,再造投资新环境。"1992年11月,奉贤县领导班子立下誓言,要在任职期内圆奉贤人民的建桥梦。全县也紧急动员,县建设局挑起了筹资建桥的重任,他们联合了奉贤县建设实业总公司、奉贤县城乡建设综合开发公司、奉贤县工贸总公司、上海市城市建设投资开发总公司和上海市公路建设总公司,组建成上海市奉浦大桥建设有限公司,并多方筹措资金,来搞好大桥建设。由此,一个不靠国家拨款,由企业自筹资金建设市政基础设施的新机制诞生了,它开创了本市造桥史上的先河。

万众一心铸大桥

当建造奉浦大桥的喜讯传出后,在奉贤县680平方公里土地上掀起层层波澜,50多万奉贤人也倾注了极大的热情,从而演绎出一串串既平凡又动人的故事。

汤吉丰,是柘林中学初一(4)班的学生。一天,她向好朋友蒋玉莲道出内心的愿望:我们同是奉贤人,也应该为造桥出一份力。汤吉丰的建议立即得到蒋玉莲的赞同。1993年2月底,这两位纯情少女,顶着凛冽的寒风赶到邮局,寄出了10元钱和一封信。信中写道:"虽然这些钱并不多,但是我们一点点省下来的,叔叔阿姨们请不要嫌钱少,千万收下它。"这是全县造桥的首笔捐款。具有50年党龄的离休老干部、原县人武部部长葛祥怀,未待建桥指挥部成立,硬是将1 000元钱送到县政府办公室。县政协副主席、统战部部长周兆熊一下子就捐了2 000元。94岁高龄的奉贤籍市政协参事蒋文鹤老先生,虽然自己经济并不宽裕,但得悉家乡建桥的喜讯后,也寄来了200元捐款。

县里没有发文,没有动员。干部、工人、农民、个体户、学生、离退休老人,纷纷解囊,累计捐款70万元。这捐款宛如涓涓细流,带着全县50多万人民热爱家乡,建设大桥的情愫,融入建设中的奉浦大桥。

为了建造奉贤人民心中的"桥",其间还有许许多多说不尽、道不完的理解、支持和奉献。建造大桥,大桥南堍需要动迁西渡镇扶兰、大同、刘港、金光、陈湾、公谊六个村的 99 户农家,拆迁一百多万平方米的房屋,但是没有一户漫天要价,更没有一家成为"钉子户"。因为村民们懂得,这是一座为全县乃至杭州湾北岸地区人民造福的桥。大同村农民富仁均家的三上三下楼房,建造不到三年时间,且装潢漂亮,各种生活设施齐全。为了大桥,富仁均二话没说,带头拆除了新楼房。金光村农民郑金祥,全家七人四代同堂,夫妻俩已退休,其妻长期病卧在床,家庭经济拮据。但他说:"建造大桥,是为伢子孙后代造福的大喜事,应该支持。"主动把房子拆了。金光村未拆迁的农户,也主动腾出房子无偿给动迁户作临时用房。所有动迁户也迅即拆除了集几代人心血新建的楼房。人们赞颂这些牺牲个人利益、显示博大胸襟的农民。

"理解万岁",在大桥施工建设中得到充分的体现。大桥打桩时,巨大的震动将附近四户村民的住房震裂,村民们不但不吵不闹表示理解,而且在高温天气,还大开堂屋,摆出桌椅,端出凉茶,请野外施工人员消暑歇息。西渡自来水厂、奉贤水泥厂等邻近工地单位也给予各方面的支持。

"以一当十"的指挥部

奉浦大桥从正式开工到建成通车,时间不到 2 年,这创造了我国大江大河建桥史上的奇迹。人们在赞叹铁道部 12 局"铁军"光辉业绩的同时,也由衷地敬佩奉浦大桥建设有限公司工作班子的满负荷工作效率。

1992 年底,当奉贤县委、县政府果断决策将建造奉浦大桥的重任交给县建设局时,条件十分苛刻——务必在 1995 年底前建成通车。建设奉浦大桥需要 4 亿多元资金,钱从哪里来?

县建设局决定用改革的思路,多方筹措来解决建桥资金问题,他们的举措很快得到市、县领导的支持,市区2家建设企业集团也鼎力相助。

"大桥指挥部人员要少而精。"这是奉浦大桥建设有限公司董事长兼总经理吴桂昌对大桥工作班子提出的要求。他抽调13名精兵强将,成立建桥指挥部,并对班子成员明确分工,各司其职。"说了算,盯住目标干!"为了确保大桥1994年3月份开工、1995年底通车,吴桂昌四出奔走协调关系、审查设计方案、办理各种手续、选择施工单位、清理施工现场和落实"三通一平"等前期准备工作,这一系列工作仅仅在短短的58天内全部完成。快节奏,高效率的工作,把这位55岁的硬汉子累得又黑又瘦。他手中的大哥大随时随地指挥着"千军万马",他心头的上千个烂熟的电话号码调动着各方的动作。他几乎放弃了所有的节假日,把整个身心全部融入奉浦大桥。

强将手下无弱兵。大桥指挥部13名人员,是南浦、杨浦大桥指挥部的十分之一。但他们发挥出"以一当十"的作用。年逾五旬的工程师刘新华,巾帼不让须眉,不怕泥泞路滑,不惧登高危险,日夜扑在工地上把牢质量关。副总经理夏伟琴负责融资工作,为了确保资金及时到位,日夜操筹,双眼常常布满血丝。材料部经理徐正采购质优价廉材料,积劳成疾,有一次昼夜竟屙血78次,掉了10公斤肉,被誉为"拚命三郎"。工程师谢仁明、包均华,还有俞华、王世祖、王龙昌、姜义军、戚金龙等均以不同方式为大桥的建设作出奉献。

我们也不能忘记他——奉浦县齐贤中学的老教师余以铭。这位被誉为大桥建设的"编外人员",自大桥开工的第一天起,直至大桥建成通车,不管风雨,不管寒暑,每逢星期天,骑着自行车,挎着照相机,自费为大桥建设拍摄了1 000多张珍贵照片。他用镜头忠实地记录了奉浦大桥的"成长史"。

大桥效应在"奉浦"

奉浦大桥的开通,其惠泽的区域远远超出了奉贤一个县。有专家评论说,大桥的建成通车,可使市一级公路四号线快速干线,经奉浦大桥北连市区外环线,南接郊区外环线,对促进上海"东进南下"战略的实施,带动整个杭州湾北岸的开发,加速沪南工业基地的建设,沟通与附近兄弟省市的经济交往,都具有十分重要的意义。

要大桥产生出效益,离不开路的配套。要确保大桥配套工程四号线奉贤境内向南延伸工程和肖(塘)金(汇)公路拓宽工程与大桥同步通车,也成了奉贤人民路桥战役的又一"重头戏"。

奉贤县公路所担任此战役的一部分施工任务。从去年起,无论是阴雨连绵的雨季,还是赤日炎炎的盛夏,施工人员奋战在工地上。常务副总指挥张黎光,这位县十佳杰出青年,自进驻工地以来,很少回老家探望父母。家里人以为他出了什么意外,老父亲路远迢迢赶到工地探望。公路中修队施工的四号线是新建道路,刚开工时,车辆一时进不了场,退休续聘的女队长褚梅青为抢进度,她每天凌晨6时从家出发,乘一段公交车,再步行一段路到达队部,与队领导一起安排当日工作,然后又赶到施工现场,与工人们一起苦干。大修一队队长吴德荣、桥梁二队队长唐兴达、运输队长费雷锭等基层干部,在各自的岗位上作出了不平凡的贡献。

奉贤城乡建设综合开发公司,为高质量地建设四号线的桥梁工程,选派"桥乡鲁班"——水利工程公司第三分公司参战。杜国富,这位年轻有为的经理,率领一批精兵强将,在四号线工程的难点——淀港桥工程展开"攻坚战",确保了大桥配套工程四号线的按时通车。

"近水楼台先得月"。奉浦大桥的即将建成通车及配套工程的完工，使"奉浦"成为投资热土。一个占地18.8平方公里的市级工业区——奉浦工业区，日前已被市政府正式批准，成为市郊第5个市级工业区。一张白纸可画最新最美的图画。这个北近肖(塘)金(汇)公路，南接奉贤南桥中心城，东靠市一级公路4号线快速干线，黄浦江南岸新兴的工业区，因奉浦大桥的建成通车，到市中心的时间比原来缩短近一半，正在逐渐成为跨世纪的一流水准的外向型经济出口加工基地；上海大工业扩散基地和市六大支柱产业的延伸基地，逐步形成功能齐全、设施一流、工业繁荣的综合性园区。

奉贤人民在黄浦江上造大桥的夙愿已变为现实，奉贤人民快速发展经济，建设美好家乡的蓝图亦正在展开新的一页。迄今，奉浦工业区内已投资2.86亿元，用于道路、水电、通信等市政基础设施的建设，首期启动的4平方公里内已完成"五通一平"。

公元1995年10月26日。

让我们永远记住这一天。

奉浦大桥开通……

大桥10年梦成真。（记者朱瑞华　朱桂林）

（原载《解放日报》1995年10月23日第12版）

"桥乡"变"侨乡"

江南水乡独特的地理环境,使奉贤县境内多桥。出门即遇桥,人家尽枕河。全县有大大小小的桥近7 000座,其中上一定规模的桥有2 000多座,堪称华夏"桥之乡"。

先有桥,后有镇。全县地名以"桥"命名者甚多。奉贤县中心城所在地谓之南桥,县内还有邬家桥、胡家桥、钱家桥、泰日桥、齐贤桥、金汇桥、头桥,均是历来镇政治、经济、文化的中心。至于古今集市、聚落,带"桥"者则更多了。

"桥乡"奉贤县,不但桥多,而且桥的历史源远流长。光绪《重修奉贤县志》,载有名称的石桥266座。迄今尚存的近百座古桥,其"桥龄"最短的亦在百年以上。这些古桥造型精巧,风格迥异。或砖石木结构,或纯紫石筑成;有单拱,也有联拱;或跨于市河两岸,或横于两街之间,尽显"桥乡"风韵。

"桥乡"多桥。"桥乡"有着许多有关桥的动人故事和传说。奉贤县金汇镇上有座石拱桥,相传宋代由几十个金姓人家募资所建,取名"金汇桥"。镇上的孙姓大财主欲改桥名,金姓不从。孙财主贿赂官方强改桥名,并重金聘请当地的石匠修雕。石匠一夜雕成,孙财主见改名的"孙汇桥"三个金色大字,甚为高兴,当下摆席宴请。不料,一场倾盆大雨,桥上重现"金汇桥"三字,孙财主当即气倒。还有,吓退瘟官的"高桥",缴获赃资修的"麻将桥",换糖者筹款造的"糖桥",李木匠出钱砌的"匠桥"等,更是民间妇孺皆知的传说。

奉贤堪称桥乡,其源盖于江南水乡河间纵横,河道不宽,宜于架桥,便于日常通行。再者,相传是两千多年前的孔门高徒言子泛舟来奉贤讲学,传授造桥技艺,遂使奉贤县造桥能工巧匠辈出,后人为崇敬贤人,故取县名为"奉贤"。

造桥,成为"桥乡"人展示他们高超技能的舞台。除独木桥、竹桥、木桥外,还有砖石桥、石板桥、石拱桥。新中国成立以来又兴建了数千座水泥板桥、水闸桥、双曲拱桥、板梁桥、空心梁桥、T形梁桥等,名闻遐迩。日前建成通车的黄浦江上第四座大桥——奉浦大桥,成为奉贤第一大桥,是"桥乡"人的杰作,也使"桥乡"成为投资的热土。改革开放以来,奉贤已有"三资"企业370多家,其中70多家是奉贤在国外的华侨回乡投资创办的。如今,"桥乡"架起了通往海外的"金桥",首期启动的4平方公里奉浦工业区内,已有海外十多家著名的公司驻足,总投资已达1亿多美元。"桥乡"正在变成名副其实的"侨乡"。

(原载《解放日报》1995年11月20日第02版)

水利是城市的命脉

——访国家水利部长钮茂生

在社会主义市场经济体制下,如何发展水利事业?记者昨天采访了在沪的国家水利部部长钮茂生。

钮茂生说,水的问题是全球性的问题。我国已明确把水利摆在基础设施和基础产业的首位,这是历史经验的总结。1994年全国仅洪涝灾害直接经济损失达1 752亿元,是1991年的2倍多。水利建设的滞后已成为制约国民经济发展的"瓶颈"。我国人均年水资源占有量仅为2 400立方米,只相当于美国人均实际年用水量。

在谈到水利是城市命脉时,钮茂生感慨万千。他说,城市一日没有水就会瘫痪。联合国确定今年"世界水日"的主题为"解城市用水之急"。就城市而言,一是除害保安,二是确保供水,三是保护水质,四是美化水环境。

钮茂生对上海的水利建设给予高度评价。他说,上海市委、市政府十分重视水利建设,改革思路正确,方向对头,起点高,发展快,已初步形成为上海国民经济和社会发展服务,从农村走向城市的都市化水利的格局。上海的水利走上了产业化道路,规模化、集约化经营,综合开发,滚动发展。但从上海建设"一个龙头""三个中心"的战略出发,上海水利建设的任务还很重。黄浦江、海塘堤岸的防洪防潮标准,有相当部分还偏低,与世界大城市普遍采用百年一遇的标准尚有差距。为保证优质供水,除了黄浦江外,可考虑从长江引水。长江河口治理是一项系统工程,要统一规划。

钮茂生指出,根据气象预报,今年夏秋黄淮、江淮地区雨水偏大,局部地区可能有洪涝灾害。江南地区可能有伏旱。今年台风登陆位置可能偏北,对上海亦构成一定的威胁,应引起警惕。

(原载《解放日报》1996年5月28日第02版)

看市郊如何增强实力提高水平

小城镇：村庄里崛起的"都市"

——新春沪郊巡礼之三

如果有人问十位农民,你向往什么？其中至少有五位农民会说:"我想在镇上买一套房。"农民们买房进镇落户,过城里人的生活,在市郊已成为一种新的潮流。小城镇,这历经十度春秋而崛起的一座座村庄里的"都市",让农民羡慕,也令城里人惊诧。

记者近日在松江县小昆山镇采访,感触颇多。小昆山曾被称作上海之根,"先有小昆山,后有松江城,再有上海滩"。但史载秦始皇南巡后辟建的宽不足三米、长不满百米的小昆山秦安街,如今已成"历史老人"。十年间,小昆山建成了2.4平方公里镇区,八个农民住宅区,两条商业街和两横五竖主干道,形成了一个基础设施比较齐全、一半农民进镇落户的新型集镇。

10年前撤乡建镇后迅速崛起的市郊小城镇,是农村经济发展到一定阶段的客观要求和必然产物。在这一历史进程中,奉贤县洪庙镇起了先行和示范作用。1986年7月,奉贤奉城、四团、平安三个乡边缘地带11个村400多名农民,自理口粮自筹资金进镇落户。10年中,洪庙镇农民不花国家一分钱投资,在蛙声一片的绿色田野上,建起了一座占地2平方公里、建筑面积达60万平方米、有1.2万个农民进镇落户的新型"农民城"。现在,市郊不仅涌现出像奉贤洪庙镇、松江小昆山镇等一批新型集镇,还有一大批原来规模不大的县城和乡镇,由于大量农民进镇落户,镇区面积迅速扩大,居住人口猛增,如奉贤县城南桥镇最近10年,镇区面积比原来增加10倍多。

上海城市大工业向郊区转移,中心城区人口疏散,土地批租、外资引进和重大市政基础设施的辐射延伸,为加快市郊集镇建设创造了良好条件。市有关部门的同志告诉记者,近五年中,市郊用于集镇建设的各类投资总额已达280亿元,相当于"七五"期间的2.5倍。集镇建成区达200平方公里,有6万名农民进镇建房或购置住宅,180万位农民在集镇居住,农村城市化人口率达到35%,名列全国前茅。

市郊小城镇的迅速崛起和农民大量向集镇聚居,带来了农村社会、经济、文化等形态的深刻变化。由于集镇公建比较配套,商业贸易、文教娱乐、医疗卫生、体育设施较为齐全,进城农民也能享受城里人的生活,接受城市文明的熏陶。小城镇作为城乡之间的连接点,它既是城乡经济、文化、科技交流的纽带,又是城乡物资交流的集散地,农村产业结构调整和劳动力转移的"蓄水池",原来比较分散的乡镇企业也因小城镇的崛起趋向集中,并成为小城镇建设的重要产业依托。记者在青浦县华新镇采访听说,韩国上海克林斯有限公司到上海市郊投资,看了很多地方,但总经理最终却相中了青浦华新镇。因为这里的农民新居别致、街道清洁、环境优美,值得投资。现在,华新镇的华昌工业园区已有52家"三资"企业落户,去年全镇经济总量已位居全县前5名。而洪庙"农民城"更是凭借其自身优势,投资建起一批旅游景点,自去年起部分对游人开放,洪庙也因此成为上海一大旅游休闲胜地。

市郊小城镇建设和农民居住集镇化,是一项经济与社会的跨世纪历史工程。毋庸讳言,目前市郊小城镇建设还存在着规划布局起点不高,缺乏产业定位,集镇建设与经济发展不同步以及镇区管理跟不上,社区环境不配套等一些不足。市有关部门已经明确要加快小城镇建设步伐,并在集镇规划、产业支撑、政策配套和集镇管理等方面拿出新思路和新举措,力争"九五"期间上海农村城市化人口率达到50%,以同上海国际化大都市的地位相适应。(记者朱瑞华 胡国强 刘斌)

(原载《解放日报》1997年2月13日第01版)

笑 傲 杭 州 湾

——杭州湾北岸围海造地工程纪实

3月18日11时,杭州湾北岸围海造地大堤的1、2、3号龙口成功合龙。此时此刻,工地上的人们喜悲交集,言语哽噎……

凝视着一条长8.1公里、巍巍屹立在惊涛骇浪中的挡潮大堤,追忆人与大自然反复抗争的历程,人们思绪万千,心潮逐浪……

俯视波涛滚滚的大海,一行行热泪从分指挥部指挥长顾士龙、"政委"杨召之以及战友们的眼眶中滚落,他们是在为因筑堤而终身与大海作伴的一位战友致哀。

汹涌澎湃的杭州湾浪潮一次次地扑向合龙的大堤,最终无力地退去。在人与大自然的殊死搏斗中,浪潮无奈地向人类低下了它那高傲的头……

杭州湾作证,5 000多筑堤儿女与海浪较量近200个日日夜夜……

进军杭州湾　滩涂建"新城"

面临21世纪之际,锐意进取的上海人又在考虑一个问题:怎样再创新的经济增长点?

决策者们决定建造一个新兴"工业城",发展世界前沿的高新产业。新兴"工业城"的布设,除了具备水陆交通便捷、濒江临海的条件外,还需要有两个金山石化总厂规模的土地。

新兴"工业城"设在哪里?上海寸土寸金,且市区三次产业的结构为"三二一",最好的办法是在杭州湾北岸大规模围海造地。从规划设计、搭建指挥部班子到组织围垦施工,市政府的水行政主管部门——上海市水利局,受开发单位的委托,责无旁贷地担起了向杭州湾要地的历史责任。

这是一项气势恢宏的围垦工程。

金山"石化城"的低滩围海造地,先后用了10多年时间。现在这项围垦工程从杭州湾北岸金山县漕泾镇张家库向东至奉贤县柘林镇竹港出海处,将在波涛浪峰中构筑全长8.1公里的挡潮大堤,一次圈围10平方公里的土地。规模如此之大的低滩围垦工程,在上海乃至全国的围垦史上绝无先例。

杭州湾,是世界上著名的风急浪高,潮水汹涌的河口。在杭州湾"喇叭"口筑堤,无岛屿屏障,属"喇叭"口的"瓶颈"之地。即使在非汛期,大潮汛低潮与高潮潮差达6米以上,是长江口潮差的近2倍。在惊涛骇浪中筑堤,其艰难与风险是两个"孪生兄弟"。

滩涂围垦,一般要求滩涂的海拔在吴淞标高3米以上。如果不足3米标高,必须种植芦苇生物来促淤,或抛石工程来促淤,并经过数年落潮留沙来增淤,此为省本省力的高滩围垦造地。但新兴"工业城"向杭州湾要地,造地须"只争朝夕",不允许采用传统的生物和工程方式来促淤。这儿在吴淞标高仅零米、部分地段水深距吴淞标高负1.5米,进行如此大面积的低滩围垦,为国内围垦史上所罕见。

"我们一定要拿下围海造地工程,为上海经济结构调整出力,对市政府负责"。市水利局党组书记、局长徐其华的庄严承诺,是筑堤儿女的共同心声,共同信念的体现。

通讯特写

人围着潮水转 "生物钟"围着人转

1996年9月28日,一场人与大自然的较量摆开了架势。

陆上造房盖楼,在一般情况下可24小时施工作业,围垦工程只能在落潮期间的5个小时内进行。在杭州湾低滩围垦,风急浪高,需要人的意志,人的毅力。

"人要围着潮水转!"按照分指挥部的部署,落潮期间,"指战员"们全部上工地抢筑大堤;涨潮时分,指挥员进工棚研究施工最佳方案。一天一夜两潮水,潮涨潮落日夜有变化。人跟着潮水转,"生物钟"也随着人转,每天只睡两三个小时。他们记得住每天何时潮涨潮落,却记不住今天是星期几?

人与大自然抗争,需要的是付出,是执着,是奉献。

在抢筑大堤期间,指挥长顾士龙75岁的老父亲脑中风住院抢救,需要子女们轮流值夜护理。作为指挥长,他实在没有空去看。作为长子,他愧对老父。使命感、责任感、紧迫感,促使他既要把握全局,周密部署,又要踏勘现场,临机处置。超负荷的工作量,导致痔疮、心脏病发作,他的内裤时常湿润,脸色阵阵发青,每天靠药物来支撑,腭下发炎时喝粥维持。身体实在顶不住了,上医院吊几瓶盐水,拔下针头就往工地跑。

在抢筑大堤期间,局党组副书记、副局长杨召之,他不顾自己羸弱的身躯,除了跑工地掌握第一手资料外,又给工程管理人员和施工队伍负责人讲正确处理局部与全局、慢与快等辩证法。可是,又有多少人知晓,这位工地"政委"是位摘除了胆囊的人……

工程指挥范庆云,双腿患有严重的风湿性关节炎,每天在工地上奔波。为坚持现场指挥,他每天大剂量服用激素药物,结果,关节炎病未除又添胃病。3月中旬西区3个龙口合龙后,他连续80多个小时坚守在工地,不回宿舍休息,人瘦了一圈。

已达知天命之年的工程部负责人孙浩培曾患有肺癌。工程计划的编制,工程施工的协调,连日的奔波,过度的劳累,使他终因体力不支,突然昏倒在工地,醒来后他又扑向工地。直至发现脑血管阻塞,才被迫住进了医院。

春节前夕,市水利局有关处、室、科的头头脑脑们,接到上"前线"的指令后,没有一个人叫困难。水资源办公室副主任陈庆江,腰部以下右腿至脚趾在60℃热水和冰水中失去知觉,医生警告他严禁再着冷。工程在召唤。他毅然中止了针灸治疗,一拐一拐来到工地。为御寒,他将羊毛衫、皮夹克、滑雪衫等衣服几乎全套上,脚蹬长筒靴,顶着凛冽的寒风,一步一颤,艰难地行走在工地上。脾脏摘除、肛门脱坠的王祥来,妻子临盆一人独居的魏梓兴,也应工程的需要吃住在工地。基建处处长齐召璞、市防汛办主任助理张健民,悄悄地退了春节去唐山、北京探亲的机票,退休了的水利老专家宁祥葆,总工程师王宗仁、工程总监江太昆、高工蔡正、顾德鱼、黄惠祥、周怡生和指挥黄沛霖等,不顾海风浪涛的冲击,不计个人的安危,在工程险段分析水情,指导抢险……

杭州湾"拜年潮" 不屈的围垦者

新年除夕期间,申城合家团聚,亲朋好友互贺新年,人们沉浸在欢乐、祥和的节日气氛中。

杭州湾北岸围垦工地激战正酣。2月4日,宝冶特种公司的施工队紧张地铺设堤身防渗布,吹泥船泵一个劲地往袋中吹泥抢筑大堤6号龙口,8.1公里长的挡潮大堤第一个龙口宣告合龙成功。

2月5日,鼠年农历十二月廿八,参战的最后一批外地民工返家过年的汽车开走了。工地食堂忙着准备年夜饭,市区打来的拜年电话铃声不绝于耳,特有的过年气氛洋溢着工地。

此时,气象界俗称的杭州湾"拜年潮"也向疲惫不堪的筑堤职工来"拜年"。"不速之客"——东南风突然刮起,阵风达到5～6级,涌浪近3米高,风助浪势,浪借风威,滔天浊浪在除夕之夜饿狼般正面扑向大堤,将6号大堤冲出了一道百米长的口子,潮水汹涌而入……

"拜年潮"来"拜年",指挥部早有部署"接待"。"不速之客"东南大风侵袭,造成来潮增浪近3米,大自然的突然"翻脸",连当今先进的气象仪器也无奈。否则,又如何解释日本的阪神大地震、百慕大神秘"黑三角"?数日辛劳顷刻付之潮水,指挥长顾士龙、工地"政委"杨召之的眼睛湿润了,总工程师王宗仁禁不住哭出声来,在场的将士人人心里似灌满了铅。

除夕,局长办公会议在工地召开,鼓士气,定方略。大年初一,华谊集团党委书记余德荣、水利部上海勘测设计院院长王世民、上海航道局局长翁猛勇赶来工地问寒嘘暖。

大自然不相信眼泪。向决口抛石,袋中吹泥,奋力抢堵保护大堤。决了再堵,堵了又决,一次又一次,一遍又一遍……顽强的筑堤儿女用血肉之躯向大自然抗争。

工地食堂烹制的年夜饭菜,冷了热,热了冷,不知回锅多少回。晚上11时30分,当最后一批工程管理人员齐召璞、顾德鱼等从工地归来就餐时,与其说是在吃年夜饭,还不如说吃半夜饭。6号堤决口,殃及5号隔堤决口。上东区大堤只有3号隔堤"华山一条路",3号隔堤成了工程的"生命线"。冒着水漫堤岸随时可能决堤,人被浪涛卷走的危险,不屈的筑堤儿女坚持突击加固堤身,铺设防渗布,在堤上巡逻……从大年初一到正月十五,几乎半个市水利局的领导和机关干部是在工地上度过的。

杭州湾畔大会战　各路大军齐心干

低滩围垦,海外都采用沉箱作业,就是将数吨重方钢箱子沉入水中打桩固定,然后构筑大堤,这种围垦方法基本无风险,但成本昂贵。我国是发展中国家,此法不可取。

杭州湾宏大围垦工程,市政府下达的硬指令只能一次完成,务必在今年4月份大堤全线合龙,时间仅7个月,这在我国围垦史上所仅有。

两种方案摆在市水利工程设计院的面前:一种方案是向杭州湾抛100多万吨块石,构筑水泥石堤,围垦风险较小。上海不产筑堤的石材,从外地采购调运需要多花国家4~5亿元。另一种方案就地取土构筑大堤,但在水深风急浪高的杭州湾筑堤,要冒很大的风险。

几经权衡,几易其稿,杭州湾畔大会战,各路大军齐心干,向袋中吹泥固土,构筑挡潮大堤。围垦造地工程方案设定,风险中的决策,方知肩上的分量有多重!

大会战的工程招标,市水利工程公司、宝冶特种工程公司、中国石化工程公司等三大在沪的围垦"精锐部队",获准组成"集团军",担负挡潮大堤和隔堤的陆上"攻坚战"。

国家交通部所属的四大航道局,上海、长江、天津三大航道局受命组建海上"联合舰队"参加杭州湾会战。全国规模最大、在国内外重大工程战役中屡建奇功的上海航道局,调集了上海港90%的船只,47条吹泥船打响了杭州湾围垦吹泥之役。天津航道局麾下的亚洲最大的"航空母舰"——"2150号"吹泥船,日最大吹泥量达6万立方米,成为会战中单船吹泥的"海军"主力。

化工、宏波、东华三家监理公司,日夜两班人马围着筑堤工程转,既是工程监理员,又是工程"指导员"。围垦工程所在地的奉贤、金山两县的基干民兵,"安营扎寨"在工地"支前",并随时受命参与工程抢险。驻沪空军指挥部、驻沪叶挺部队在春节前后,出动官兵投入了抢堵决口的战斗。市水利物资综合经营公司总经理盛龙祥等领导坐镇工地,及时为"前线"输送"粮草"。

一项围垦造地工程,调集了沪上三大水利工程建设"集团军"、全国四大航道局中三大航道局"联合舰队"参战,还有人民子弟兵、当地的民众……这大概在我国的围垦史上也是空前的。

人在大堤在展开"拉锯战"

人与大自然的抗争,在前进的道路上,每一步都充满着艰难,布满了险阻。

围海造地工程,有别于陆上其他市政基础设施工程,工程孕育着风险。它除了要解决施工中预料的风浪、水流、渗流三大难题外,还要对付大自然的无常与反复。杭州湾大面积低滩围垦,其艰难,其风险,局外人大都难以理解。

杭州湾"无风三尺浪",否则,哪有天下闻名的杭州湾钱塘潮奇观?杭州湾涨潮时,潮水排山倒海,来势迅猛,一般涌浪可达1米高,如遇东南风劲吹,大堤犹如在中流击水,其浪可遏飞舟。

构筑挡潮大堤堤身主要材料是杭州湾中的泥沙。为避免大浪"淘"沙,一种向袋中吹泥筑堤的工艺被应用。潮汐日夜两潮,低滩围垦构筑大堤,实际施工必须抓紧退潮期间的5个小时。

一张长30米、宽20米、重800公斤的塑料编织袋,由人拉成呈四角形后用钢丝固定,抽泥泵不停地向袋中吹泥,数小时后袋中海水流渗,泥沙固结成堤。倘若沙袋被浪潮撕破,数百立方米的泥沙和人在一潮水期间的辛劳,付之滔滔潮水……

泥!泥!泥!泥……为紧急调度吹泥,太湖流域管理处副处长王为人,在一个月黑风高的子夜摸上了工地。一脚踏入泥库,一下子淤泥齐胸。后经民工拼命相救,才免遭灭顶之灾。

湍急的水流犹如一把"利箭"。倘若每秒水流的流速大于零点五或零点七,水流往往将新筑的大堤冲决扩展成深槽,河槽弯曲变形,给抢堵决口造成困难。2月5日凌晨,杭州湾"拜年潮"将宝冶公司构筑的大堤冲决后,汹涌澎湃的浪潮如脱缰的野马在堤内库区"大游行",5、4、3号隔堤危在旦夕。3月9日夜,一场罕见的东南风挟巨浪,将2、3号龙口砸得残缺不全,险象环生,潮水漫堤;数千米长,直径80厘米粗的输泥钢管拦腰折成几段……

"吹泥抢堵大堤决口,同步加固库区隔堤!"连续两次工地现场会,分析工程态势,部署抢险方案。无数次的抛石阻流,袋中吹泥,多少人舍命抢堵。面对每秒4米以上的流速,要知道,人的体能力量也有限度……

人与大自然的抗争,不但需要人的勇气,人的精神,而且还需要人的胆略,人的智慧。

杭州湾泥沙,颗粒粉细,泥沙吹入袋中,泥沙在袋中成浆糊状,泥沙需要3~4个小时固结,影响堤身质量。"向长江'借沙',加快堤身泥沙固结"!指挥部果断决策。指挥范庆云星夜兼程奔赴江苏白茆港联系"借"长江沙,来制服杭州湾泥沙在袋中"捣浆糊"。

百多艘运沙船,组成浩浩荡荡的水上运输线,出长江,进黄浦江,入杭州湾,斗风战浪,历尽艰险,将32 000立方米的长江沙运抵工地。长江沙与杭州湾沙"合二为一"构筑大堤,既加快了进度又提高了堤身的质量。这是不屈的围垦者与风浪斗勇斗智中又一次赢得了胜利。

人与大自然的抗争,有时,付出的不仅仅是人的辛劳疲惫,而是人的生命。

通讯特写

2月9日上午,大堤决口处令人终生难忘的一幕。宝冶特种公司36岁的卢黎辉工程师,向领导要求去大堤决口处察看水情。工地上汽车不在,摩托车又坏了,他干脆骑自行车上了大堤,在决口处专心致志地量水深,测水流。9时10分,5号隔堤决口,退潮期间堤内外形成的潮位差,山洪暴发般的滔滔潮水从库区直泻,将正在几百米外决口处工作的卢工卷入杭州湾……

筑堤,决口,合龙,决口,再合龙。杭州湾北岸大规模围海造地工程,是我国围垦史上的新篇章,是中华500多名筑堤儿女与大自然反复抗争的一曲壮歌。

大堤六个龙口仅存最后一个龙口,将于本月中旬全线合龙。但是,人与大自然的抗争还远远没有结束。今年汛期,大堤还将经受海上台风、浪涛高潮的考验,抗争还将继续……

(原载《解放日报》1997年4月4日第10版)

到乡下安个家

——访奉贤泰日"阿拉村"

不再留恋喧哗都市,把家安在环境幽静、空气清新的郊区,已成为时下一些上海市民的新追求。这不,在奉贤县泰日镇,就有一个"阿拉村"。

春节前夕,记者慕名走访"阿拉村"。踏进"泰南花苑"住宅小区,但见四周绿树掩映,芳草茵茵;那古色古香的牌坊,构思精巧的小凉亭,错落有致地点缀其间,与风格各异的幢幢小楼相映成趣,仿佛进入了"村庄里的都市"。

年逾七旬的郑永美老妈妈喜滋滋地告诉记者,她和老伴原来住在黄浦区,前年花 18 万元来此买了一幢四室二厅的小别墅。夫妇俩是常住户,儿女们是临时户。平日里老两口时常在绿化区打拳做操,在院子里侍草弄花,生活过得挺惬意的。据了解,在"阿拉村"买房落户的市区居民中,退休和将要退休的人士就占了 70% 以上。近几年市区加速旧城改造,居民借动拆迁之机改善了住房。上班的小夫妻住市区,另外花 5~6 万元钱,为退休的老人在郊县买套廉价产权房,两代人各得其所,这是退休人士纷纷入主"阿拉村"的奥秘所在。

"阿拉村"的另一部分房主,是积蓄不多的支内回沪的市区老知青,在这里花 10 万元左右买一套住房安个家,既改善了居住条件,经济上又承受得起,有的工作也干脆就在附近找。这样的住户有 10 多家。

村子里还有不少"周末住户"和"暂居户",他们大多是市区的在职职工,到"阿拉村"购房,一为投资增值,二为置产并丰富节假日生活,有的已经尝到了甜果。

(原载《解放日报》1998 年 1 月 30 日第 A1 版)

商机在市场

——上海航星集团迅速崛起探秘

【编者按】 上海航星集团坚持在市场中找商机,给我们很大的启发。现在许多人都在说机会难找,生意难做,经营难搞。在告别短缺经济后,市场上东西多了,给我们的生产经营带来一定困难,这是事实,但不是说就此而不能有所作为。"航星"的经验告诉我们,只要时时做有心人,敢于去寻找商机、捕捉商机、开发商机,同样能闯出一片天地来。市场的大门永远敞开着,我们希望更多的企业能像"航星"那样认真分析市场,研究市场,积极去抢占市场。

世界最著名的洗涤机械生产商——意大利 FIRBIMATC 公司的总裁到上海航星集团考察,并对该集团总裁江弘说:"我们公司年产 2 800 台干洗机,你们多少?"

"目前我们'航星'年产干洗机 4 000 多台。"江弘平静地回答。

"噢,你们第一,我们第二。"外方总裁连连说。

"西装热"中见商机

上海航星机械(集团)有限公司前身是奉贤县一家修造船厂,修造船业的萎缩,导致企业在 1987 年净资产只有 93 万元,销售额 230 万元,并濒临资不抵债的境地。1988 年春节前夕,企业在市场调研中发现,几年来穿西装的人多了,但城里干洗店少,人们经常为干洗西装排队。一个念头在总裁江弘脑中闪现:"西装热"中蕴藏着无限商机。经过研究,企业决策层果断决策,将原企业改名为"航星",转产干洗机。产品投放市场果然火爆,当年销售 58 台,以后每年以翻番的速度递增,去年,"航星"的干洗机年产量突破 4 000 台,年销售量占全国市场 60% 以上,成为世界上最大的干洗机生产商。

市场网中捕商机

"航星"清楚看到,产品特别需要市场这个载体。因此,"航星"在市场开拓上力求最大化。他们确立了"在涉及行业内居领先地位"的经营规划,拟定了"市场占有率第一"的发展战略,组建了企业扩张销售信息中心,并在全国 30 个省、市、自治区建立了销售信息网络,派出 200 多名销售员常驻全国各地。同时,他们精心制定营销策略,千方百计扩大产品的市场占有率。1996 年,他们出资 400 万元取得辽宁足球队冠名权,使"航星"名声大震,产品独步东北市场,年销售额迅速从 1 000 万元猛增到 6 000 万元。据统计,"航星"干洗设备销量连续四年夺全国第一,并逐步打入国际市场。

"宾馆热"中找商机

"航星"每年耗资 2 000 万元在全国编织的销售和信息网络,既是拓展市场的"桥头堡",又是捕捉信息的"情报站"。正是利用这些信息网络,他们发现,由于旅游业的发展,各地的宾馆越来越多,发展宾馆的相关、相近产品,是一个方向。1994 年,他们根据宾馆饭店亟须高档工业水洗设备,立即上马投产,取得良好效益。"航星"开发产品的思路越来越广,熨烫设备、上光剂等一个接一个开发出来。目前,该公司又在开发生产厨房设备、超市冷藏等宾馆的延伸产品,以便顾客"跑一家,不必跑百家"。

未来市场看商机

近几年来继"绿色食品"之后,绿色日用及工业产品开始走俏。"航星"决策层敏锐地看到未来市场的趋向:环保产品将成为新兴产业。为抢占干洗设备的"制高点",他们大力实施产品的超前开发和储备,去年8月专门从日本东芝集团的东静电气株式会社引进当今世界领先的环保型干洗机生产技术及自助式系列洗涤设备,目前新一代干洗机已定型,可择时投放市场。此外,他们还与美国休斯公司合作,开发了用空气中二氧化碳为洗涤溶剂的"绿色干洗机"。

高新技术中抢商机

"航星"在国内迅速崛起,敢与世界上洗涤设备制造商一争高下,关键是他们坚持产品最优化。"航星"在1992年就组建中外合资企业,与美国、德国、意大利等地的著名大公司进行广泛合作,汲取国外先进的技术和工艺,促使自己的产品不断升级换代。如今,"航星"已拥有系列干洗设备、水洗设备、熨烫设备、燃油燃气锅炉设备、化工洗涤调理剂等五大系列产品。10年来,企业的净资产、销售额分别增加163.3倍和156.5倍。

"市场的大门永远敞开着,市场只存在着竞争,产品不存在没有市场,只有没有竞争力的产品。""航星"人如是说。

(原载《解放日报》1998年4月20日第A1版头条)

科技创优　科技创新

"小茅台"一举走红

日前,全国各地酒类经销单位的采购员,纷纷来到地处奉贤四团的上海神仙酒厂,竞相洽购神仙牌曲酒。神仙曲酒清澈透明、窖香浓郁、绵甜爽净、回味悠长,故有"上海小茅台"之称。近几年来,"小茅台"不仅与全国 300 多家销售公司建立供货关系,还昂首进入宾馆、饭店、商场、超市,销售日趋火爆。

上海受水土温湿条件的制约,很难生产优质名牌曲酒。过去多年,上海地区的曲酒厂家只能酿制普通白酒,到了 80 年代,有几家厂先后因产品档次不高而亏损倒闭,唯有神仙曲酒名声越来越响,在市场上尽领风骚。去年实现产值 5 060 万元,为 1978 年的 16.9 倍。

"小茅台"为何能一举走红?用有关专家的话来说,是因为企业积极实施科技创优、科技创新的策略。

神仙酒厂原是家生产普通白酒的企业。近几年来,随着人们生活水平的提高,普通白酒逐渐衰退。在新形势下,如何创出自己的特色,辟出新天地?神仙酒厂的领导经过认真的调查研究,提出了科技求发展的战略。他们组建了科技攻关小组,全方位推进名酒研制工作。曲酒品质的优劣,主要取决于各种成分的配制比例,其中己酸乙酯是主要微量元素。己酸乙酯主要来源于窖泥中梭芽孢状杆菌——丁酸菌和己酸菌所产生的己酸,己酸与乙醇酯化学反应生成己酸乙酯。己酸乙酯含量越高,酒香更浓郁,风味更纯正。

上海哪里有饱含丁酸菌和己酸菌的窖泥源?科技攻关小组的人员骑着"老坦克",走遍了浦东方圆百平方公里的土地,终于找到了含丁酸菌和己酸菌丰富的窖泥源,攻克了"人工老窖老五甑"泥池用泥的难关。在攻下菌源关后,科技攻关小组的人员分析对比了上千份科技资料,并作千百回的配方试验,根据传统工艺和现代生化工程相结合的思路,总结创造出"续槽混蒸,低温入池,缓慢发酵,人工窖泥,增已控乳,适时贮存,精心勾兑"独特的酿造工艺流程。终于,俗称"泥池子酒"的窖香浓郁、绵甜爽净的神仙曲酒脱颖而出,投放市场十分抢手。

(原载《解放日报》1998年9月11日第13版)

世纪之交看区域经济

发挥优势　再创强势

——访奉贤县县长金建忠

世纪之交的奉贤县,发展强势在哪里？年富力强的金建忠县长胸有成竹地说:"发挥原有优势,农业打品牌、工业建高地、旅游创特色,实现奉贤经济新跨越。"

路桥等基础设施的完善,为奉贤的经济发展奠定了基础。目前,奉贤公路已形成"九纵六横"网络,公路密度达到中等发达国家水平。奉贤还拥有市郊规模最大的瓜果虾猪禽蛋六大生产基地,有输变电设备、汽车配件、空调设备、制鞋业、针织业等特色产业,有依托大海、回归自然的海湾旅游风光……

金建忠说,今年奉贤将利用建设本市第一个国家级土地整理示范县的契机,在农业上加快种养区域化、经营规模化、服务社会化的步伐,实施农业品牌工程。即以柘林镇鲜虾、光明镇锦绣黄桃、胡桥镇"肯德基"原料鸡、奉城镇方柿、高桥村大黄枣和申兰集团肉品等为重点,进一步注入科技提高品质,形成集约化生产,规模化经营。其中光明镇锦绣黄桃种植面积达1万亩,柘林、胡桥、奉新等镇的海水虾养殖面积2万亩以上,胡桥镇"肯德基"原料鸡200万羽。

金建忠说,作为全县发展工业、培育经济新增长点的重中之重,市级奉浦工业区将采取传统招商和委托、网络招商相结合的办法，吸引市区和海内外集团企业前来落户。同时要继续抓好输变电设备、汽车配件、空调设备、制鞋业、针织业等特色产业。奉贤将大力扶持技术含量高、市场占有率大的机电产品，争取在下世纪初，机电产品的产值占全县工业总产值的 35％以上；还要紧紧依托上海化学工业区，进一步加快发展精细化工、生物医药、化妆品包装、新兴建材等，使这些产业成为下世纪奉贤经济发展的新增长点。

发展休闲旅游，是奉贤再创产业强势的一个新举措。海湾旅游区将以国家级风筝放飞场为龙头，海岸风光为特色，形成滨海林荫大道、森林区、沙滩排球场、海水浴场、垂钓区、烘烤区、海鲜一条街和休闲公寓区，为游人提供一个既具自然风光，又有舒适生活设施的休闲、度假、观光等多种功能的旅游区。此外还要开辟都市"农家游"。

展望未来，金建忠充满信心地说："21 世纪初，展示在人们面前的是一个崭新的奉贤。"

（原载《解放日报》1999 年 4 月 29 日第 03 版）

养殖能手唐雪良当"供销员"

奉贤五十万珍禽"飞"全国

日前,由养殖大户繁育的1万羽鹧鸪、山鸡、丝光鸡、贵妇鸡等珍禽苗种,通过奉贤县庄行镇养殖能手唐雪良建立的网络,用航班分别发往新疆、云南、贵州和陕西等地,以满足这些地区农民的养殖之需。今年以来,经唐雪良牵线搭桥销往全国的珍禽苗种和商品珍禽达50多万羽,为全县农民增收80万元左右,他本人也获得相当收益。

唐雪良是庄行镇有名的养殖珍禽能手,近几年,全县珍禽养殖热带来的"卖难"引起唐雪良思考。他经过调查分析后认为:只有让珍禽"飞"向全国,才能使生产走出困境。唐雪良走了两步"棋":一是利用自己原有的销售渠道,加强与老客户联系,巩固和扩大销售客户,为全县的养殖大户牵线搭桥;二是为养殖户代理销售珍禽,并从代理费中拿出2 000多元订阅全国各地的50多种农村信息科技类报纸,获取市场对商品珍禽和苗种的需求信息。他发现,粤闽等地大城市的居民喜食味道美、营养价值高的珍禽,在消费商品珍禽上有着很大的市场潜力;中西部地区的农村因实施农业产业和产品结构的调整,广大农民都迫切希望找到新的经济效益较好的产品,而珍禽养殖业又几乎是空白,这些地区对珍禽苗种的需求量大。于是,他将奉贤商品珍禽及苗种的品种、数量的信息在报纸上登广告,通过各种方法寻找经销商。目前，奉贤县农民平均每月有近10万羽的商品珍禽和珍禽苗种，通过唐雪良的网络销往全国各地，今年全年预计可达100万羽。

为了使产品经常推陈出新，唐雪良自行投资、自担风险，积极担当引进、养殖新型珍禽品种的"引路人"，继在全县第一个引进、养殖七彩山鸡后，近几年来又先后引进绿头野鸭、红腹锦鸡、丝光鸡、贵妇鸡等新品种，他自办的养殖场堪称"百禽园"，成为当地珍禽养殖的示范基地，从而推动了四乡八邻农民珍禽养殖的不断创新，经济效益也逐步提高。

（原载《解放日报》1999年9月2日第03版）

看"航星"怎样走出去

——上海航星集团拓展欧美市场纪

【编者按】我国即将加入WTO，企业如何积极应对？今日本报刊登《看"航星"怎样走出去》，可以打开大家的思路。"航星"的三"敢"无疑是三个制高点，对许多企业来说，目前尚难企及，但是从长远看我们必须如此，才能在国际市场的激烈竞争中处于主动。诚然，"航星"能够登上这个制高点，与合资的外方在开拓国际市场上形成共识有关，由国内市场走向国际市场，两个市场一起开拓的合作模式，看来是很有效的。入世以后，两个市场连成一片，我们的企业要学会在更高层次与外商合作，要敢于到国际市场去发展，有条件的企业要敢于进入国际市场的制高点。

德国法兰克福，前些日子举办的"2000年国际洗涤展览会"上，刮起了一股"中国航星"风。

几位国外订货商来到"航星"展位前。销售人员迎上去没说上几句话，就被对方打断了。订货商手指着宣传牌上的Sail Star（"航星"英文名字）连连说，我们现在想要了解中国"航星"制造的产品。

"航星"牌二氧化碳干洗机在现场作演示，经销商、洗涤专家们通过机器的观察窗竞相观看，只见衣物上下翻滚，晶莹的二氧化碳水珠缓缓飘落。以二氧化碳作为洗涤溶剂,洗涤完毕后,在空气中自然挥发,污染接近零。洋人们为此叹服,称赞这种"绿色干洗机",体现了世界干洗设备发展方向。客商纷纷光顾"航星"展位,在场十多位技术人员来不及接待,只好请郑力行董事长亲自出马。

敢于走进欧美市场

中外合资的上海航星机械(集团)有限公司,十多年来通过"市场占有率第一"的发展战略,使干洗机和工业洗涤设备连年占有全国市场近60%的份额,并成为世界上生产规模和销量最大的洗涤设备制造商。

加入WTO面对的严峻挑战,使"航星"的决策层寝食难安。本市许多品牌产品热销时固守上海,最终丢失全国市场的教训,更使他们引以为戒。欧美发达国家是国际名牌洗涤设备制造"王国",只有与"重量级"高手对阵,"航星"才能挺过WTO这一关。为此,董事会果断决策,走出去,走到欧美市场去,与国际品牌产品较量,让世界了解"航星",也让"航星"了解世界。"入关"后,只有确立在国际市场的地位,才有可能继续保住"航星"在国内市场的"龙头"地位。为此,从1997年起,"航星"连续四届参加国际洗涤展览会,展品被经销商预订一空。

两年来,"航星"精心组建了国际贸易部、国际合作部,招聘了一批懂英语懂技术的涉外专业人才。同时,发挥合资外方在海外人才与信息上的优势。

1998年,"航星"斥资500万美元,收购了意大利小有名气的林达士洗涤设备公司(LINDUS),组建了"航星"意大利公司,将意大利LINDUS品牌归于"航星"麾下。同年,"航星"又在美国夏洛特工业区投资500万美元,购买了2 000平方米厂房,组建了"航星"美国公司,作为"航星"在美国的销售中心、中转站、维修中心和国内技术工人赴美培训基地。迄今,"航星"已在美国建立了十多个销售网点。"航星"在总部召开首届全球会议,董事长郑力行(外方)亲自参与"航星"走向国际市场战略目标的制定,总裁江弘作拓展国际市场的报告,并拟定了到2005年"航星"占领全球30％干洗设备市场的奋斗目标。

去年,"航星"的一流干洗设备,以散装件的形式,首次出口意大利,由"航星"意大利公司组装后在欧美闪亮登场,迈出了挺进欧美市场的第一步。去年10月,16台F系列水洗机出口日本,《日本洗涤报》在头版头条报道:"中国·航星SAIL STAR日本上陆"。今年4月,"航星"36台P系列干洗机、F系列水洗机,以整机的形式挺进美国市场。据统计,今年头8个月,"航星"系列洗涤设备出口欧美、日本市场达200多台,销售额400多万美元,预计全年销售额可望达到600万美元。世界上干洗设备行业的"龙头老大"——意大利某公司,觉察到"卧榻之旁已有他人酣睡"的威胁,于是急急指令其产品在美国市场上降价销售。

敢于聘用洋人开拓市场

在欧美国家设立海外公司,在国际名牌洗涤设备"王国"里建立"据点",办张执照,这对"航星"来说不难。难的是其员工是从国内总部派遣,还是本土化招聘。"航星"决策层对此进行了缜密的分析研究。目前,"航星"总部还缺乏足以在国外担当涉外营销的人才,应该采用外国公司在华办企业招聘中国雇员做法,聘请并重用洋人开拓洋市场。

"航星"美国公司和意大利公司,聘用了30多名意大利、美国、德国人为"航星"打工,先后重金聘请国际名牌洗涤设备"王国"里的高级管理经营人才,并委以要职,总经理均由"洋人"担任。国际洗涤界知名专家金威格,两年前被"航星"聘用,从事出口干洗产品的设计,卓有成效。他说:"我所以到'航星'工作,是因为我感觉到,'航星'是一个技术创新型企业,发展前景将会十分光明"。去年,这位"洋人"又被董事会委以"航星"副总裁的高职。德国某公司是欧洲著名的洗涤设备制造商,日前,"航星"不惜重金将其总裁"挖"走,拟任"航星"意大利公司总经理的要职。

由"洋人"主管海外公司,怎么管理?每月有"三张表"电传"航星"总部,"航星"通过财务、销售报表和客户对产品质量意见反馈表,进行遥控。去年,"航星"美国公司反馈,产品内在质量一流,但烘漆质量稍逊,决策层立即委托意大利一家公司进行产品的外观设计,并提出"把洗涤设备作为家电来制造"的质量理念。

敢于拿出最先进产品向国际名牌叫板

竞争到最后是产品的竞争。"航星"与世界上一流洗涤设备制造商一争高下,重要的是产品最优化定位及技术的创新。为此,"航星"耗巨资引进了国际上最先进的设备,引进了全套(CAD)计算机辅助设计和最新的PROE三维立体设计软件,组建了技术开发中心。为追求产品最优化,航星与美国、德国、意大利等著名大公司进行广泛技术合作,创新提升"航星"产品档次。研制开发的全封闭系列干洗机、石油干洗机,以及享有国家专利的F系列变频式全自动工业洗衣机,其质量达到当今国际同类先进水平。其中,F系列变频式全自动工业洗衣机,选用了美国微软公司的PLC芯片,自行设计了控制系统的工业计算机控制器,采用人机对话方式,用户可根据需要自行编制程序,并设有运行时间报告显示、工作错误报告显示、用户编制程序帮助提示、允许用户对所编程序进行调试和编辑等功能。

环保型洗涤设备是个新课题,谁领先一步谁就将称雄世界洗涤界。1997年初,"航星"拟定方略实施了产品的超前开发。当年,即与日本东芝集团的东静电气株式会社合作,引进当今世界领先技术及自助式系列洗涤设备,消化后研制出环保型干洗机,近两年已开始投放欧美和日本市场。"航星"还与美国休斯公司搞技术合作,开发了世界上唯一用空气中二氧化碳为洗涤溶剂的高尖端"绿色干洗机"。目前,"航星"不仅是这项最为先进的洗涤技术的国际权威,也是全球第一家批量生产二氧化碳干洗机并推向欧美市场的企业。"航星"迄今已拥有与国际名牌较量的领衔产品,具备了在世界洗涤界一争高下的能力。

"航星"第二届全球会议最近在意大利举行。在确立了"航星"新世纪总体经营目标的同时,也为实施"航星""不仅仅是上海的'航星',中国的'航星',更是世界的'航星'"发展战略,制定了系统完整的发展战略和经营策略。

我国即将加入WTO。

"中国的企业准备好了吗?"

"我们已经准备好了。"——"航星"总裁江弘平静地说。

(原载《解放日报》2000年11月5日第01版头条)

申城内河"驯水"记

前天零时,申城内河"引清排污"战役拉开序幕。随着蕴藻浜下游的杨盛河水闸、获泾水闸相继打开,嘉定曹王和宝山罗店中心地区的浑浊河水,趁着潮水的退落,缓缓向闸外流去。接着,本市西南的龙华港、梅陇港和南新泾水闸,以及青松地区的淀浦河东闸,也先后开启闸门,有序地排出了内河浊水。在现场督战的市河道处负责人介绍说:"仅这一天,就可排出内河不洁之水 1 000 万立方米。"

昨天早上,轮到闵行区的北横沥泾和华漕港以及长宁区的北新泾开闸,可这回是趁着涨潮置换引入清水;与此同时,嘉定打开墅沟水闸、宝山打开新川沙水闸,直接引入长江之水;青松地区开闸西引浦江上游之水,并通过淀浦河东闸东排及东大盈和西大盈水闸北排内河之水,开始了水资源的调度。

市水利局副局长汪松年告诉记者,这次给申城内河大"洗澡",历时 10 天,以落潮 7 个小时、涨潮 5 个小时的潮汐差为动力,促使内河主要骨干河道的水体按调水方案定向、定量、有序地流动,增加河网水体转换机遇,使河水"吐故纳新",达到稀释、降解和削减污染总量,有效改善内河水质的目的。引排水总量将在 1 亿立方米以上。

以水治水,是经济实惠的好办法。市水文总站副站长袁仁良博士对记者说,福州、杭州、苏州曾先后引江河清水冲内河

(湖)之污水,都颇有成效。本市近两年曾三次引浦江上游之清水冲苏州河污水,也使苏州河的水质有了明显改善。此次调水总结了国内和苏州河调水经验,调水方案具有科学性和可操作性。

(原载《解放日报》2000年3月20日第02版)

走进农家的女博士

——记奉贤县奉新镇镇长徐枫

女性、博士、镇长,集中在一个人身上,这也许在全国并不多见。徐枫,1985年从上海中学毕业直升交大。毕业那年,头戴博士帽的徐枫,出人意外地接受市委组织部的挑选,来到了以秀丽的海边风光著称的奉新镇,在沪上成为一时新闻。

徐枫有令人羡慕的经历,也有许多令人羡慕的朋友,她的大学同窗出国的不必说,许多是跨国公司的高级技术人员和在沪首席代表,年薪都在20万元以上。她认为,人各有志,如今乡亲们选她当镇长,一定要为农民多办实事。

一镇之长,也算一个不小的官,但两年的政府工作报告,也是自己起草,镇创建市二级卫生集镇的录像片由她配音,从不摆镇长的架子。她的宗旨是要为老百姓多办实事。去年,镇上不少家庭反映自来水压力不足。她和旅游区管委会副主任瞿剑平等领导,一起多次召开协调会,并从财政中挤出资金用于管网更新。为解决就业问题,在徐枫的倡议下,镇政府想尽办法在集镇的市容环境卫生管理监察、世纪林养护等工作上,安排一部分困难家庭人员就业。老百姓满意了:想不到这位纤弱的女镇长干起来还真有两下子。

奉新镇是本市规模最小的镇。在这块弹丸之地上诞生了世界上第一头转基因牛"滔滔",辟建了"奉贤海湾旅游区"。1998

年10月28日,徐枫从市农委政研室来奉新镇报到的那天,旅游区成立刚好一个月。

年轻的海湾旅游区好比一张白纸,兼任旅游区管委会副主任的徐枫,她给自己这样的定位:是一个锻炼者,更是一个拓荒者,要尽快进入"角色",画出最新最美的图画。上班第三周的镇党员干部大会,她第一次在公开场合亮相即用方言讲话,两周的调研材料做得丰富翔实,使她从容不迫。会后老干部对她的评价不错,连管委会党工委书记房同盟也赞许有加:没想到城里来的女博士进入角色这么快。

徐枫学的自动控制理论和系统工程专业,九年半的专业学习,教会了她从高处看问题、系统考虑问题的习惯。她和旅游区的领导形成共识:在上海郊区众多人造旅游景点纷纷落马的今天,旅游区要走可持续发展的路子,必须形成特色,闯出新路,有文化底蕴……(记者朱瑞华　通讯员钱忠群)

(原载《解放日报》2000年3月29日第03版)

千里海塘行

——生命线　经济线　旅游线

春风和煦,油菜花黄。在今年汛期到来之前,记者赴崇明、横沙、长兴三岛及宝山、浦东、南汇、奉贤、金山等地,实地考察了521.6公里的一线海塘。

上海濒江临海,500多公里海塘是抵御台风、海潮侵袭的第一道防线,海塘是上海的生命线。

生命线——御百年风暴潮

"千里海塘行"的第一站,是崇明岛西端的"崇头"。记者看到:由混凝土、块石构成的海塘新大堤,牢牢地盘踞在昔日有"摇头沙"之称的"崇头"上。

据当地县志记载,因风暴潮的侵袭,有1 360多年历史的崇明岛涨塌不定,自1352年至1583年间,岛民流离失所,数万人葬身江海,县址也曾五迁六建。

此次行走在海塘上,只见堤顶混凝土路面,底坎钢筋混凝土反浪墙,水泥浆砌护坡,临滩水面还有一道环堤顺坝护卫。在浦东新区,沿着长江口大堤通达南汇的人民塘南行,建起的钢筋混凝土大堤挡住了堤外汹涌奔腾的江水,53.6公里长的海塘按达标工程标准予以构建。在南汇南滩一线易受海潮冲刷的海塘,用块石顺坝工程将全线联结。对冲刷严重的半途港、泻水港、小勒港等,加装蛙型块体、翼型块体、螺母块体、四脚体等各种形式的砼体来挡潮消浪保滩护塘。

沿奉贤境内的华亭东石塘西行,是奉贤现存的最早海塘。雍正二年(1724年),能工巧匠将定型条石用糯米灰砂砌筑。迄今,古石塘仍固如水泥浆砌。这条古石塘,东连南汇、浦东新区(川沙)海塘,西接金山海塘。关于这条古石塘,还有个民间传说:当年为求得最佳的筑塘位置,先人们在涨潮时将谷壳撒入大海,退潮后循着谷壳滞留海滩的踪迹确定筑塘的走向。

金山区是国内最早有海塘的地区之一。从清代起,更以"五十里金城"著称于世。但金山海岸历史上屡受风暴潮侵袭,岸线频频后退。解放以后,党和政府先后投入大量资金修建古海塘,最近几年又实施海塘达标工程。如今,呈现在记者面前的是一道百年一遇的防汛挡潮屏障。

经济线——滩涂崛起新城

上海开埠时仅是个小渔村。长江每年约有5亿吨泥沙下泄长江口,淤积成沙但又涨塌不定,经过先人们不懈筑塘固堤,"上海滩"越"长"越大。解放以来,党和政府拨款岁修海塘、促淤围垦造地。据统计,50年来累计围垦造地117.8万亩,相当于180个黄浦区的面积,其中崇明岛累计造地80万亩,使面积由解放初的608平方公里扩大到迄今的1 200多平方公里。

登上大治河出海口海塘,但见三条石砌丁坝如昂首巨龙,在南汇东滩的波涛浪谷中时隐时现。据了解,正在南汇东滩实施的促淤工程,可阻水纳沙,淤高滩地,届时构筑海塘大堤后三年可围垦成陆80平方公里,造地12万亩,相当于解放初期市区的总面积。

一道坚固的海塘,带来了成片的良田。有关负责人告诉记者,解放以来,本市在围垦的百万亩土地上建起了16个国营农场、2个军垦农场和4个成建制的乡镇。如今,这些地区都成为本市米袋子和菜篮子重要生产基地。

在宝钢堤顶高8米、堤身宽8米的挡潮大堤上巡访,记者深切感受到坚固的海塘是一条含金量特高的"经济线"。宝钢在建设挡潮大堤和加固维护堤防共花了4亿元,成功地经受了三次台风的考验,确保了这个我国最大的现代化钢铁企业年产1 100万吨钢,实现年产值600亿元。

"金山石化",是在围垦土地上建立起来的现代化大型"化工城",它地处我国东南沿海著名的强潮区。记者目睹,经过6次大规模围垦筑堤,迄今21.41公里长的高标准海塘和保滩工程,经受了建厂以来数次台风和高潮位的袭击,确保了200多亿元资产的安全。

浦东国际机场的32平方公里面积中,有18平方公里是利用的围垦土地。机场水利分指挥部有关人士说,国家只用了2.5亿元,就高标准构筑了围海大堤,节约征地投资33亿元。

正在建设的上海漕泾化工园区和规划中的芦潮港滨海新城等,也将在达标海塘的护卫下在滩地上崛起。

旅游线——风景这边独好

千里海塘,千里林带。海塘的防护林带既捍卫了海塘免遭风暴潮的侵袭,又以良好的生态环境构成独特的景观,成为人们休闲旅游的理想去处。

崇明岛229.25公里的环岛大堤上,水杉、池杉、剌杉、松树、槐树、欧美杨、龙柏等错落有致,似绿色"项链"镶嵌在大堤的两边。在八滧至奚家港达标海塘段,今年春季植有四季玫瑰、龙柏、黄杨球及多种杉树。市水利局负责人告诉记者,这种集护塘、休闲和旅游观光于一体的绿化样板段,已引来了大批游客。

在筑塘围垦的土地上造林植树,在体现独特生态效应的同时,更显示出迷人的旅游效应。崇明森林公园已成为市民生态游、森林浴的好去处,长兴岛万亩橘园每年都举办"柑橘节",吸引广大市民来赏橘、采橘、品橘,其乐无穷。

站在奉贤海湾旅游区林荫大道上,沐海风、观日出、放风筝,海塘之下的数公里长"铁板沙"是观海踏浪的好去处。占地10平方公里的旅游区已建成的12米宽滨海彩色大道、世纪林、海水浴场、射击场、青少年国防教育基地和海湾竹筏乐园。

南汇芦潮港、泥城等镇桃树成林,成为江南有名的"桃花源"。这个县的桃花节以"花"为媒,先后举办了9届,吸引了200多万名中外游客前来踏青赏花,其乐融融。还有,浦东三甲港海水浴场、滨海高尔夫球场、星火度假村、金山区新粤华温泉中心,让游客流连忘返。

(原载《解放日报》2000年4月2日第06版)

"从水资源管到水龙头"

——访市水务局长张嘉毅

上海市水务局新近组建,开始由"九龙管水"变为"一龙管水"。怎样进一步改善上海的水质、水环境?昨天,记者采访了首任市水务局长张嘉毅。

"管水一条龙,就是从水资源一直管到水龙头。"张嘉毅风趣地说。新组建的市水务局主要承担城市供水、排水、污水治理、河道整治、防汛抗旱、城乡水利等管理。上海是个缺乏优质饮用水的水质型缺水城市,水务局管水,首先是要搞好水资源优化配置和统一管理,努力达到本市水资源的供需平衡和永续利用,为市民提供足够的优质饮用水。其次,大力推进生态环境水利,通过不懈的疏浚和必要的工程措施,加大以苏州河为重点的河道综合整治力度,做好上海的水文章,努力营造一个人与自然和谐统一的水环境,为建设上海生态城市服务。此外,进一步加强防汛工作,为上海的经济建设和社会发展构筑起道道安全屏障。

张嘉毅还认为,要强化水务部门的规划、计划职能。规划是水务发展的龙头,要科学合理地调整水利、排水、供水和地下水开采、污水处理等大的规划。要强化政策法规的职能。当前要抓紧对现有的水法规进行系统梳理,大力加强水务的综合执法。还要强化水务协调监督和服务的职能。要按照城乡一体和两级政府、两级管理的原则,把涉及水的方方面面工作建设好、管理好、协调好。

张嘉毅还提出水务工作要实现两大突破：一是在水务改革上有所突破，逐步建立起适应市场经济的体制和运行机制，并通过资产置换、资产重组、盘活存量等运作方式，加大水务建设的力度，适应经济社会和人民生活需要。二是争取在转变政府职能上有所突破。

张嘉毅还兼任市防汛指挥部副总指挥，对今年上海的防汛工作，他指出，坚决贯彻市委、市政府的部署，强化对防汛设施的管理和维护；加快在建防汛工程的建设速度；加强中心城区防汛排涝和防台风工作；进一步加强预报、预测工作，确保安全度汛。

(原载《解放日报》2000年6月2日第03版)

奉贤从严治党动真格

建立退出机制：不合格党员的"出口"渠道畅通
实行公示制度：发展新党员的"入口"群众监督

46名党员被责令限期改正、34名党员受党纪处分、15名党员被劝退党、63名党员被除名、3名预备党员被取消资格。奉贤县切实加强共产党员先进性教育，民主评议党员动真格。去年以来，全县在33 000多名党员中，共处置了161名不合格党员。通过取消预备党员资格、劝其退党、党内除名、开除党籍等形式，建立不合格党员退出机制，畅通不合格党员的"出口"渠道，充分体现了"从严治党，严肃处置"的原则。保持了党员队伍的纯洁性、先进性。群众高兴地说："现在的党员像个党员了"。

调查研究　认识从严治党紧迫性

去年春，奉贤县委组织部下乡调研时发现，东部地区一个专为丧家"吹打"做道场牟利的7名道士中，竟有6名是共产党员。在这些人招徕生意的名片上，还印有所谓的管辖四个镇及本人的寻呼机、寓电。共产党员信仰发生动摇，触目惊心。县委在形成共识的基础上，决定通过民主评议，在党内扎扎实实开展共产党员先进性教育。去年初，县委组织部就"党员政治态度、学习情况、参加组织生活、履行党员义务和发挥先锋模范作用、对党员标准理解、本单位党员教育管理情况、对本单位党组织和其他党员评价、对党员队伍建设的意见和建议"等八大内容，在党内发放了3 000份无记名调查问卷,对全县的党员队伍进行了分析。从中发现有24名党员信仰宗教,117名党员革命意志严重衰退,长期不参加党的组织生活,不缴纳党费,不完成党交给的任务,成为"三不党员",有的党员还违反党纪国法,严重影响了党员队伍的纯洁性、先进性。因此,从严治党,势在必行。

民主评议　严肃处置不合格党员

民主评议党员,是从严治党、加强党的建设、提高党员素质的一项重要措施,是对党员进行经常性教育、管理和监督的有效途径。在民主评议党员中,奉贤县委狠抓学习教育,县委组织部专门选编了有关学习资料,每名党员人手一本。县委采取上党课、看录像、专题讨论等形式,在党员中深入开展共产主义理想、马克思主义唯物论、无神论和党风党纪教育。齐贤镇党委通过"读好一本书,上好一堂党课,搞好一次测评"等方式,加强对共产党员先进性的教育,较好地解决了党员身上存在的问题。

县委组织部听取基层的意见和建议,按照党章要求,根据本县党员队伍的实际,界定标准,列出了信仰动摇、"三不党员"(没有正当理由连续6个月不参加党的组织生活,或不交纳党费,或不做党所分配的工作)、受党纪政纪处分、不履行党员义务、放弃党性原则、个人主义严重、不遵守社会公德、危急时刻临阵脱逃、偷抗税款和拒交各项规费、热衷参与封建迷信活动、聚众赌博和观看及传播淫秽书刊等不合格党员的10种表现,哪个党员只要有一条"对上号",即是不合格。通过党内外评议,在全县33 000多名党员中,有480名党员被评为不合格,其中319名党员经教育后改正了错误。

在严肃处置不合格党员中,奉贤县委制定了教育在前、处置在后的程序,坚持"事实清楚,理由充分,手续完备"的原则,既严格要求，又实事求是。泰日镇党委在评议中发现有 55 名不合格党员，通过教育、批评和帮助，先后有 50 名在思想上有了转化并改正了错误，最后对其余 5 名不符合党员标准的党员作了劝退和除名处置。全县对热衷参加宗教活动的 72 名党员，除少数认识深刻的党员责令其限期改正外，大部分劝其退党或予以除名。据统计，这次全县民主评议中被处置的不合格党员总数是 1997 年的 4.2 倍，体现了"从严治党，严肃处置"的原则，纠正了过去存在的"失之过宽"的问题。

模范行动　体现共产党员先进性

通过严肃处置不合格党员，加强共产党员先进性教育，使广大党员的先锋模范作用进一步得到发挥。去冬今春，四团镇 95 名党员带头捐资 11.5 万元，修筑了镇通向村的水泥道路，方便了农民群众的出行。今年以来，古华商城、医药公司的党员为本单位下岗职工子女捐出 3 900 元助学金，使一批下岗职工的子女解除了辍学之忧。南桥镇近千名党员组成的 13 支党员志愿者服务队，经常为社区居民提供医疗卫生、家电维修、绿化养护、夜间巡逻、科普宣传等服务。今年初，县委发出了加大招商力度的动员令，200 多名党员争当"招商大使"，下温州，赴广东，远离家人，长年累月扑在招商第一线，成效显著。群众高兴地说："党的好传统又回来了。"

许多党组织在民主评议后，继续开展党员先进性的教育。泰日镇党委开展了"我是一个共产党员"的主题活动，全镇 148 名党员担任群众工作下乡员，深入到 234 个村民小组开展面对面的思想政治工作，党员干部走访了 1 070 户党员家庭，706 名党员走访了 2 009 户农民家庭，密切了党群关系，凝聚了民心。庄行镇党委成立"党员模范工程"讲习所，该镇党员在全县的"万家富"活动中,带头勤劳致富,并带领群众共同致富,广大群众说,党员朝前站,啥事都好办。

奉贤县还在新党员"入口"方面加强了制度建设。今年初下发了《关于实行发展新党员公示制度的意见》,对要求入党的积极分子或转正的预备党员,张榜公示,接受群众监督,堵住不合格党员"入口关"。据初步统计,今年1~7月,全县有近10名要求入党的积极分子跨不过公示制的"门槛"。(记者朱瑞华 通讯员钱忠群)

(原载《解放日报》2000年8月25日第01版)

坐着轮椅上学来

——本市首家残疾儿童特教班见闻

昨天下午3时,奉贤县新落成的华亭学校,迎来了一批"特殊学生"。14名下肢残疾的农家孩子,坐着轮椅,由护理工轻轻地推着,缓缓地穿过无障碍通道,参加本市首家残疾儿童特教班开班仪式。

上课了。"特教班"里还不能安静。望着高度可调节的特制课桌,崭新的书包,齐全的学习用具,和蔼可亲的老师,坐在一旁的男女护工,这些初进校门下肢残疾的农家孩子兴奋不已,不时地交头接耳。新寺镇红光村残疾儿童张杰,今年已11周岁,因下肢残疾不能上学。7月初,他听妈妈说县里要办"特教班",兴奋得常常睡不着觉,天天缠住妈妈带他去报名。下课后,他对妈妈说:"我能上学了,我好高兴!"

"特教班"里很"特别"。学生上下课,吃睡、大小便、洗澡等日常生活起居,都由四位男女护工包了;还有可供14名下肢残疾学生健身的14件康复器材;每位学生每月只交22元,只需自备换洗衣服……听着"特教班"负责人朱丽莉娓娓道来,学生家长唐辉,这位大男人的两眼红红的。

放学了。学生们在护工的照应下,回到了对门的两间用新教室改建的男女生宿舍。睡床、被子、盖毯、毛巾、洗脸盆、床头柜等生活用品,都是新买的,护工的床也安放在一隅。一位小女孩拉着妈妈的手说:"这里比家里还要好,星期天我不想回家了,好吗?"她的妈妈听了,别过身去直抹眼泪。

"一定要把'特教班'办好。"主管教育的汪黎明副县长对徐国宪校长下了"死命令"。徐校长表态:"我们要将'特教班'的学生,当我们其他班级的学生一样加以教育管理,而且还要照顾好,学校的14支学生志愿者队伍,已准备好为14名'特教班'学生结对帮助。"县残联理事长张仁林拍胸脯:"除了财政每年补贴4万元外,缺额部分由残联向社会筹措。"

市残联理事长徐凤建拄着拐杖,向参加开班仪式的社会各界人士动情地说:"农村中这些肢残孩子,也有享受教育的权利。我代表孩子们,希望得到大家的帮助。"

(原载《解放日报》2000年9月2日第03版)

塞外哈密瓜扎根申城

——访中国工程院院士、新疆农科院研究员吴明珠

中国工程院院士、著名西甜瓜育种专家吴明珠,是新疆农科院园艺所研究员,也是新疆西甜瓜育种的开创者。40年来,由她主持选育的西甜瓜早、中、晚配套品种24个,覆盖新疆主要商品瓜面积的80%,其中"伊选"、"早佳"、"8424"等品种西瓜,在沪苏浙一带颇受欢迎。如今,在吴明珠的主持下,塞外哈密瓜扎根浦江大地。

市种子繁育中心的大棚里,立架栽培着八种改良型哈密瓜,"金雪莲""仙果""雪里红""绿宝石""白玫"等,大多已成熟,散发出诱人的清香。繁育中心负责人说,这些瓜都是在吴明珠院士指导下栽培成功的。由于新疆到上海路途遥远,运来的哈密瓜不可能是完全成熟的,因此味道肯定受影响。为了让上海人吃到好瓜,吴院士专门选育了几个适应南方种植的新品,来沪栽培。

"在上海郊区种好哈密瓜不容易,要攻克土质、气候、温差等难关。"吴院士告诉记者,新疆哈密瓜研究中心对这一项目十分重视,今年与上海农业技术推广服务中心合作组建了试验示范小组,开展哈密瓜引种及有机生态型无土栽培技术试验示范。8月份以来,吴院士吃住在试验基地里,还亲自动手育苗、移栽、整枝等。如今,所栽培的几个哈密瓜品种陆续成

熟。吴院士蛮有把握地说,上海人不久能吃上本土栽培的哈密瓜。

(原载《解放日报》2000年10月25日第09版)

一个郊县小镇,居住着来自全国 28 个省市和十多个国家的居民

西渡有个"地球村"

深秋的夜晚,奉贤县西渡中学内人头攒动,西渡镇第三届文化艺术节在这里连演三场大戏。开幕式上,歌唱家曹燕珍一曲《父老乡亲》余音未了,邓小平的扮演者、著名演员潘玉民即登台亮相;而第二天的社区文艺专场,成了来自上海市区退休职工的文艺大会串。镇文化站站长陆群英自豪地说:这些可不是请来的演员,而是落户我伲西渡镇的居民。

西渡镇地处黄浦江中游的水资源保护区。自 90 年代中期以来,西渡镇利用毗邻奉浦大桥的地理优势,开发廉价商品房,吸引上海市区 8 000 多名市民落户,还吸引了全国 28 个省市的近万人在此"安家",外来人口占西渡镇常住人口的 45%,有近十个民族。在西渡"扎根"的还有上百名外籍居民,分别来自美、日、韩、菲律宾等十多个国家。如果你在镇上风味小吃店用餐,没准就会遇到高鼻梁、蓝眼睛的老外热情地与你打招呼哩!

"地球村"居民近一半是退休老人。去年,镇里社区文明学校开设了书法班、摄影班、舞蹈班等,吸引了老人们。鸿宝一村 73 岁的程定,原是上海儿童剧院合唱队的指挥。在她的带领下,镇里成立了全县第一个业余合唱团。而原上海市工人文化宫越剧团团长、国家二级演员陈克孝,则是镇戏曲沙龙的创办

者。如今,每周四成了戏迷盼望的日子。现在,县里举行大型文艺演出,总少不了这些西渡镇的新居民。

为了让"地球村"居民安居乐业,镇里拿出100多万元,改善水、电供应,增加绿化。去年建成的浦江花园占地100多亩,使绿化率达到40%。现全镇17个小区全部建成封闭式管理小区,并配了健身设施。(记者朱瑞华 通讯员钱忠群)

(原载《解放日报》2000年11月17日第07版)

工程水利转向资源水利

——水利部长汪恕诚谈新世纪治水思路

我国的水利该如何面对 21 世纪？趁全国水利厅局长会议在沪召开之际，昨天记者造访了国家水利部长汪恕诚。

汪恕诚说，跨入新世纪，需要转变观念，调整治水思路，实现由工程水利向资源水利的转变。

当今中国水利面临洪涝灾害、干旱缺水、水环境恶化三大难题。汪恕诚说，治水由工程水利向资源水利转变，这是一个生产力发展的过程。经济与社会的发展带来了工业的高速发展，污染的问题也开始出现了，从而更加剧了水资源的短缺。在这种条件下搞水利，水资源的节约、保护、治理问题，将成为我们的主要任务。他阐述，资源水利就是把水资源与国民经济和社会发展紧密联系起来，进行综合开发，科学管理。具体概括为水资源的开发、利用、治理、配置、节约和保护六个方面。原来搞工程比较注重开发、利用、治理，在水资源短缺的情况下，配置、节约、保护显得更重要。因此，在重视工程建设的同时，又要重视非工程措施，重视管理问题。管理最重要的是配置，这个配置包括天上水、地下水、主水、客水，如何分配利用，用量多少，都属于配置问题。在水资源短缺的情况下，该在什么地方宜发展何种工业，或宜种植何种农作物，发展多大规模，也有个资源配置的问题。当今，全世界都在谈可持续发展的问题，水资源作为环境的重要组成部分,需要我们通过资源水利的思路,以水资源的可持续利用支持经济社会的可持续发展。

汪恕诚祖籍江苏溧阳,少年时在上海求学,毕业于清华大学水利系,他对上海及上海的治水特有感情。他认为上海对城市水务进行体制改革,组建市水务局,承担城市供水、排水、污水治理、河道整治、防汛抗旱、城乡水利等方面的管理,实行管水一条龙,符合经济社会发展要求,符合国际惯例。

(原载《解放日报》2001年1月15日第05版)

到海上钓鱼去!

休闲观光渔业前景广阔

从"食有鱼"到"食优鱼",从"四大家鱼"一统天下到特色鱼种跃上餐桌,不断发展的上海渔业让市民的食品菜单越来越丰富。不过,在市民休闲娱乐生活的"菜单"上,休闲观光渔业却几乎是一片空白。对此,有专家指出,要积极将渔业产业向新的深度和广度拓展,利用现有的资源,发展休闲观光渔业。

休闲观光渔业在许多发达国家已很流行,并创造出良好的经济效益。如美国这一产业每年实现近1 084亿美元的产值,提供了大约120万个就业机会。目前,我国其他省市也都在积极发展休闲观光渔业。北京市的自然条件不属于河网地区,休闲观光渔业却办得相当红火,去年北京就有80%的渔场开设垂钓业务,还建起140多个规模较大的集游乐、健身、餐饮为一体的垂钓园,每年接待游客300万人次,收入逾亿元。大连市的长海县,已连续三年举办国际钓鱼节,并借机签订经贸合作项目共40个,合同投资1.24亿元。

上海北枕长江,南濒杭州湾,东临大海,还拥有16万亩精养鱼塘,这些都是发展休闲观光渔业的绝好资源。专家指出,上海发展休闲观光渔业要以渔业综合开发为内容,建立不同层次、不同规模、不同类型,具有观光、垂钓、休闲、度假、示范、教育等多种功能的观光渔业景区。郊区可以有计划地将一批环境良好、设施齐全的精养鱼塘,办成集游乐、健身、餐饮为一体的垂钓基地,吸引大批钓鱼爱好者,开展垂钓比赛。在沿海地区,可开办海上旅游观光项目,如海上游览、海上捕鱼观赏、海底观鱼及海岛旅游等。本市奉贤海湾旅游区与浙江滩浒岛联手,开发"当一日渔家人"的旅游观光项目,可乘游艇上岛品海鲜,领略海岛风光和渔家风情,很受市民欢迎。可见,发展休闲观光渔业前景广阔,潜力很大。(朱瑞华 吴华)

(原载《解放日报》2001年3月28日第08版)

奉贤经济"大合唱"

今年1~4月新批三资项目、
合同引进外资额同比增107％和193％

日前,在奉贤县召开的工业大会上,唐德根、鞠林发等六位招商员笑了。他们胸戴大红花,接受县委、县政府首次授予的"招商明星"荣誉证书。一项有效举措,赢来一批丰硕成果,县委书记施南昌、县长沈慧琪也舒心地笑了。

去年,全县引进项目5 488个,投资额达72.46亿元,分别比上年增长283％和77％。今年1~4月份,全县新批三资项目43个,合同引进外资1.51亿美元,分别比去年同期增长107.28％和193.61％,同时引进私营企业4 400多家,居全市首位。地方财政收入的增幅也高达72.46％,为奉贤10年来首次。

把握一次机遇　赢得一次跨越

90年代初,外商纷纷抢滩上海。近郊区县中原本处于"中游水平"的奉贤,一条黄浦江阻断了外商投资带动经济快速发展的好"姻缘"。为此,1997年,奉贤自筹资金30多亿元,建成奉浦大桥,公路密度达到中等发达国家水平,遗憾的是,已错过了改革开放外商投资的"第一波",失去了一次经济快速发展的机遇。1998年,全县经济总量与最高的区县相差一半多。

"失去一次机遇,就可能失去一个时代","把握一次机遇,就可能赢得一次跨越"。县委书记施南昌总结出的"机遇论",成为县委一班人的共识。1999年起,县委确定把招商引资作为经济工作的重中之重,迅速将基础设施投入转化为生产力,实现基础性开发向功能性开发转轨。

县委组织四套班子领导和部门"一把手"赴周边地区学习考察,组建了县、镇(开发区)50多个招商领导机构,推出招商引资局镇挂钩新举措,并抽调500多名精兵强将充实招商引资力量,全县响起了气势恢宏的经济"大合唱"。1999年,全县引进资金23.79亿元;去年猛增到70.6亿元;今年头4个月引进资金高达30亿元——把握了机遇,赢得了跨越。

争夺"篮板球" 抢投"三分球"

地方经济多元化结构发展态势,使招商引资呈现白热化状态。招商员阔步走出去,争夺"篮板球"。为了说服深圳"万基药业"与奉贤古华集团"牵手",招商员徐雪峰10多次赴万基公司,真诚所至,终获成功。今年春节,塘外镇10位招商员从大年初一至初五一直在温州开展招商活动,先后拜访了32家当地企业的老总,温州客商感慨地说:"重情义的地方值得投资。"目前有20多家温州企业落户塘外,形成一个颇具规模的"温州企业创业园"。奉浦工业综合开发区的招商员先后叩开了市区200多幢涉外商务楼的门,以惊人的毅力夺到一批"篮板球"。"奉浦"还通过国际互联网每天发送近万份电子邮件,两年中以"广种薄收"的方式获得800多条有价值的商机,"网"进了30多个投资项目。

奉贤县还千方百计抢投"三分球",吸引投资规模大、技术先进、产出率高的大项目。奉浦工业综合开发区大打"生态牌",努力提高招商竞争力,屡屡抢投"三分球":日本富士电机、美国通用电气、德国西格里、日本先锋等世界500强企业竞相前来落户。庄行镇以"硬件不足软件补,资金不足感情补"的精神及一流的服务,折服了欧美大企业。世界化工巨子——比利时优西比、美国菲利浦斯、德国佳和等四家公司一期投资均在千万美元以上,最近这些企业又纷纷增资,形成了"欧洲工业园区",园区一期的工业规划用地也已告罄。

源头引"活水" 精修"蓄水池"

在源头广引"活水",是奉贤县招商引资的一着妙棋。去年,县政府在外资企业云集的广东东莞、民营企业集中的浙江温州、侨资企业密集的福建泉州等地设立了县招商办事处,选派德才兼备的年轻干部任"招商大使"。各镇也在外地设有五个10人以上的招商点。航星、柘中等通过设立在欧美、日本、东南亚等地的10多家海外分公司进行招商。同时,奉贤还在国外设有140多个委托招商网点,在源头引"活水",广招天下客。

奉贤在亲商、安商、扶商上别有一番功夫,精修"蓄水池"。他们的宗旨是:"进门都是客,有事好商量"。县里设立投资服务中心,为客商提供"一站式"服务,招商办公室对投资项目实行跟踪服务。计委、建委、工商、税务、房地、环保等职能部门本着"事前多指导、事后多服务"的精神,对新项目主动上门,提前介入,为投资商解疑释惑。县人大、纪检委设立监督电话,接受投资商的投诉。县政协定期组织委员视察外来投资企业,向政府反馈投资商的意见和要求。使源头"活水"汩汩流入"蓄水池"。(朱瑞华 钱忠群 吴华)

(原载《解放日报》2001年6月2日第01版)

李子园新风

——普陀区李子园村干部创业为民纪实

李子园村,一个颇有名气的地方。

46年前,它是市郊真如区的一个农业生产合作社。1955年10月24日,毛泽东同志纵情挥毫,对其"艰苦奋斗,勤俭办一切事业"的精神作了高度赞扬。

今天,它是城市化建设中本市普陀区桃浦镇的一个行政村,也是上海综合经济实力百强村,但艰苦创业、勤俭为民精神依然继承发扬。

"村富裕了,每分钱仍算着用"

李子园村经济快速发展,去年村民人均收入达到3万元。"村富裕了,每分钱仍算着用。"村党委一班人几乎人人是"铁算盘"。村里建造7.7万平方米住宅楼,村委会副主任张天仁多方奔波,筛选建材,从计划成本中"算"回了250万元差价。

李子园村区域条件优越,外商投资考察纷至沓来。主管招商引资的村工业公司经理万宝发,在洽谈业务时经常把客商请到家中招待,花百元烧桌家常菜,既有家庭式的温馨,每年又节约了上万元招待费,投资商从中感受到村干部的务实和诚信,纷纷在这里投资办业。

该省的钱一分都要省。村干部对村办公大院的绿化实行划区包干,利用业余时间养护,每年省下了 6 000 元养护费。

"为群众办实事,是党员干部的职责"

由于历史上的原因,李子园村实行的是队为基础,村队两级核算的集体经济。近几年村里二三产业发展快,大多数村民进了村队企业。原有"大锅饭"式的年终分配制,导致少数村民独享级差地租带来的经济利益,损害了进企业靠工资收入的村民利益。为了给群众办实事,去年,村党委将队一级集体经济转变为集体股份合作制企业,对全村当年参加合作社期间的老股金,以 1∶20～1∶30 的比例清退,对村里现有职工包括退休农民,以自愿的方式入股,年终实行股金分红,解决了农工倒差大的矛盾,维护了大多数村民的根本利益。

生活富裕了,改善居住环境成了村民们的最大愿望。村党委书记杨林扣对改善村民住宅,提高生活质量表现出大手笔,明确提出:"为群众办实事,是党员干部的职责,这个钱要舍得花。"1999 年夏天,村党委决策,按照城镇化的要求,对全村老宅统一规划、实施改造。建设所用巨额资金,是动用近几年土地批租,农民由村里统一妥善安置后攒积的安置费以及历年积累的福利基金。目前,村里已完成了七个生产队的老宅改造,建成 9 万平方米的村民花园别墅,资金额高达 8 000 万元。村民一家五口三代人,只要花 5 万元,即可住上价值 40 万～50 万元的花园别墅,实现了李子园村几代人"搬出老房子,住上小洋楼"的夙愿。

"管好自己,管好亲属,违纪必咎"

今天,李子园村,富而不奢,富而思源,富而思进,关键是村领导班子有个明确的思想:新时期里要保持艰苦奋斗本色,更需要奋进。杨林扣作为村实业公司董事长,由于招商引资需要,村里配备了轿车,但他除了招商引资等公务用车外,10多年来,上下班及去村民家走访,年过半百的他仍骑着那辆老"坦克"。有人不理解,老杨坦率地说:"我上班路近,用不着坐车,到村民家去随便点,群众与你交谈也不拘束嘛。"时时注意管好自己,在村领导班子中已成风气。

村干部还注意管好亲属,不与群众争利。村党委副书记周杏娣的弟媳因原工作的企业倒闭而待岗,她几次三番缠着分管三产的姑姑帮助安排工作。周杏娣没有同意,一再鼓励她去村里三资企业应聘,最后弟媳凭自己特长被录用。

对违反纪律和规定的党员干部,村党委严格处置不手软。两名预备党员,一名生活作风不好,一名搭建违章建筑又不自觉拆除,群众有意见,党组织取消了两人的预备党员资格。

(原载《解放日报》2001年11月17日第02版)

一份沉重而美丽的承诺

——彭洁33年义务照料孤老的故事

闵行区吴泾镇塘东村民彭洁家底楼一间朝南卧室里,大床上躺着一位91岁的老人。床头,彭洁买的香蕉、橘子、奶粉、蛋糕等食品放满小桌,老人可以随意取用。这位老人,就是彭洁义务照料了33年的孤老刘玲贞。

今年,老人的右手上一个大血瘤越长越大,医生念及老人年事已高怕有意外,就没有同意为老人开刀手术的要求。看到老人日夜喊痛,彭洁买来了有关书籍,自学了消毒、护理的基本知识,今夏为老人切开血瘤,放出大量污血。在彭洁的精心护理下,目前老人手上的伤口已基本愈合。

今年,彭洁还学会了裁剪,老人里里外外的衣服,都是彭洁自己亲手缝制的,就连老人百年之后的寿衣,她也早早准备好了,老人过目后也就心安了。老人对前来探望她的干部说,来世她仍要找彭洁这样的"女儿"……

一

33年前,塘东生产队孤老刘玲贞因病动大刀,回家后翻身不慎,造成伤口崩裂引起大出血,生命垂危。当时正值21岁妙龄的彭洁,与妹妹一同去孤老家看个究竟。

望着无助的老人奄奄一息,彭洁的心受到了震撼。自己因父亲所谓的"历史问题"而受株连,初中毕业后遭歧视,失去了进厂工作的机会,日子过得十分艰难。而面前这位早年丧夫的老人也是苦命人,住在一间简屋里,开刀时娘家人替她从信用社贷了500元钱。如果我不帮助她,老人就会很快死去,多可怜啊!反正自己也难找对象,就用一颗真心去抚养老人!

心意已决的彭洁拨开摇头叹息的村民,毅然当众宣布,要挑起抚养老人、照顾老人的重担,并接下了孤老名下需还本付息的500元债务。从此,彭洁的命运就和老人紧紧相连,当起了老人生活起居全包的"义女"。民政部门看到彭洁经济困难,多次提出要给她补助,彭洁却说:我不需要,社会上还有许多人需要救助……

由于自己尚未婚嫁就背起了这副重担,使得村里人在怀疑她的动机之余,还常有冷嘲热讽。而最令她痛苦的是,知女莫如父母的爸妈,苦劝女儿无效后,竟一度割断了与她的骨肉亲情。

二

心地善良的姑娘,赢得了当时同为"狗崽子"——国营企业刘师傅的爱慕,两人走到了一起。为了照顾老人,彭洁婚后将孤老接到自己家中照料。老人患有胆结石、心脏病,为了减轻老人的病痛,彭洁自学了医疗书籍,常为老人抓药诊治。一次千载难逢的机会,刘师傅奉命去金山参与筹建新厂,按规定可带家属还可转户口,彭洁想带老人一起去,但老人不愿离开故土。为继续照料老人,她毅然放弃了随夫进厂"农转非"的机会。

10年前,八旬老人不慎跌断腿骨后瘫痪,吃喝拉撒都在床上,彭洁更是一声不吭地全包了所有的护理工作。为更好地照顾老人,从1993年起,彭洁每天24时前与老人同睡一室。下半夜老人要大小便,她就想出一个绝招:24时自己回房临睡前喝下两大碗温开水,迫使自己下半夜起来小便,这样就能准时为老人更换尿布。为使老人身下干燥,彭洁将自家6条旧被单撕成大小适用的布片,供老人换用,并坚持每晚用热水为老人擦身,上爽身粉。老人瘫痪10年,没有生过一次褥疮。

由于老人活动少,常会发生便秘,有一次竟有10多天没有排便,这使得医生也束手无策。老人痛苦万分,生命危在旦夕。彭洁一声不吭,跪在老人身边,用热水捂老人的腹部,并不停地轻揉。一天一夜后,老人大便终于通畅,转危为安⋯⋯

三

彭洁的义举感动了她的丈夫和子女,丈夫也加入了和妻子一同照顾老人的行列。彭洁的儿子刘勇在市建八公司工作,近6年来,默默资助内蒙古两名失学儿童完成了学业。他说:"我之所以这样做,是妈妈30多年救助孤老的精神教育了我,给我上了一堂最生动最深刻的人生必修课!"(冯联清 卞庆芳 朱瑞华)

(原载《解放日报》2001年11月20日第07版)

巧手编织锦绣路

——记"巾帼"创业带头人顾品华

"五一"前夕,奉贤区柘林镇营房村的顾品华喜事多!

她和姐妹们编织的1 000件"镶拼衫",以其独特的工艺,上乘的质量,在香港市场一露面即告罄,急得香港老板一天连发三张传真追加订货……

顾品华的编织业越做越大,她成了乡镇的新闻人物。记者日前请她谈谈创业历程,不料,竟引来顾品华热泪涟涟:"创业的苦,只有我心知肚明……"

难忘1993年:顾品华所在企业效益不好,她下岗了。"屋漏偏逢连夜雨",丈夫承包的虾塘也亏了几十万元。此时,家中两个孩子还在读书,日子怎么过?年近半百的顾品华陷入前所未有的彷徨。一天,她在回娘家的路上,经过一家编织厂。从小喜爱编织毛衣的她,壮着胆子向厂里申领了五件棒针衫的毛线,以赚一点加工费。不料,交货时竟受到厂方好评。于是,顾品华越干越欢:一个人来不及做,发动周围的姐妹一起干。

1999年,顾品华开始主动出击:外出接订单。盛夏的一天,她衣衫湿透来到浦东一家中外合资企业。老板听了这位皮肤黝黑中年妇女的来意后,用嘲笑的口吻说:"你也要来接外销单子?"顾品华坚定地点了点头。老板扔给她10张高难度编织图纸:"10件样品3天交货。""没问题!"不知轻重的顾品华拿了图纸就走。回家打开一看,她呆了:10件样品分长、短袖、开、套衫四种,花色多,且工艺复杂。覆水难收,从不服输的顾品华,当晚找来10位一起搞编织的姐妹,挑灯夜战。她负责"消化"图纸,计算尺寸、针数;姐妹们负责打样,整整干了一个通宵。三天后交货时,老板又给了17张图纸,要求七天交货,顾品华依然按时完成。老板验看后竖起大拇指连连说:"OK!OK"!出色的"答卷",为她当年赢得了近万件外销编织衫订单。

产品质量和交货期限,是顾品华进军编织业的"两道坎"。1997年11月12日晚,顾品华在送货途中,被摩托车撞断两根肋骨。她人在医院,心仍牵挂着第二天有850件棒针衫须按时交货。隔日,消息传来,有5件棒针衫在出厂时,发现接缝不符合要求。顾品华当机立断,背靠在病床上,用左手一针针进行返修,确保了按时交货。

"诚信",给顾品华带来一笔又一笔编织业务。面对"新一轮创业",顾品华的眼界更宽了。除了外聘技术员来厂指导外,她又选送姐妹们到机织厂学习培训。今年,顾品华开始从网上搜集国外编织服装流行信息……

眼下,顾品华的创业之路越走越宽:拥有30多个手工编织站、70台编织机,吸收区内外下岗妇女2 000多名,产品远销美、德、日、韩等国家和地区。

(原载《解放日报》2002年5月6日第02版)

毛笔练秃数十支

——记市自强明星、肢残人沈杰

上海朵云轩日前迎来一个特殊的书法展：市"肢残人自强明星"沈杰个人书法展。

家住奉贤区的沈杰出生在一个知识分子家庭。在他1周岁时，因患小儿麻痹症，双腿落下残疾，直至进小学，他才学会自己走路。生活的磨难，并没有阻挡沈杰对美好理想的追求。1977年高中毕业时，沈杰没能实现大学梦，但他没有过多地沉溺于痛苦中，心里暗暗发誓，一定要自学成才。在其写得一手好字的外公影响下，他临帖学起了书法。刚开始学书法时，为了节省练字的纸，每天在方砖上蘸水练上五六个小时后，才在外公买来的毛边纸上临摹。经过四、五年苦练，沈杰写秃了几十支毛笔，练写过字的毛边纸堆满了大半个房间。

功夫不负有心人。沈杰的书法作品两次入选上海书法家协会举办的展览。1992年11月11日，他在上海美术馆第一次举办了个人书法展，并连续四次在全国性的书法大赛中捧得奖项。1997年，沈杰加入了中国书法家协会，他的名字被写入了《当代国际书法家大辞典》等六部名人录中；其作品作为礼品，被市领导赠送给来沪访问的国家元首，还被曲阜孔子博物馆和上海市档案馆收藏。近来，熟悉沈杰书法的朋友惊喜地发现，他的40件作品被展示在上海地铁1号线车厢内。

为了回报社会对他的关爱,近年来沈杰着力培养书法新人。他自任校长,创办了市郊第一家以书、画教育为主的艺校——奉贤希望艺术学校。经他辅导的近万名学生中,有3 000多人次在本市、全国和国际少儿书画大赛中获奖。多年来,他还义务为社会各界书写了上万件书法作品和宣传标语。(记者朱瑞华 通讯员潘玉明)

(原载《解放日报》2002年5月18日第03版)

最大心愿：让村民得实惠

——记嘉定区马陆镇北管村党支部书记沈彪

采访沈彪，难！记者近日来到嘉定区马陆镇北管村党支部书记办公室，刚坐下一会儿，外商批租土地的事要他决策；出去进来不足10分钟，办工业小区筑路的事又找他；一会儿，又有台商前来找他洽谈投资办企业事宜……一个小时内，沈彪奔出奔进几乎未停过，采访只能断断续续进行。

沈彪，忙！每天早上7时多，他就在办公室看"门诊"：村里的事要拍板，村民有什么急事难事也喜欢找他。9时后，他要走村入户现场办公或外出招商引资。一个中年人胡子拉碴，脸晒得黑黑的，看起来比实际年龄要大好几岁。沈彪多年来养成一个习惯：晚上9时过后，一个人坐在办公室，对当天做的事"过电影"：哪些做对了，哪些做得还不够，明天该做什么……沈彪说："我最大的心愿，是让村民得到实惠。"

16年前，北管村穷得叮口当响。1986年，沈彪担任村党支部书记，这个"活"不好干：村民劳均年收入不到千元，村里还欠债40万余元，连电费也交不起。"烂河泥底板"，是村民们对当年村经济状况的形象评价。

改变穷村面貌，沈彪从抓"萌芽经济"开始，一步一个脚印前进：吸引本村在外工作的"能人"，回家兴办乡镇企业积蓄资本；近几年更是主动出击，广招天下客商。当时，村里基础设施较差,客商不愿来"落户"。情急中,沈彪想出了"借鸡生蛋"的招数:他出面在交通便利的邻村租下50亩地,引来客商投资建厂,租金大头归邻村。尽管北管村仅得5万元租金,但沈彪等人抓住机遇熟悉客商,广交朋友,增长了招商引资的本领,为日后发展营造了良好的软环境。

这几年,党和政府鼓励发展多种所有制经济。在沈彪带领下,北管村审时度势先后投入750万元,大搞基础设施建设,"筑巢引凤"。接着,又适时建起"藻浜工业园区"和"温州工业小区",至去年底先后引来近40家外资和民营企业"落户",实现工业产值3.6亿元,利税1600多万元,人均收入上万元。为壮大村级经济,让村民得到更多实惠,北管村招商引资不以"降低土地售价,牺牲村民利益"为代价。一外商计划在北管村投资,沈彪先后与其谈了50多次,历时4个月,来回奔波,身子硬是瘦了一圈。谈判时,沈彪又为外商设计了投资北管村后产品运输的最佳线路,使之每年可节约运输费用数百万元,令对方折服。今年底,这一投资500多万美元的外资项目将正式投产,明年能形成5亿多元产值,仅外来务工者就需万名。

如今,沈彪又将目光瞄准了村里新的"生长点"——第三产业。他兴奋地告诉记者:"你想想,上万外来务工者的各种消费,如都能在村里实现,这是一个多大的市场啊!"为此,北管村已有了第一个动作:20多间门面房正在动工建造,拟出租或出售给村民,发展面向外来务工者的三产服务业,房屋租赁业等一连串新动作也在筹划之中……

(原载《解放日报》2002年5月23日第03版)

"为群众解难是我的责任"

——记民政部"孺子牛奖"获得者高祖明

在奉贤区邬桥镇,57岁的民政助理高祖明人缘很好。无论他到哪个村,村民们见了他,都会亲热地抢着与他打招呼,就连残疾人也不例外。七年来,他骑着那辆伴身近20年的老"坦克",走遍了全镇15个村的家家户户,传递着党和政府的关怀。日前,他获得了民政部颁发的最高荣誉奖——"孺子牛奖"。他真诚地说:"我是共产党员,为群众解难,是我的责任"。

服务对象了如指掌

老高身边常揣一本名册,全镇420多名残疾人、70多户困难户和烈军属家庭的收入、就业、住房等情况,以及急需解决的问题,全部"录以备考"。上任伊始,正值民政"三级定补"核查,高祖明上报了58户"三级定补"对象,比以往整整多了41户。局、镇领导有"怀疑",派人一家家核查,整整用了三天时间,结果情况完全属实。原来,上报前老高早就骑着老"坦克"走访过了。

干民政助理,常会碰到"热心人"遭遇"冷面孔"的事。高祖明曾听说有位翁姓老人生活困难,但困难补助名单上并无此人。老人是否还健在?老高好不容易找到翁家时,发现69岁的翁妻病卧在床,仅靠75岁的翁老伯每月70元退休金维持生活。老高的眼睛湿润了,当即动用助理的"最高权限",开出40元补助费救急。但老人不但不领情,还将老高骂了一顿。老高理解老人有怨气,便将翁家的特困情况向领导汇报,帮助办理了每月240元的社会补助。后来,两老因病瘫痪在床,他又与居委会商量,安排专人照料,直至送终。

近5年来,老高通过政府扶持、社会帮困,帮助30多户贫困户脱贫,10多户贫困户的住房得到了翻建或修缮。

把群众当亲人

西校村高峰妹先天肢残,生下来即被父母抛弃,由奶奶扶养成人,是"三级定补"对象。峰妹高考仅以一分之差落榜,老高领着她连续几天跑有关部门,帮助她联系读上了中专,随后又给学校写了有关她家特殊困难的证明。峰妹中专毕业后,老高还与县残联联系,为她解决了就业问题。为感谢高伯伯,前不久,峰妹欢天喜地来到镇政府请高伯伯吃糖。

三年前盛夏一天夜里,受台风影响,持续暴雨造成河水猛涨,天刚亮,高祖明就顶风冒雨,蹚着水一家家察看困难户。当他来到叶家村残疾人顾永均家简屋时,他惊呆了:大水早已漫过门槛,满屋积水,低能夫妇及老母随时面临屋塌人亡的危险。老高当机立断,带领村干部"抢"出顾家人及有用物资,并"先斩后奏",按补助困难户建房1万元的标准,用9 800元赊购了当地的多余住房,当天就为顾永均安了新家。

发动社会结对帮扶

救助困难群众要依靠社会力量,老高当然有好办法,他请镇上的企事业单位与全镇56户残疾人贫困家庭结对帮扶。张塘村四组李琳花严重低能,生活不能自理,丈夫三年前去世,留下两个痴呆和患病的儿子。经老高"牵线",镇劳务所与李家结对帮困。老高还制订了长期帮扶计划,帮扶对象一天不脱贫,结对单位就坚守着不走。如今,首批30户贫困户脱贫后,原结对单位又与其他贫困户结对,延续"爱心工程"。

少数年逾花甲的农村退伍老兵,生活较为困难,老高萌生了"老兵帮老兵"的新招,请当过兵的现任厂长经理参与扶贫,为社会出力。现在,全镇60岁以上老兵的生活费,从原来每人每月10元提高到40元。老高这一招,被推广到了奉贤各镇。(记者朱瑞华　通讯员项华　徐建军)

(原载《解放日报》2002年8月1日第06版)

遨游在"戏服王国"

——包畹蓉和他的京剧服饰收藏

见到包畹蓉时,他正忙着搬家:从浦东搬往奉贤的海湾旅游区。应海湾旅游区领导诚邀,今年4月,"包畹蓉京剧服饰艺术馆"在"海湾""龙腾阁"落户,二期工程将于年内完工。届时,包先生将在这里打造一个"戏服王国"。

有心栽花花不开。包畹蓉出生于一个书香门第,母亲偏爱戏曲。15岁时,包畹蓉拜"四大名旦"之一的荀慧生为师,后又在黄桂秋门下练功学艺,20世纪50年代已在京剧界小有名气。惜乎十年浩劫一过,包畹蓉已年近花甲,难以再现"花旦"风姿。

无心插柳柳成荫。包畹蓉京剧服饰收藏始于20世纪50年代,那时是为自己的演出预备的。从60年代后期开始,他的藏品急速"膨胀",迄今有十几大箱,足可装备四五个剧团。生、旦、净、丑,各种都有,如蟒袍、裙袄、斗篷、开氅、云肩、官服、龙套衣、头面等,不下千件。其中又以旦角戏服的收藏最为丰富。

包畹蓉家的珍贵戏服,许多是他在"文革"中冒险收藏的。当时,很多京剧大家被打成"牛鬼蛇神",许多人对此敬而远之。但包畹蓉与老师黄桂秋师徒情深,冒着风险多次探望。黄桂秋家中藏有艺术大师梅兰芳在《宇宙锋》中穿过的黑帔、著名京剧艺术家金少山穿过的四件套开氅等珍贵戏服。黄桂秋预感自己来日不多,郑重地将这些珍品戏服,转赠给这位信得过的弟子收藏。

　　有200年历史的全金画新婚礼服和喜轿,是包畹蓉祖母的陪嫁。轿衣上先用金线铺底,然后绣以凤凰、牡丹、万年青、玉棠富贵(海棠、牡丹)等图案。这样的喜轿,全中国恐怕也只有一顶。"文革"中,包畹蓉把它藏在特制的煤球箱底,才逃过一劫。

　　包畹蓉成为一代名伶的梦想没有实现,但他珍藏的价值连城的京剧戏装,已闻名中外。上千件收藏珍品,外商欲出百万元收购,并许诺安排他夫妇移居海外。尽管包畹蓉目前经济拮据,但仍加以谢绝。他动情地说:"我的根在中国,京剧是国粹,我要为国家保留京剧服饰这份世纪遗产……"

(原载《解放日报》2002年9月11日第11版)

春申村里处处春

——记松江区春申村党总支

金风送爽。在松江区的春申村,百余幢新的农民别墅正在紧张施工。在中心居住区和道路两旁,村民们正忙着为刚移栽的香樟培土,给花草浇水……村党总支书记何德明说,这是"伲村里正在实施的为民实事工程"。

近几年来,春申村先后夺得"全国先进基层党组织""全国文明村"等七项桂冠。在深入开展学习"三个代表"重要思想的活动中,党员干部深刻体会到,要把实践"三个代表"重要思想化为具体行动,就要为村民办好"暖心事",做好"舒心事",解决"担心事"。

经济快速发展后,村民们的最大愿望是什么?就是希望住上宽敞舒适、环境优美的新房子。几年前,党总支经过多次讨论,达成了共识:统一规划,分步实施,建设高起点的村民中心居住区。规划由村里制订,由村民自己出资建造别墅。目前春申村已建成村民别墅384幢,年内还将有156幢竣工,今年,全村一半以上村民可住上别墅。近两年,村里又投入1 600多万元,用于道路、下水道、围墙、绿化、电话、有线电视等基础设施的建设。

如何安排村里的富余劳动力就业,是村民们的一件"担心事",也是村党总支关注的一件大事。去年,村党总支千方百计与有关企业联系,推荐了60多人就业,还安排了17个村民在村办企业上岗。随着城市化进程的加快,春申村的村办小学被撤销了,许多孩子要到5公里外的新桥镇去读书,又成了家长们的"担心事":孩子们放"单飞",交通安全问题怎么办?党总支了解村民们的心事,村委会决定出资购置两辆大巴士接送孩子们上学。村里的老人们想有个喝茶娱乐的好场所,新建的老年活动室造得很漂亮,周围栽上花草,铺上草坪,还砌了个亭子。

干群心连心,黄土变成金。春申村党总支一班人一心为民办实事,全村出现蓬蓬勃勃的发展局面。去年以来,春申村又吸引了39家企业前来落户,总投资达8亿元,其中含外资3 000万美元。村里还辟筑了"九纵三横"城市化白色道路,规划了春申高新技术产业区,区内新建的6万平方米标准厂房已被租赁一空。今年,春申村的劳动力人均收入可突破1.3万元。

(原载《解放日报》2002年10月6日第02版)

奇花异草入眼来

虽已入冬,上海街头依然鲜花盛开,各类盆花争奇斗艳。步入地处沪南公路上的上海康南园艺公司,5 000平方米的智能温室内,名贵盆栽令人眼花:四季吐艳的名花"红掌",热情似火的德国"一品红",叶片泛红的"虎舌红",翩翩起舞的"蝴蝶兰",热带新贵"凤梨"……

康南园不但是座奇花苑,还是一个异草园:新颖奇异的捕蚊能手"猪笼草",微风送香的日本香草,采自800米悬崖峭壁的仙草之首"铁皮石斛"……

为了让这些奇花异草在上海"安家落户",公司总经理龚振德带领科研人员起早摸黑,付出不少心血。为确保凤梨年底前开花,需要用一种气体掺水给凤梨催花。为减少气体挥发,高温时节,育花人凌晨两三点就起床,一直干到清晨5时。对喜欢冷凉环境的盆花,他们携小苗到海拔千米以上的深山老林"安营扎寨",睡窝棚、喝溪水、点煤灯,为盆花生长创造最佳环境。

哪里有奇花异草,哪里就有识花人。在不久前举行的昆明花博会上,龚振德慧眼独具,发现并引种了"一草一花"。"一草"是会捕蚊子的吊盆"猪笼草"。此草的每片叶上长出葫芦状的"瓶子",蚊子一旦钻入"瓶子"内壁,会被黏液粘住,成为"猪笼草"的养料。龚振德将此草引进后精心培育,上市后购者如云。"一花"即是花博会上获大奖的盆花"虎舌红"。该花一年四季挂红果,叶片在阳光下泛出诱人的红光,煞是好看。为探寻"源头",龚振德和伙伴们几经周折,终于在江西的原始森林中找到了野生的"虎舌红",并在上海培育成功。

"铁皮石斛",被誉为九大"仙草"之首。为觅"仙草"原种,龚振德带人翻越崇山峻岭,在当地药农的协助下,终于在800米高的悬崖峭壁上采到了野生"仙草"——"铁皮石斛"的种子。如今,这批野生"仙草"已培育成功,几年后可形成盆栽规模,造福申城百姓。

(原载《解放日报》2002年11月18日第13版)

让鲜花四季常开

无论春夏秋冬,五颜六色的鲜花常开常新。记者日前前往本市鲜切花培育的主要"源头"——市花卉良种试验场一探究竟:只见水泥路两侧排列着一座座玻璃温室和塑料大棚,有人将它形容为花卉的"产房"。入住其间的"产妇"可真不少:既有香石竹、满天星、情人草,更有从国外漂洋过海前来的"新嫁娘",林林总总不下百余种。

鲜切花四季香飘沪上,其中有育花人蔡友铭的一份功劳。20世纪90年代中期,为让市民一年四季与鲜花为伴,他从花卉王国荷兰引进一批优质香石竹、唐菖蒲的种苗种球。但几年繁育下来,品质变异很大。他积极寻找新的方法,依据植物高海拔生长变异小的原理,他设想出一个"两头在内、一头在外"(即原种选育和种苗种球加工销售在上海、品种扩繁在外地)的"旅游"育种新思路。

为寻找理想的良种培育区域,蔡友铭跋涉于千山万水间,先后考察了10多个省市的山区。盛夏时节,在人烟稀少的山区,他常常被毒蚊咬得其痒难忍。一年夏天,他赴皖南山区考察育种基地。从车站到基地,需徒步行走10个小时的陡峭山路。途中风雨大作,他脚下一滑,顺着山坡急速坠向深渊,幸亏抓住一棵小树,才未酿成大祸。历经奔波,最终在皖南山区找到了育种基地,并成功扩繁了品质优良的香石竹、唐菖蒲种苗种球。

花卉的自然花期大多在阳春初夏,之后市场的鲜切花往往会脱销。能否像世界发达国家一样,鲜切花做到周年生产、均衡上市？前几年,他大胆探索,创造出用"变温"处理种子的方法,对香石竹、唐菖蒲等花卉种子种球,进行适时加温或降温,并播种需要随时打破"休眠",再经"长日照"或"短日照"人工补光调节花芽的分化,终使鲜切花四季盛开。

一定要培育出拥有我国自主知识产权的鲜切花良种！为此,近年来,他只身赴新疆,进草地,在人迹罕至的地方收集到一批宝贵的种质资源,先后配制了 2 854 个多元杂交组合,再经组培繁殖和筛选,成功培育出五个我国自己的香石竹优良品系。在"2001 中国国际花卉园艺博览会"上,蔡友铭和他的伙伴们携着 100 多种优质花卉的种苗种球亮相,令几位来自花卉王国荷兰的专家惊羡不已。

(原载《解放日报》2002 年 11 月 21 日第 13 版)

用琴声叩开黑暗

——盲人董大林的故事

现年45岁的董大林曾是个视力达2.0的明眼人。20岁那年,他因患青光眼,在之后不到两年多的时间里,成为一个伸手不见五指的盲人。"耳聋了还能画画,肢残了还能写小说,我两眼一抹黑,今后的日子该怎么过?"董大林悲伤过、痛苦过、绝望过。但在家人的鼓励下,他以盲人音乐家阿炳为榜样,艰难地走出"黑暗"。

在音乐老师吴加平、薛宝伦的指导下,他开始学习演奏手风琴和木琴。但对一个盲人来说,要通过木槌去敲准快速变化中的各个音符谈何容易。在学习木琴时,为确定音板位置,他用手指反复触摸高低不同、长短不一的音板,直至手指结下厚厚的老茧。接着,他手持木槌成千上万次地敲击,常常练得直不起腰,趴在琴上歇会儿,再练。为了不影响邻居休息,他把自己关在一间门窗紧闭的小亭子间里练习,汗水将手风琴风箱上的黑色染在了胸前的白衬衫上。

功夫不负有心人。童大林成为世界上为数不多的虽全盲但能娴熟演奏木琴的人之一。不久前,他先后赴日本等国参加了"世界蒲公英花絮音乐会",并走进了中南海怀仁堂和北京长城饭店,分别为国家领导人和各国驻华使节演出。他演奏的手风琴独奏曲《我为祖国守大桥》,和由他创作并演奏的木琴独奏曲

《盲人俱乐部的春天》《欢聚在北京》等曲目,多次在全国各种器乐比赛中获得演奏奖和创作奖。去年8月,大林在全国残疾人文艺比赛中演奏的木琴独奏《霍拉舞曲》又一次获得了一等奖。

为了方便创作,董大林还想方设法学会了操作电脑。虽说拥有专门的盲人软件,但使用过程中的困难仍不少,在由数千个汉字组成的词组中,有的同音不同字,有的同字不同音,一不小心就把"进程"打成了"进城",将"针灸"打成了"斟酒"。凭着一股韧劲,如今大林不但能自如地操作电脑,还能像健全人一样用电脑来写文章,操作数据库,制作MP3音乐文件哩!

(原载《解放日报》2002年12月14日第05版)

"母亲河"的忠实儿子

——追记"绿色环保卫士"王显明

为一百姓去世党委发"红头文件"

四年前,黄浦江北岸的吴泾公园边,来了一位忠实的护卫者。他风雨无阻,每天守护在"母亲河"边,恪尽一名大地之子的责任。四度春秋,他拖着身患绝症的病体,打捞各类垃圾400余吨,处理江中动物尸体200多具,努力养护着"母亲河"的青春容颜⋯⋯

1月30日上午8时35分,荣获市精神文明"十佳"好事、市"百佳"绿色环保卫士荣誉称号的社区志愿者,闵行区吴泾镇居民、七旬孤老王显明,因晚期肺癌扩散,抢救无效,永远离开了他晚年一直护卫着的黄浦江——上海人的"母亲河"。

1月31日,吴泾镇党委、政府出资万元,在益善殡仪馆永恒厅举行该镇有史以来最隆重、规格最高的追悼会。全镇三套领导班子成员,正副处级调研员,机关各科室负责人,各企事业单位、村委、居委会干部,以及青年志愿者、学生代表和自发赶来的群众共100多人,为这位可爱的上海人送行。区、镇特事特办,为王显明成立了治丧委员会。

2月8日,羊年新春第一个工作日,吴泾镇党委专为王显明的去世起草了一份特殊的"红头文件"。"红头文件"号召:全镇干部群众向"绿色环保卫士"王显明学习,学习他四年来义务打捞黄浦江江面垃圾的无私奉献精神,从点点滴滴做起,从细微之处做起,保护"母亲河",保护生态环境,保护人类赖以生存的家园!

群众眼中的王显明

吴泾公园门卫郭振余:(老泪纵横)王显明到浦江边打捞垃圾,进出公园大门,我每天都要与他打照面,因此在吴泾镇,我对王显明最知根知底。让我毕生难忘的是,去年"五一",王显明以独特的方式度过了自己的节日。那天清晨5时,老人拖着化疗后虚弱的身体,先后从江中打捞起满满两大桶垃圾,还有50头开始腐败的动物尸体。其中一只重约90公斤的成年死猪,还是在一名壮小伙的帮助下吃力捞上岸来的。干完这一切,老人累倒了……(说着说着,老郭的眼圈又红了)

新村居委环保干部胡新花:1999年4月的一天,王显明来到居委会,被一块保护黄浦江"母亲河"的宣传栏所吸引。"我们都是喝黄浦江水的呀!我要为保护'母亲河'出一份力。"老人立即回家自制了打捞垃圾的工具,来到浦江边开始环保志愿行动。他还找来一块红布做成袖章,歪歪扭扭地绣上了"志愿者"三个字。化疗后,他身体虚弱,为节省体力,特地从镇里免费提供的新村居所搬到了濒江的村屋。问他为什么"居转农",老人淡淡地说:"一是为了能够就近打捞垃圾,二是今后万一捞不动了,也好听到'母亲河'那熟悉的水流声……"

镇团委书记陈军徕:王老伯是我们镇里青少年环保意识的带动者。我清楚地记得,去年6月4日上午,镇里200余名环保绿色志愿者在"让地球充满生机"的旗帜下宣誓上岗,王老伯手捧镇领导颁发的总顾问的大红聘书,端详着整装待发的志愿者队伍,泪光闪闪,喃喃说道:"保护'母亲河'后继有人,我放心了……"

"王显明号"要起航

去年底,王显明病重期间,闵行区委书记黄富荣前往探望慰问,镇党委书记李坤华也先后五次探望慰问,令王显明感动不已。想着镇里和捐资企业特地打造、命名为"王显明号"的打捞船羊年可以起航时,他动情极了:"等我病好后,我要开着这艘船,带着青少年志愿者,沿着母亲河从吴泾公园一直打捞到长江口!"

王显明的夙愿虽然未了,但足以令他欣慰的是,护江自有后来人。听,"王显明号"起航的汽笛已经拉响——

镇政府作出安排,打捞船由镇有关部门统一调度,配备专职驾驶员,定期接受各方志愿者上船打捞江边垃圾;反映王显明生平事迹的碟片,将在全镇各村、居委、企事业单位、学校放映;镇团委计划在团员青年中组建"青少年环保先锋队"、"青少年浦江护卫队",设立学生暑假"环保夏令营";"游牧人俱乐部"的3 000多名志愿者,每星期曾经轮流跟随王老伯打捞江边垃圾,志愿者代表在追悼会后,含着泪向公园门卫老郭恳求:"请帮忙为我们再代购几根打捞用的长竹竿……"(记者朱瑞华 通讯员乐云喜)

(原载《解放日报》2003年2月10日第10版)

折纸，折出精彩

——徐菊洪的故事

年过花甲的徐菊洪每天的日程排得满满的：一周有一半的时间从奉贤南桥镇出发，换乘几辆车，赴市区为折纸俱乐部成员、中小学生授课；还有一半时间则为奉贤老年大学折纸班的学员作示范；晚上，他在家中潜心折纸艺术创作。

受外婆和母亲的熏陶，徐菊洪自幼喜爱折纸。身处逆境时，他以折纸来排遣心中的苦闷和寂寞。1997年，徐菊洪从奉贤区水产推广站退休，急忙重拾旧好。他多方搜集国内外折纸艺术资料，发现近几年在日本及美国举办的"世界折纸作品展览会"上，参展的国家和地区达十几个，唯独没有中国大陆的作品，深感遗憾：折纸起源于中国，素有"纸雕塑""纸魔术"之称，为中华民族传统民间艺术之一。在敦煌的出土文物中，就有两朵折叠纸花，其源流可追溯到初唐时期……"我要为中国的折纸艺术在国际上争得一席之地"，徐菊洪暗下决心。

自此，徐菊洪全身心投入折纸艺术的创作。为跟踪世界折纸潮流，他先后花了上万元购买相关书籍。一天，他在上海书城发现两本反映世界折纸新潮的精美画册，售价高达人民币600多元，但他身上只带了400元。为此，他不惜赶往住在市区的母亲处，借了200多元，将书买下。

在借鉴国外折纸艺术的同时，徐菊洪努力探索富有中国特色的折纸艺术。他为自己的折纸创作定下一个标准：基本做到一件作品一张纸，不拼不接，结构简练，既形似，更神似。为了折叠人见人爱的大闸蟹，他费尽心机。蟹有八只脚，两只螯，但一张纸只有四只角，怎样才能折叠出来？他苦心思索，反复折叠，经常饭吃了一半，放下碗筷去折；睡梦中，他披衣起床，折了拆，拆了折。功夫不负有心人，最后他探索出复合折叠法，终将一只张牙舞爪、横行霸道的清水大闸蟹，栩栩如生地展现出来。

马年，他用近 10 个月的时间，将一匹颈有鬃毛、四肢生毛的骏马折叠而成。羊年，他折叠的绵羊、山羊等活灵活现，深受人们喜爱。在奉贤区图书馆为他专辟的创作室内，飞禽走兽、鱼虫花鸟、十二生肖人物脸谱，还有演绎成语鹬蚌相争、螳螂捕蝉等内容的折纸作品不下百余种。

为让折纸艺术后继有人，他精心编写了《折纸基本技法》《少儿手工折纸基础》等教材，并对少年儿童加以辅导；还先后举办了数期少儿折纸学习班、折纸辅导员培训班。2001 年，经他指导的 10 多位学生选送的茶具、大象、大闸蟹等 10 件作品，在世界儿童折纸比赛中获奖。

一分耕耘，一分收获。1999 年，徐菊洪被文化部门授予"民间艺术折纸大王"的称号，并被评为"折纸艺术国内顾问"、"首席技术指导"。一部反映徐菊洪折纸艺术生涯的"纸梦"电视片也在海内外播出。

（原载《解放日报》2003 年 4 月 23 日第 13 版）

严防病从"口"入

——320国道枫泾检查站见闻

"请停车,请测体温,请填上海市疾病控制调查联系卡……"

昨日下午1时30分,记者目睹:在320国道枫泾检查站,由金山区医务人员、陆管处工作人员和公安民警组成的检查队伍,人人穿戴着防护服,冒着雨对进出上海的车辆、人员进行严格的预防"非典"的检查。

320国道,是南方诸省市与上海的陆路交通的大动脉。而位于金山区境内的枫泾检查站,则是外埠车辆进入上海的第一道门户,每天有5 000辆货、客车,从这里进出。"三位一体"检查队伍,既合作又有分工:陆管处负责检查客运车辆和乘客;民警负责检查运输货车;医务人员则为司机和乘客测耳上的温度……把守进沪陆路大门的"国道卫士"们,4月上旬以来,肩负市民重托,严防病从"口"入。

下午2时许,一辆南方某省的货车缓缓地驶来。检查站站长曹慰根、警长舍金龙迎上去示意其停下,医务人员彭军良、张引娣上去测司机的耳温,一测发现体温有点偏高。不等检查完毕,司机发动车子要走,民警赶忙追上去将其拦下。记者看到,在外埠车辆进站前约500米处,警方将"上海市疾病控制调查联系卡"请司机和车上乘员填写,加快了检查速度。

按惯例,夜间省际长途客运车走沪杭高速,不走枫泾检查站。"决不让一辆进沪省际长途客运车漏检!"陆管处枫泾检查站站长徐伟果断决策,与有关省际长途客运公司达成协议,夜间上沪杭高速公路进沪的长途客车,在枫泾检查站签到,并接受检查。

(原载《解放日报》2003年4月29日第02版)

每个村推荐3名代表与镇领导"实话实说"

泰日镇每月"干群对话"

对话场景全程摄录并在镇闭路电视网播放,让全镇知晓

日前,60名"泥腿子"胸佩大红代表证,高高兴兴跨进镇政府会议室,与镇党政领导"零距离""对话"。

下午2时,一杯清茶在手,镇党委书记施连规、镇长吴晓华、副镇长卫晓江与群众对话开始。施连规通报全镇经济形势,介绍了全镇发展规划后,请群众代表举牌提问。

墩头村群众代表富玉娟说:"村里群众要我问问镇领导,土地被企业造厂房征用了,伲农民今后生活怎么办?"施连规解答了土地所有权、经营权、使用权三种权益后,又介绍了土地被征用后的有关政策。他说:"请大家放心,镇党委、镇政府会严格执行上级有关政策,对'失地'农民,按土地和劳动力的比例,实施养老政策,并由企业优先安置'失地'劳动力就业……"

"去年镇村两级修筑了白色路面,为老百姓出行提供了方便,但道路两旁没有绿化,太阳暴晒,日久会影响道路的使用寿命,建议政府在道路两旁植绿,美化环境"。光辉村群众代表蒋连康提出建议,吴晓华表态:近期将研究改进措施。面丈村代表王美华、明星村代表王月宝等分别就房屋动拆迁补偿、退休老人养老金偏低等问题提出问题,镇党政领导一一作答、解疑释惑。

群众代表在对话中提出的问题,镇党委和镇政府抓紧落实,拿出百万元解决农民退休金偏低问题,此举将让退休农民收入增长40%,农保退休人员收入增长48%,退休职工收入增长28%。对企业征用土地实施养吸政策,对正在报批的征用土地实行土地流转办法,补贴"失地"农民每亩800元。目前,乐善、墩头、姚堂等村的土地流转资金已由镇结算到村。本月底,这些村的"失地"农民可全部拿到土地流转费。道路两旁植绿也在规划之中,年内上马,资金由镇村两级负担,日常管理由村负责。

泰日镇政府领导告诉记者:"干群对话"现已成为镇党委、政府加强与群众联系的制度,每月实施一次。在"对话"这天,每个村推荐三名群众代表,与镇领导"实话实说",并把对话场景全程摄录,在镇闭路电视网全程录播,让全镇的群众都知晓,奉贤区泰日镇干部与群众面对面"对话"。(记者朱瑞华 通讯员夏林龙)

(原载《解放日报》2003年11月28日第01版头条)

市郊兔场的国际市场路

上月底开始,每周都有来自奉贤的 500 只医学实验用兔搭乘东航班机,跨出国门为国"捐躯"。它们是在为人类的健康作贡献。一组喜人的数据显示:今年头 10 个月,奉贤辉煌养兔场已出口医学实验用兔 4 000 多只,创汇约 15 万美元,预计全年可出口医学实验用兔 7 500 多只,可创汇 30 万美元。

"国内医学实验用兔批量出口,很不容易。"上海奉贤辉煌养兔场场长金伟丰告诉记者,他出生于养兔世家,从小跟随家人养兔,2000 年他响应政府"万家富工程"号召建了兔场,饲养 800 只种兔,年繁育肉兔 2.4 万余只。无奈市场竞争日趋激烈,传统养兔业跌入低谷。金伟丰记得,10 多年前,自己在上海生物制品研究所打工时曾获知一个重要信息:医学实验用兔,是医学院校教学解剖、药厂临床试验、药品检测、生物制剂研制等原料用兔,未来国内外市场广阔,但由于饲养标准很高,货源十分紧俏。而且,由于国内缺乏大规模的标准化养兔场,医学实验用兔的出口更属凤毛麟角。

2008 年,金伟丰从中科院实验动物繁育中心引进优良品种,精心选育扩群,翌年就取得了市科委颁发的实验动物生产许可证。2010 年,为加快上海畜牧业标准化生态养殖基地建设,市、区财政在资金上给予了扶持。为提高建设标准,筹措配套资金,金伟丰毅然变卖房产筹资 300 万元,并进行贷款,先后投入

1 000万元改扩建原有兔场,建成了4 000平方米的国家级标准化医学实验用兔繁育场。如今,每幢200平方米的兔舍安装了空调机,不锈钢兔笼内配有自动饮水、清粪装置,兔儿们在恒温恒湿的舒适环境中悠然生活、成长。

为尽快将辉煌兔场建成我国医学实验用兔出口基地,奉贤区动物疾控中心专业人员在兔病防治、饲养操作技术规范等方面进行悉心指导。上海出入境检验检疫局检疫人员指导兔场完成出口注册,并在兔场设立医学实验用兔出口隔离区,严格按照隔离要求进行日常喂养。即使是饲养员,也须更衣、淋浴后方能进入隔离区喂食。对隔离观察30天以上、符合进口国检疫要求的医学实验用兔,出入境检验检疫局方可签发动物健康证书。此外,在医学实验用兔出口发货前,检疫人员还不辞辛劳,亲临兔场指导和监管,确保了医学实验用兔的顺利出口。

据了解,随着生物医学产业的蓬勃发展,国内外对医学实验用兔需求量与日俱增。目前,欧美及亚洲国家的客商纷纷要求与兔场签订长期批量供货合同,而张江的一批国内医药企业、医学院校和生物制品基地也希望与之建立常年供货关系。金伟丰设想,在今年养兔6万只的基础上,明年再扩建兔场,养兔15万只出口医学实验用兔2万只。

(原载《解放日报》2013年11月24日第07版)

"他们也是我的家人"

——记奉贤泰日奶牛场场长陶正文

在奉贤区泰日奶牛场场长陶正文简陋的办公室,新挂着一面由光辉村村民赠送的锦旗,上书"尽善尽义,恩德永存"八个金色大字。在这面锦旗的背后,有着陶正文一件件尽善尽义的故事。

年逾半百的陶正文,家居浦东盐仓地区,青年时期在老家养奶牛,后又于2003年,买下了奉贤泰日奶牛场。在陶正文的辛勤努力下,如今,场里奶牛存栏数,从104头扩大到现在的400多头,年产鲜奶2 000吨左右。

当年,陶正文为了建设奶牛场,在运送建材、设备进场时,不小心损坏村民的农作物,但纯朴敦厚的村民们,没有责难他,更没有提过分要求。

当地村民视他这位"外乡人"为本村人,支持他、包容他。当地村民的理解和支持,深深地感动了他。

奶牛场规模大了,奶牛的粪便也多了,这让陶正文对村民心生愧意。为了减少奶牛场对周围环境的污染,陶正文下大力气建设标准化奶牛场。他花200万元购置设备,将牛粪加工成有机肥,根据政府的分配送往镇里光辉村、梁典村、资福村、周家村等10多个村的菜农、果农,供他们施肥用。政府在资金上给予了一点补贴,牛粪加工有机肥实现了保本生产,年产有机肥上万吨,既减少了奶牛粪便对周围环境的污染,又惠及了不少菜农、果农,这让陶正文颇为欣慰。此外,他还在奶牛场的内置场种植上大面积的广玉兰,不仅起到减少污染的作用,还美化了周围环境。

常怀一颗感恩心,这是陶正文做好事,尽善尽义,帮助困难村民的原动力。

村民方美英是二级残疾人,后来又患上了热血病。今年6月中旬一天,方美英病情发作,而陶正文恰好与朋友约好要一起吃晚饭。他闻讯后立马赶到区中心医院探望,苦寻一个小时没有找到。他没有听从朋友先吃饭再寻找的建议,饿着肚子,终于在医院重症监护室里找到了方美英,并主动提出要继续帮助她。

村民唐国建脑中风后在医院接受手术治疗。手术后,唐国建需要喝营养汤,然而他家到医院不方便。陶正文开车帮他送营养汤,并买了中草药给他泡脚。逢年过节,还不忘给个小红包。如今,唐国建已经能够挂杖行走了。

村民殷引官年逾花甲,儿子去世,儿媳出走,丢下一个3岁孙儿,生活窘迫。陶正文甚是同情,他每年去看望时资助一些学费,使殷引官感激不已。

陶正文这位"外乡人"重情义的故事,在泰日社区俯拾即是。

只要听到村里哪家亲人去世了,他就一定会亲自到场,送丧礼金表示慰问。

六年多来,对村里近20家失去亲人的家庭,他一一上门表示慰问。有人对这位"外乡人"小老板尽善尽义心生好奇?宅心敦厚的陶正文说,十多年来,自己得到村民的厚爱,政府的支持,奶牛场走上了稳步发展的道路。"泰日是我的第二个家,村民们也是我的家人,尽自己的一份力帮助他们,这是我应该做的。"
(沈鑫玥 朱瑞华)

(原载《东方城乡报》2014年9月25日社会民生版)

"良心"农业的探索者

——记上海优圣生物科技有限公司董事长张金荣

身为公司董事长和合作社理事长,从事的是健康养生产业,张金荣却没有一副健康的体魄,不仅身材瘦弱,而且要借助轮椅行走……但与之交谈后,会让人感觉他思路敏捷,观念超前,对健康产业情有独钟。

已逾"知天命"之年的张金荣,一年前,他创办的上海优圣农产品产销专业合作社和上海优圣生物科技有限公司,在奉贤区科创中心孵化基地内"孵化"。上世纪90年代,张金荣在区民政局一福利企业担任财务科长期间,目睹四位亦师亦友的领导先后患癌症离世,对他触动很大。在他而立之年的一场车祸,严重损害了他的健康。

11年前,一次偶然的机会,张金荣看到了中央电视台的《抗癌防衰话补硒》节目,他第一次认识了"硒"这一元素。"硒"是人体必需的微量元素之一,享有"长寿元素"、"抗癌之王"等美誉,具有清除自由基、抗癌、保护肝脏、防衰老、增强免疫力等生物学功能,还在维持心血管系统正常结构和正常功能上起着重要作用。一谈起"硒",张金荣的眼睛一下亮了起来。不过真正促使他去做"富硒"产品的,是他几年前的一次上海科技博览会之行。

机会往往给予有准备的人。这一年的上海科技博览会上,张金荣结识了一位中科院研究"硒"的专家。两人聊起"硒"时，专家用实例告诉张金荣我国缺硒的严重性。因缺"硒"造成四川某地的大骨节病、克山县的克山病、江苏某地肝癌的高发，三地都通过"生物补硒"的方式，降低了地方病和癌症的发生率。

在张金荣看来，生物补硒，刻不容缓，因为硒元素不能直接被人体所吸收，只有通过植物吸收利用或食草动物食用富硒牧草后转化为硒蛋白，才能为人类所吸收利用。这与他一直追求的科学养殖理念有异曲同工之妙。奉贤区是上海养殖南美白对虾重点区，由于近年养殖南美白对虾市场价趋低，虾农收入下降。张金荣作为上海千荣虾业养殖专业合作社理事长，用3年时间繁育出富硒南美白对虾，填补了国内空白。

发展富硒有机农业，是张金荣和他团队的坚定目标。在种植富硒水稻过程中，他将传统优质稻种和科学栽培结合，先后与大学、中科院合作，在研制开发富硒农产品有机纳米硒大米后，又研制开发了富硒绿壳乌鸡蛋、富硒黑猪肉等十几种富硒农产品。实践证明，使用硒生物强化技术的农作物，可以让产量及产品质量提高，化肥、农药施用量减少，农民收入增加。因此，科学地开发富硒农产品，为人们提供优质生物源补硒，具有很高的经济效益与社会效益，也是近年来我国发展优质高效农业的一条新途径。

张金荣在富硒农产品研发上的成果，得到了中国健康养生科学发展工作委员会的认可。今年元月，他从北京捧回了四个荣誉：他创办的上海优圣生物科技有限公司，被命名为"中国健康养生农业科技产业示范基地"；他本人也被授予"中国健康养生农业科技突出贡献人物"；他带领的科研团队开发出"优圣"品牌高含量有机硒高锌氨基酸营养大米、β-葡聚糖多功能降糖营养大米等产品，也分别荣获中国健康养生科技突破奖和创新奖。

迄今，张金荣和他的团队，已经与甘肃、新疆合作开发了富硒黄芪、富硒红枣，今年计划与资源丰富的外省市合作开发富硒鲜虾薯片、富硒茶叶、富硒绞股蓝、富硒金银花、富硒奶制品等。

张金荣有个梦想：就是创造一个集畜养业、种植业、渔业为一体的生态园区，构建一个良性循环的新型农业生态环境。就是在种植有机富硒谷物的同时，将富硒稻壳喂养家禽、奶牛等畜禽的有机肥也可以二次利用。张金荣说，富硒产业离不开政府的扶持。希望政府尽快制定扶持政策，将硒生物强化技术的推广应用纳入现代农业示范工程项目。张金荣说，他还将与上海高校专家、教授合作，筹建上海优圣功能营养农产品研发中心，要做"良心"农业的探索者、实践者，让老百姓吃上放心的农产品。（张诗倩 朱瑞华）

（原载《东方城乡报》2015年3月3日社会民生版头条）

观察思考

来自菜区的报告：

征地"一锅端"——能人当辅助工
改革招工制——留下种菜高手

杨行公社同工厂采用"保留厂籍，农村借用"的办法好

【编者按】近年来，本市近郊各县有些菜区耕地被征用，按照政策规定，一部分菜农被吸收进工厂企业工作，其中有些种菜能手也进了工厂。他们进工厂企业以后，当辅助工、杂务工，不能发挥所长，而有些菜区，特别是新菜区，因缺少种菜能手的带领和指导，影响了蔬菜质量的提高和花色品种的增加。这对城乡都不利。今天报道的宝山县杨行公社和工厂企业协商用"保留厂籍，农村借用"的办法，来解决这个问题，他们的做法可供有关单位借鉴。

以培育出"凤春一号"花菜而闻名全国的原上海市县农业战线上的先进生产者——宝山县五角场公社凤城大队大队长孙士雄、育苗能手戴伯荣，去年一月征地"一锅端"，双双被"端"到了工厂企业当杂务工、清洁工。在此不久，五角场公社新播种了二千多亩菜田，亟须种菜的技术人员，公社想请他们回去当种菜的技术指导，但因不到退休年龄，只好作罢。这两位曾经为改善市民吃菜立下了雄心壮志的种菜能手，目前，正处于英雄无用武之地的境况。

近几年来,随着工业、市政建设的发展,老菜区不少生产队的耕地全部被征用,菜田变为厂房、工房,菜农转为企业职工,对此,菜农称为"一锅端"。这"一锅端"的结果,把老菜区一些种菜能人一同"端"进工厂企业当普通工、辅助工,学非所用。五角场公社洪东大队去年由粮棉队改为蔬菜队后,缺少种植蔬菜的经验。他们到征地"一锅端"的长白大队聘请已到退休年龄的蔬菜"土专家"、原大队长沈祥郎担任种菜的技术顾问。经他的悉心指导,这个大队第一年就获得蔬菜亩产 86 担、亩产值 400 多元的好收成。去年,他负责培育的花菜销往香港。社员们称他为"沈来富"。而另一个大队要请的种菜高手、原长白大队北沟桥生产队的队长胡炳早,虽经银行帮助挂钩,但还不到退休年龄,只好进厂当辅助工。去年,这个大队蔬菜生产产量低,经济效益差。据初步统计,近一两年来,宝山县仅五角场、彭浦、江湾、大场、吴淞五个公社就有五十多名种菜、育苗、养猪等方面的能人在征地时被"端"出了菜区。

菜区不少社队干部频频建议,征地时,希望留下能人,为市民吃菜再作贡献;能人们也迫切要求通过适当途径,回归菜区,重操旧业;许多征地单位也觉得难安排其合适工作。这样一件有利菜区建设,发挥能人作用,征地单位也欢迎的好事,就是因为涉及体制方面的问题而不能解决。菜区社队干部建议市主管部门能否考虑:一是对能人们的户口、油粮、工资、福利等按劳动部门规定,在征地时给予解决,能人留在公社;二是对那些已经"端"入全民所有制工厂企业不能施展特长的能人,本人有要求,菜区又十分需要,有关部门能否提供方便,商调进菜区公社组、办、室工作,继续发挥他们的一技之长。三是对已经"端"入工厂企业的能人,如菜区需要聘请,本人愿意,双方可以签订合同,厂方保留厂籍,本人参加农村分配,合同期满,应允许他们回厂。这种保留厂籍,农村借用的办法,已在杨行公社实行。这个公社西街大队养鸡场1980年亏损9 300多元,1981年由王履祥技术承包,盈利18 100多元,是年11月征地,王履祥将从养鸡场"端"出,大队找公社,公社找中国服装进出口公司市服装进出口分公司杨行仓库达成协议,王履祥保留厂籍,农村借用,任大队养鸡场技术顾问,参加养鸡场分配。他和全场人员共同努力,1982年盈利48 700多元,比1981年增加3万多元,还节余了18万斤饲料。

随着城市建设规划实施和经济建设的发展,征地时菜区"一锅端"或部分"端"的大队、生产队将不断增加,这样,老菜区减少,新菜区增多,菜区社队除了自身抓紧培养种菜高手的同时,吁请市主管部门能从速作出一些规定或采用变通方法,在征地"一锅端"的菜区,为市民吃菜留下能人!(周日华 孙凝 朱瑞华)

(原载《解放日报》1983年2月8日第01版)

上海郊县建筑业为何竞争不过江苏？

本市郊县建筑业在市区面临强大的竞争对手——江苏建筑大军的挑战。在工期、质量、造价等方面，郊县建筑队已开始竞争不过江苏农村建筑队。这是有关同志最近对江苏一些建筑队考察后的看法。

建筑业是本市郊县农民的传统行业之一。上海近代建筑业的开创者——杨斯盛原是川沙农民。清光绪年间，外滩"江海关"造新屋一举成名，清政府赐他"盐运使"等官职。自此川沙、南汇等县的能工巧匠遍及全国，在东南亚也有一定的名气。解放后，本市建筑业迅速发展。50年代、60年代支援全国各地的四万多建筑工匠，其中大部分原是郊县的农民。目前市建工局系统的两万多名技术骨干中，有一半左右来自郊县。

在技术、装备上略胜一筹，且占有天时地利人和的郊县建筑队，为何不能与进入上海市区的江苏建筑队相匹敌？市郊县处的一位负责同志日前对记者说，关键在于经济政策和经营管理。他随手翻出一叠资料作了一番对比：在经济政策上，江苏的建筑队实行"独立核算、自负盈亏、利润分成"；职工收入"多劳多得、上不封顶、下不保底"，积极性高涨，平均全年实际出勤高达330天到340天（不含平时加班加点），因而施工周期缩短，竞争能力强。南通市郊区18万农民建筑大军，一年的经济收入可相当于种150万亩棉花的经济效益，建筑业已成为南通的四大经济支柱之一。而上海郊县建筑队在经济政策上,则和社队企业一样,实行统收统支的经济政策。公社对建筑队的利润要求,大大超过了其取费标准,少数建筑队为了完成下达的利润指标,在承接施工任务中出现了多要工时,忽视质量的现象。另外,由于对职工的经济报酬"封顶"、"加盖",个别建筑队对夜间加班严加限制,"如加一个工,职工收益二元,上缴利润六元",从而挫伤了职工的生产积极性。再加上节假日停工、全年三个农忙季节回乡支农,平均全年实际出勤只有250天到260天,与江苏相比,全年减少工作日近三个月。

在经营管理上,江苏也有其独到之处。他们的方针是"全民和集体两个轮子一起跑",对外承包建筑工程,打国营企业的牌子,配国营企业的管理干部和技术人员,用集体企业的职工,各建筑队可以自揽施工业务,这种联合经营、取长补短、相互依存、共同发展的管理办法,江苏的同志戏称为"大船带小船、小船靠大船"。另外,他们还十分重视对职工的技术培训。根据需要举办各种专业培训班,考试合格者,发给毕业证书、审评技术职称。而上海郊县建筑队在经营管理上就显得逊色。郊县建筑队进城,由市有关部门统一调配,层层下达施工任务,建筑队缺乏竞争能力,国营企业和集体企业不能协同作战。更令人吃惊的是,目前郊区没有一所建筑学校,郊区八万建筑大军,承担着全市建筑企业三分之一以上的施工任务,但技术员以上的工程技术人员只有二百多人。

行家们认为,要把郊区建筑业办成一个为国家、集体增加收入和积累的重要产业部门,使之真正成为本市基建战线上的一支重要力量和国营施工企业的有力助手,除了在经济政策和经营管理上进行改革外,亟须提高郊县建筑队的技术和物质装备。他们建议:能否采取由国家统一分配与大专院校定向培养相结合的方法,充实郊县建筑队的技术力量,并逐步建立郊县设计中心;能否考虑把市、县两级的行政管理和专业化生产结合起来,组建郊县建筑总公司,以便在组织管理、业务联系、技术培训和设备武装诸方面发挥作用。

(原载《解放日报》1984年6月21日第02版)

各方张口乡镇企业成了"唐僧肉"

据调查：目前向乡镇企业收费、罚款和名目繁多的摊派、赞助项目多达一百八十八种，企业不堪负担

《西游记》描写唐僧上西天取经途中曾有不少次成为竞相吞噬的对象，日子很不好过。然而，这毕竟是神话传说。殊不知到了80年代的今天，争吃"唐僧肉"的现象在市郊一些乡镇企业中却已成为现实。

名目繁多的收费、罚款没完没了。由于当前收费上的混乱和管理措施不配套，加上基层管理机构扩大，市郊部分行政机构想方设法搞"创收"，不择手段向乡镇企业伸手。据有关部门调查，目前向乡镇企业收费、罚款和各种各样的摊派、赞助项目多达188种。其中属于县以下单位巧立名目、自行制定的收费项目有129种，占总数的68.6％。经济秩序中的这种混乱现象，至今未得到有效整顿，还有蔓延之势，搞得企业不堪负担。市郊有家外资企业，今年头五个月交纳的13项收费花去了3.1775万元，接着又要支付1.6万元，企业无力交纳，只得"欠债"。南汇县惠南乡一家工农联营厂的工方厂长感叹地说，原以为到乡下办厂开支比市区小，没想到乡下各部门收费多得很，企业生产成本上升，经济效益大打折扣。

道道关卡勒索企业现象愈演愈烈。有些单位的个别工作人员职业道德败坏，在为乡镇企业办事过程中，滥用手中的权力和

利用工作便利刁难、勒索企业，企业为求生存对他们奈何不得。郊县某化工厂干部诉苦说，该厂用的燃煤，需经煤炭公司、公司总调度室、车队调度、煤场、汽车驾驶员等五道关口，每个关口都得"烧香"，少了哪一关都不行。仅这方面的开支，一年就要支出6万元之多。

工方"吃"农方。郊县乡镇企业反映，工农联营企业中大多数工方企业能体谅农方困难，在互惠互利的基础上开展合作。但也有部分工方企业"吃水凶"。这些工方企业往往利用农方办厂心切，多方找农方谈项目办厂，多次吃、喝、拿，但谈判的成功率却很低，农方为此花费大量费用。项目谈成以后，工方分成比例往往要高于其投资比例。有的联营企业，协议本身规定工方负责技术指导，但还要另外收取技术咨询费。少数科研单位与农方联营时也有这种现象。

工方"吃"农方，还表现在大量拖欠农方应收销货款上。据某县统计，今年上半年，大工业拖欠该县乡镇工业资金总额高达四五亿元，占该县全部流动资金的40%。农方为了今后的生产协作关系，不敢上门催讨。这种混乱现象既加剧了郊县流动资金的紧缺，又使乡镇企业蒙受经济损失。

乡镇企业负担加重，其原因是多方面的。有的是市、县有关部门和社会各界乱开口子，各种摊派和赞助等加重了企业的负担，有的是在搞活经济过程中受价格"双轨制"影响，导致企业厂长（经理）基金和业务交际费大幅度增加。如何切实减轻乡镇企业的负担，一些有识之士提出了三条意见：

一是要抓紧立法，建立和健全有关法规、规定。在当前全国人大常委会草拟的《乡镇企业法》未正式颁布前，市、县政府应当根据实际情况，作出若干必要的规定，以改变向企业乱摊派、乱收费的现象。

二是要严格管理,树立勤俭办企业的精神。要加强民主管理和群众监督,严格企业内部的财务制度和各项规章制度,以堵塞漏洞。

三是要进一步强化企业的经营权,让企业在参与市场竞争中增添活力。为此,要进一步落实经营承包责任制,企业要引入竞争机制,招标择优选聘厂长、经理。同时积极试行企业资产股份化,使企业成员与企业利益紧密地结合起来,这样,对强加于企业的各种不合理负担,上下都能进行抵制。(吴振兴 顾阿二 朱瑞华)

(原载《解放日报》1988年11月13日第05版)

"堤内损失堤外补"新传

——奉贤县水利工程公司以工建农纪实

人们常说,为农服务的单位,由于利薄,步履艰难。但奉贤县水利工程公司却呈现一片兴旺的景象。这中间究竟有什么"诀窍"?最近,记者访问了这家公司经理沈旭如,他用"堤内损失堤外补"七个字道出了其中的奥秘。

奉贤县水利工程公司的前身是县农村桥梁管理所,长期来靠县财政拨款维持,吃惯了"皇粮"。1985年,随着改革的需要,"皇粮"被取消,组建了县水利工程公司,全民事业单位一下子变成了自负盈亏的经济实体,公司面临考验。

"一业为主,综合经营,堤内损失堤外补"。在县水利局领导的支持下,公司经理沈旭如和他的同伴果断决策,凭借公司在桥梁工程上的技术、设备优势,在确保完成农村水利设施工程"主业"的前提下,开展综合经营,把一部分施工队伍开进市区,着意装扮上海,来一个"堤内损失堤外补"。于是,经营管理、质量管理、目标管理及各种形式的经济责任制新招迭出;工程师、技术员等各种人才源源而来。近3年来先后承接了中山北路、岚皋路、翔殷路、莘松高速公路、七莘路和延安东路隧道出口的烂泥渡路立交桥以及上海国贸大厦基础工程等市重点项目工程的大梁制作和混凝土浇注,并以质量好,工期短获得了建设单位的赞扬。今年开始,这家公司又承接了高化5 000吨煤炭码头、石化深水码头等一批施工条件差、工期紧的"硬骨头"工程，令同行们为之叹服。此外，他们还把触角伸向外省市。如京杭大运河狮山大桥引桥工程及常州、宿迁等地区的大桥桥梁制作工程也由这家公司承担。

"堤内损失堤外补"的结果，使这家公司非但不要国家一分钱的投资，而且三年来还向国家上交168万元的资金，壮大了为农服务的力量，加快了农村水利设施建设的步伐。仅1986～1987年这两年内，县水利工程公司为全县建造了226座农桥，加上原有的农桥，使全县拖拉机等农用机械的使用程度达到85%，中型拖拉机可以深入到大部分田块作业，全县各乡镇到村级农民居住区全部通了车。此外，新建的5座水闸巍然屹立在江、海出入口处，起到了蓄水与排洪的双重作用。

对于一些经济基础比较薄弱的乡、村修建水利设施工程中所遇到的暂时困难，县水利工程公司以支农着眼，有时垫付一部分资金，以确保工程如期开工，使这些乡、村的路、桥能及时配套，促进了农业生产的发展。（朱瑞华　周兆熊）

（原载《解放日报》1988年11月24日第05版）

"西瓜热"升温的忧虑

时下,尽管春寒料峭,但在上海郊区大地上,一股种植西瓜的热流却不断升温。据日前市农业部门情况汇总,今年市郊10个县(区)准备种植的西、甜瓜面积已逾35万亩,比去年"三秋"时各县上报的29.11万亩计划面积增加20.2%,比1988年西瓜实种面积28万亩增加28.5%。此情给人们带来了诸多忧虑。

忧虑之一:轮茬困难,病害增多

西瓜属葫芦科作物,为避免病虫害的暴发,一般来说每五年轮茬一次,至少也要三年轮茬一次。据反映,今年市郊沿海一些乡、村,西瓜田面积约占其耕地总面积的一半以上,达不到三年轮茬的起码要求。市农业植保部门告诫说,隔年茬、重茬瓜田面积多的乡、村,发生病虫害的危险将高于往年,如不采取措施,损失将不堪设想。

忧虑之二:供过于求,瓜多伤农

根据多年的市场规律,上海市场每年对西瓜的需求量为20万吨左右,其中一半以上来自郊区。去年郊区种植西瓜28万亩,投放上海市场25.4万吨,加上外省瓜4.1万吨,数量充沛,居民吃得满意,瓜农也得到了实惠,商业部门分析,有两个客观原因帮了瓜农的大忙。一是去年外省西瓜生产基地遭受自然灾害,西瓜普遍减产,因而进入上海市场的西瓜数量锐减,不及1987年的一半。二是去年本市百年未遇的连续高温酷暑以及受食糖因素制约导致冷饮、饮料大幅度减产,使瓜市看好,7月中旬西瓜日上市量突破150吨,居民人均吃瓜40公斤以上。

至于今年的瓜市,一则很难预料今年外省西瓜不会滚滚涌入上海市场,与市郊瓜农一决高下;二则很难设想今年本市再遇百年罕见的连续高温酷暑,西瓜再度行俏上海冷饮市场;三则今年郊区西瓜面积约比去年净增8万亩,上海市场是否会出现"西瓜大战"?瓜多是否会伤农?这值得瓜农们深思。

忧虑之三:农资偏紧,缺口难填

西瓜栽培普遍采用薄膜小环棚、天膜、地膜覆盖。每亩西瓜田需要近3公斤薄膜。但薄膜生产供应量有限,且瓜田大多是计划外用膜,其结果势必会挤占农副业计划内用膜,同时又有可能因此人为地抬高薄膜销售价格。为了弥补薄膜缺口,不少瓜农四处奔走,八方求援,但很难有着落。

由于瓜田面积日益膨胀,农药也满足不了供应。农业植保部门担心,如若西瓜生产旺季遇多雨季节,西瓜病害将会对瓜农们带来意想不到的麻烦。

在粮食、棉花种植效益比较低下的情况下,压缩棉花面积,使种植"西瓜热"日益膨胀,这种反常的经济现象虽然可以理解,但实堪忧虑。人们不仅担心"西瓜热"影响棉花、粮食的生产,对西瓜种植本身也是一种灾难。阳春三月,正是西瓜落种时节。市主管部门要求:市郊种植"西瓜热"应当降温。农村各级组织要研究这一问题,采取行政和经济措施,抓紧时间,适当压缩瓜田种植面积。

(原载《解放日报》1989年3月8日第02版)

申城本是桃故乡　革命意义不寻常

何不设桃花为第二市花？

八年前，白玉兰以其高雅的风姿，登上了上海市市花的宝座。但美中不足的是，白玉兰不易种植，生成期长，且花色单一，上海街头很难见到它的倩影，部分市民甚至不知白玉兰为何物。不久前，市政协委员、园艺专家庄恩及等六人联名提议，建议补选桃花为本市姊妹花，与白玉兰同为上海市市花。

上海栽培水蜜桃已有四五百年的历史，现在又是我国水蜜桃的重要生产基地，桃树种植面积逾6万亩。沪上桃树品种多，花色美，阳春三月桃花怒放，蔷薇色、红色、白色，交相辉映煞是好看。

选桃花为市花在上海还有着特殊的象征意义。上海游览胜地之一的龙华一带，历史上桃树种植面积近千亩。据《法华乡志》中记载，"花时桃红十里，掩映于烟波帆影之间，被誉为'沪上八景'之一"。解放前这里成了国民党反动派囚禁杀害革命志士的监狱和刑场。"墙外桃花墙内血，一般鲜艳一般红"。这是革命志士留在龙华监狱壁上的诗句。如今每年农历三月初三，成千上万人去龙华镇赶庙会，一面观赏久负盛名的龙华桃花，同时也对革命先辈寄以缅怀之情，桃花已成为激发上海人民革命意志的象征。

桃不仅是观赏植物，不仅是经济作物，还是对外开放的桥梁。园艺专家庄恩及告诉记者,上海的水蜜桃已在100多年前就驰名中外,它曾为世界果树业作出了重要贡献。当今美国和日本不少桃品种老祖宗是上海水蜜桃。今年南汇县试办桃花节,已吸引了众多的中外人士。若把桃花列为本市的第二市花,这对世界将更有吸引力。

一个城市拥有两种市花,在我国并非没有先例。北京的市花就有菊花和月季两种。那么,为使上海春色更加绚丽多姿,设桃花为上海市的第二市花如何?

(原载《解放日报》1991年7月19日第02版)

中华鲟幼鱼难逃长江口网捕之灾

"国宝"面临种群灭绝危险

专家建议建保护区以保护其繁衍

　　时值金秋，成群结队的中华鲟幼鱼，历经天敌侵袭，从长江中上游洄游而下在长江口水域索饵，尔后进入东海生长。孰料，等待它们的是成千上万顶捕捞鳗苗的网，以及崇明东部滩涂数万米长的定置插网。据有关资料，这些平均体长为10～20厘米的中华鲟幼鱼，每年被渔民采用各种网具误捕致死的达数以万计。

　　中华鲟是我国特有的大型溯河性珍稀名贵鱼类，是我国的一级水生野生保护动物，主要分布在长江主干流及长江河口地区。目前，这种与恐龙同一个时代的水生动物，由于捕捞过度等原因，资源已严重衰退。葛洲坝截流后，为使中华鲟这一珍贵水生动物得到有效保护，国家在葛洲坝建立了中华鲟人工繁殖研究所，从1984年开始向长江投放人工繁殖的幼鲟，迄今已投放185万尾。自1988年起，有关部门为抢救误入长江口插网中的中华幼鲟，经多方集资，在崇明县建立了中华鲟暂养保护站，到目前为止已抢救了近3 000尾中华鲟幼鱼。但由于经费不足等原因，致使中华鲟幼鱼仍不断地误入滩涂上插网之中，或因抢救不力而夭亡。

　　渔业界人士指出，中华鲟与大熊猫、丹顶鹤一样，均为国家一级野生保护动物,同属国宝。迄今,大熊猫、丹顶鹤已相继建立了其保护区,唯有中华鲟,绝大多数的老百姓还不识它为何物。为此,他们呼吁在长江口设立中华鲟保护区,当务之急是多渠道筹措资金,以强化中华鲟幼鱼的抢救、保护、暂养、放流等工作;开展长江口水域中华鲟幼鱼资源的调查研究,提出具体保护措施;修订长江口插网休渔期;建立长江口中华鲟幼鱼放流站,充分利用广阔的海洋进行育肥,可使中华鲟资源长盛不衰。

(原载《解放日报》1992年10月5日第02版)

种粮农民的困惑

——关于稳定发展上海农业的思考之一

【编者按】 改革开放为上海郊区农村经济的全面发展注入了巨大活力。其中一个明显的特点是,在二、三产业迅猛发展的情况下,农业生产连续十多年保持稳定增长势头。去年农副业的各项主要生产指标又都完成或超额完成。然而,在喜人的形势下,上海农业也同样存在着不容忽视的问题和潜在的危险。对此,本报将发表数篇记者的观察与思考,就一些突出问题作出分析。

农业是国民经济的基础,任何时候,我们都不能忽视农业。解决上海农业存在的问题,除了农村的努力之外,还有赖于城市各行各业的支持。我们相信这些对上海农业发展颇有见地的报道,一定会引起读者的关注。

日前,记者在一次郊县干部座谈会上听到一位农村干部诉说,时下,一些种粮农民在抱怨:一支"中华"(香烟)抵3斤谷,伲农民想想要哭。种粮农民为何要发这样的牢骚?对此,记者作了一番调查研究后发现,由于去年农用生产资料大幅度提价,粮食收购价下跌,农民各项负担过重,经济收入下降。

上海的农业在整个上海经济中虽然所占比重较少,但却是"小小秤砣压千斤",对上海的经济发展、社会安定有着极其重要的作用。由于市委、市府领导的重视,上海农业连年稳产高产,农村经济持续、稳定发展。但从去年开始,由于农业生产资料大幅度提价,使农民难以承受。如,六种常用化肥提价11.4%～24.7%,七种常用农药品种提价9%～25%。前几年平价柴油每升平均0.56元,去年"三秋"时平价柴油每升"跳"到1.70元,议价每升则2元多,涨了两倍以上。一些农民说,拖拉机到田头,伲农民买勿起柴油,结果"铁牛"成"死牛"。这就造成去年"三秋"时农民走低投入低产出道路,粗耕粗种,少施化肥和农药。据市农业部门统计,去年"三秋"农民减少投入17%左右,可能会影响今年的夏收。

粮食收购连年跌价,使纯农户的收入明显下降。据市有关部门资料显示,以稻麦两熟亩产粮食700公斤计,亩均毛收益(活劳动不计成本),1989年为249元,1990年为191元,1992年下降到100元左右。去年夏熟大麦每公斤亏损0.25元左右,小麦每公斤亏损0.05元上下。去年秋熟议价粳谷每公斤0.76元,比上年降0.12元。种粮农民辛苦一年,但增产不增收,甚至亏本,再加上经常出现"卖粮难",农民哪有种粮积极性?据市郊一个产粮县领导透露,去年农业成本增加900多万元,粮食收购降价1 200多万元,纯农业总产值比上年减收2 500万元,预计有6%左右的纯农户成为"透支户"。由于种粮效益比较明显下降,农民对种田失去了热情,致使相当部分农民存在着"粮食多种不想,少种不象样,种种白相相,解决自己吃口粮"的思想。许多农民纷纷央人托保,要求跳出"农门"。农民们说,我伲现在弄不懂,上面领导号召要缩小工农"剪刀差",但有关部门却在扩大"剪刀差",这田叫我伲今后怎么能种下去?农民,已陷入了深深的困惑。

一些长期从事农业及农村工作的干部指出,农业与其他产业相比,社会效益大,经济效益低,即使世界上的一些发达国家的农业,也离不开国家的扶持和支持。因此,上海农业除了自身的积累外,必须要有政府行为支持。他们认为,除了政府制订一些稳定、提高农业的政策措施外,有关部门拟从城乡一体化出发,真心实意地为农民服务,大力支援农业,不要老是在农民身上打主意,也不要对农业"热"一阵,"冷"一阵,使农民无所适从。上海要真正形成按照社会主义市场经济规律发展农业的良好环境。他们建议,对一些护农、兴农的政策措施,通过一定的程序,使之法规化,制度化;对市、县(区)有关农业的主管部门、工业部门、供销物资部门、金融部门、商业部门和企业的领导,进行重视、支援农业问题的专题考核,并由监察部门对此定期检查;对损农、伤农、坑农的人与事予以严究,切实保护农民的生产积极性,为上海农业的发展创造一个良好的环境。

(原载《解放日报》1993年1月29日第02版)

农"官"们的苦恼

——关于稳定发展上海农业的思考之二

当今,上海郊区各条线干部中要数从事农业工作的干部最难当,苦恼也最多。究其根由,农"官"们的苦恼是与上海农业在新形势下出现的一些新情况相关联。

上海的农业历年来由于坚持"以工补农"壮大实力,农田设施配套成龙,服务体系健全,赢得了农业生产的稳产高产,从而在全国处于领先地位。但毋庸讳言,随着二、三产业的高速发展,部分领导干部抓农业的精力分散,轻农思想有所抬头,农业战线上的干部对此苦恼甚多。

苦恼之一,农业干部"话讲勿响,事做勿象样"。由于农业经济效益差,农业在整个农村经济中所占比重越来越低,在一些领导干部的心目中农业排不上位置,在各种会议场合往往强调二、三产业的多,强调农业是基础的少,加上有些地方对农业实际投入的减少,致使农业干部说话没人听,话讲勿响,用于农业的资金缺乏,许多事情办不像样。一些干部说,现在农村中流传着这样的说法:第三产业是"春天",蓬勃发展;外向型经济是"夏天",热火朝天;乡镇工业是"秋天",果实累累;农业是"冬天",冷冷清清。因此,我们农业干部要识相。

苦恼之二,苦干有份,提拔无望。农业干部经常战斗在生产第一线,每年"三夏""三秋"农忙季节,以及冬春兴修水利战役中,时常顶风冒雨,餐风饮露,带领农民苦干、大干。但据有关部门调查,一些党委组织部门在提拔正职干部时,往往从非农业部门选拔的居多。有的干部无可奈何地说,一入"农门",等于下了"苦海"。因此,许多农业干部普遍有自卑感、失落感,纷纷找组织部门要求转岗,或干脆跳"槽"。

苦恼之三,吃力不赚钱。时下,干部的基本工资均不高,总收入中相当部分是奖金及效益工资。由于农业,尤其是种植业效益下降,加上年终分配时政策有欠妥之处,与其他条线干部相比,农业干部的收入低。有一个乡,一位分管农业的干部,实绩考核时属于头等,但最后奖金却拿三等。有人戏称这位抓"基础"产业的干部是头等的"地位",末等的待遇。这种情况,在市郊绝非个别。

苦恼之四,困难重重,农业难搞。据农村干部反映,在一些县、乡、镇,人代会通过的对农业的各项投资年年增加,但真正用于农业上的投入究竟有多少,恐怕谁也搞不清楚。此外,在经济状况比较差的乡、镇,据圈内人士透露,"以工补'府'(政府)"的现象普遍存在。其后果是在一些地方,水利设施老化,河道淤塞,闸门损毁,排灌机械设备破旧,为农服务体系削弱,致使农业抗灾能力下降,这是农"官"们的最大苦恼。

农"官"们的苦恼,反映了在新形势下农业上出现的一些问题。一言以蔽之,部分干部对农业是基础的重要性缺乏认识。记者认为,要稳定、提高上海的农业,除了有一系列政策措施外,关键是要稳定农业干部队伍,各级领导要在政治上关心他(她)们,在经济上给予他们与其他条线干部同等待遇。尤其是对村、队的基层干部的经济报酬,县、乡、镇应制定倾斜政策,或向乡镇企业内干部靠拢,或按工作时间长短,确定退休后的报酬,以解除农业战线上各级干部的后顾之忧。

(原载《解放日报》1993年2月2日第02版)

耕地在呼唤

——关于稳定发展上海农业思考之三

随着上海对外改革开放的深入以及上海城乡经济的迅速发展,去年上海利用土地的速度相应加快。按照土地审批手续,在上海城乡结合部兴办了各类开发区,崛起了一大批居民住宅,加快了小城镇建设的步伐。此外,郊区还突破了土地批租的"禁区",嘉定等七个县(区)共签约出租地块 48 幅,既筹措了基础设施建设资金,又促进了郊区产业结构的调整和经济发展。

但毋庸讳言,一些征地建设单位对已征的耕地如何加以珍惜利用,减少土地资源的浪费,尚有不尽如人意的地方。如一些开发区、工业区及旅游开发区,在投资项目还没有落实,即成片圈地,或搞"三通一平",造成耕地圈而不用。据介绍,此种情况在一些乡镇自办的工业区内更为突出。还有一些建设单位在征用成片耕地时,因所在的村队被撤销,农民成工人,剩下的一部分耕地给征地单位带征。由于整个地区的水系、生产条件被破坏,这些被带征的土地已不适宜农民耕作,往往成为"遗忘的角落",长年累月地被晒"太阳"。一些乡镇企业在兴建厂房时浪费土地的现象也很严重,土地利用率只有一半左右。据土地管理部门透露,有的县(区)还违反国家有关土地管理审批权限,将土地审批权擅自下放给乡镇,在一定程度上加剧了土地管理上的混乱。

上海是个人多地少的大城市,土地更显得金贵。前几年统计,上海人均土地只有 0.9 亩,人均占有土地在全国各省市中属比较低的。对此,记者走访几个市有关主管部门,他们认为,各用地部门必须严格执行各类开发区和城镇建设用地、特别是占用耕地的审批手续;划定基本农田保护区,完善保护措施;对以兴办开发区和城镇建设名义圈而未用的耕地,没有依法办理审批手续,又不具备补办条件的,建议将耕地退回给农民;对那些已征用的耕地,近年内无法上马的,应鼓励农民继续耕种,防止这些耕地继续晒"太阳"。

(原载《解放日报》1993 年 3 月 5 日第 02 版)

上海鳗苗生产亦喜亦忧

一年一度成为上海新闻热点的鳗苗捕捞生产,今年迎来了收购价格放开的头一年。在这种新形势下,上海的鳗苗生产及市场状况如何?日前记者作了一番探访。种种迹象表明,上海的鳗苗生产亦喜亦忧。

喜的是抑制了鳗苗走私,国家收购量大增。1993年以前,由于国家对鳗苗收购价定得低,而黑市交易价往往高出国家收购价一倍以上,在高额利润的诱惑下,渔民们除交售一部分鳗苗给国家收购部门遮遮门面外,私下里将大量的鳗苗售给鳗苗贩子,这些贩子又通过"地下"渠道将鳗苗走私到境外,牟取暴利。有关部门透露,去年上海鳗苗生产总产量接近4吨,但国家按每公斤6 500元价格收购的总量仅在30公斤左右,大部分鳗苗通过非法途径外流了。现在,鳗苗收购价格随行就市,渔民们今年纷纷将鳗苗交售给有关收购部门及部分持证收购的个体户,使国家收购鳗苗数量大增。据统计,至今年3月中旬,国家已收购鳗苗2吨。

忧的是价格刺激了生产,增加了捕捞强度。今年年初,上海鳗苗生产开捕后,由于放开了收购价格,每公斤鳗苗收购价格一开始即跳到3.2万元,每尾鳗苗收购价在4.5元左右。由于全国养鳗业发展迅速,加上去年福建等地新辟了万亩养鳗池,成鳗养殖获利丰厚及国际市场需求量增加,鳗苗供求矛盾加剧,致使鳗苗收购价看涨,从而大大刺激了对鳗苗的捕捞。市渔政管理部门称,尽管今年与往年一样控制核发了鳗苗捕捞许可证,但由于在高额利润的驱使下,江苏南通、江阴、高邮等地的大批无鳗苗捕捞证的船只成批集结在长江口,尤其在崇明团结沙一带水域"安营扎寨"捕捞鳗苗。原在近海从事海洋渔业生产的部分渔船,也纷纷加入长江口滥捕狂捞鳗苗的队伍。市渔政管理部门的权威人士估计,这类无证船只总数在2 000艘左右,不但大大加剧了鳗苗捕捞强度,而且影响通航。

为解决这些问题,自春节起,市渔政管理部门出动16艘渔政船艇,配合港监,会同公安等部门在长江口合力疏通航道,并查处无证捕捞鳗苗船只,基本上保证了长江口航道的畅通。同时,他们吁请政府部门出台配套措施,还希望得到各界的支持,劝阻无证捕鳗苗船返回家乡。

(原载《解放日报》1993年4月4日第02版)

到哪里去捕鱼？

——本市渔业资源调查严重缺乏

近几年来，带鱼、鲳鱼、鳓鱼等花色品种经济类鱼类在市场上越来越少，国有渔业企业生产经营日趋艰难。沪郊群众渔业在近海捕捞的海虾、梭子蟹、梅童鱼、黄吉等"虾兵蟹将"小杂鱼成为上海海鲜市场的当家品种，占上海海水产品全年供应总量的九成左右。但从今年3月起，沪郊群众渔业生产也开始滑坡。东海区的一些海洋渔业专家在分析上述现象时指出，除了捕捞强度过大，海洋渔业资源继续衰退外，另一个重要因素是，由于多年来缺乏对海洋渔业资源作常年周期性的调查，导致资源状况不明，渔船找不到渔场，捕不到鱼。

海洋渔业资源调查对发展渔业生产具有十分重要的意义。鱼类的分布、洄游、数量变动的完整、系统、准确的资料，是渔业生产赖以发展的重要物质基础。新中国成立后，国家曾拨专款组织过多次大规模的海洋渔业资源调查，积累了系统的历史资料，为开发利用多种渔业新资源、扩大作业渔场发挥了作用。70年代东海区利用了带鱼资源，带鱼成为渔业生产的当家品种；80年代初，开发利用了马面鱼资源，成为东海区继带鱼之后的第二条"大鱼"，年总产20多万吨。还有，开发了青黄占鱼和沙丁鱼等中上层鱼类，都是渔业资源调查的成果。

但是，进入80年代中期起，情况发生了变化。由于每年数百万元的渔业资源调查资金没有到位，常年周期性的调查无法正常进行。承担渔业资源调查任务的科研部门，只能通过申请一些单项的研究课题的经费，做了一些局部开发的工作。

据有关资料，由于常年周期性的资源调查停顿，已出现了令人担忧的局面。主要表现为：系统性的历史资料出现了断层，给今后分析评估资源状况、预测发展趋势带来了较大的困难。由于缺乏主要渔场的调查资料，渔业生产的盲目性增大，特别是在海况渔况发生变化的情况下，很多作业渔船不知道该到哪个渔区去捕鱼。渔船盲目寻找渔场，造成人力物力的极大浪费。海洋水产研究所现有的资源调查船只，因长期没有科研任务，正逐步转向生产、出租、运输，甚至出售，几十年来国家耗资、精心建立起来的调查船队面临解体的危险。此外，几十年来形成的渔业资源研究队伍，亦因经费所累，没有科研项目可承担，人心浮动，或转行搞赚钱的开发和养殖，或"跳槽"另谋生路。

资源决定生产。江泽民主席在八届一次人代会发言时指出，要重视渔业资源调查，要"放长线钓大鱼"。这是对渔业资源与渔业生产之间的相互关系作了最精确的概括。为此，渔业专家呼吁：一是国家有关部门继续要把渔业资源调查工作当作发展渔业生产的一项必不可少的基础工作对待，直接领导，下达任务，提出要求。二是从国家财政中拨出专款，"带帽"下拨用于渔业资源的常年周期性调查，以稳定发展海洋渔业，丰富城乡人民的"菜篮子"。

（原载《解放日报》1993年7月20日第02版）

海水养殖应向多品种发展

近几年来,在上海的宾馆、饭店、酒楼中,南方鲜活海鲜凭借"空中航道",独霸了上海的餐饮业市场。而上海沿海滩涂上虽建有数万亩养殖池塘,生产海水产品却未能占有一席之地。

渔业界人士分析,其原因在人们习惯于传统海水老品种的养殖,而一些具有很高开发价值的名特优新产品,由于种种原因,至今仍没有大规模开发生产。

如锯缘青蟹,有"海上人参"之称。前几年,东海水产研究所在奉贤县柘林乡内的养殖场培育成功,青蟹的人工养殖获商品性生产的价值。还有该场人工养殖的名贵海产品黑鲷,已成为宾馆、饭店的抢手鲜活海珍品。但这些人工养殖技术已臻成熟的海珍品,至今没有得到商品性开发。此外,美国加州鲈鱼、异育银鲫鱼等水产品只要对进排水系统稍作改造就能在滩涂池塘内养殖,但亦很少有人加以重视推广。

为什么本市海水产品养殖品种少呢?渔业界人士认为有以下几个方面的原因:一是安于现状。由于近10年来沿海滩涂养殖东方对虾产量高,经济效益可观,许多养殖单位不愿改变多年形成的养殖模式。二是缺乏商品经济观念。养殖东方对虾,产品几乎全部外销,销售没有后顾之忧。而养殖其他海产品,需要另辟销售渠道,产品销售有风险性,致使新品种的养殖迟迟不能起步。三是囿于经费等原因,水产科研、技术推广部门无力从事大规模的示范推广,养殖单位对新品种缺乏养殖经验,顾虑颇多。

对此,渔业界人士指出,改善进排水系统,走多品种发展海水产品养殖之路,并实行鱼虾、鱼蟹等混养模式,是上海海水养殖业的希望所在。他们建议,根据今年海水养殖业严重亏损,养殖单位无力再投资养殖新品种的实际困难,市有关部门给予一定的贷款额度,并在利率上给予政策性优惠。水产科研、技术推广部门应进一步发挥其科技兴渔的作用,按不同品种,设计若干切实可行的养殖方案。

(原载《解放日报》1993年12月2日第02版)

"鳗苗大战"烽火连绵　"黄金水道"船满为患

治一治"水上盲流"

不久前,上海渔政管理部门调派渔政船巡航长江口,对在长江口水域捕捞鳗苗的船只进行重点检查。检查结果令人吃惊:仅在长江南支客运航道、崇2号浮筒附近水域作业的船挑网渔船就有150多艘。在驾驶室登高向北、向西远眺,各类捕捞鳗苗船黑压压一片,据有经验的老船长估计,在这一水域捕捞鳗苗的船只多达上千艘。

据市渔政管理部门介绍,今年全市渔政管理部门按规定只核发给2 000多艘船挑网捕捞许可证,但在上海沿海捕捞的船挑网渔船多达5 000多艘,其中一半以上属于无证渔船。这些无证渔船船主绝大多数是来自外地的渔民和农民,在航道上横冲直撞。

长江口是我国主要鳗苗产地,年产鳗苗4～5吨。有水中"软黄金"之称的鳗苗,价格昂贵,去年每尾鳗苗平均收购价5元左右,最高时达8～9元。鳗苗收购价越"炒"越高,大批江浙闽船挑网渔民盲目涌入长江口,占据航道滥捕狂捞鳗苗,形成了一股来势汹涌的"水上盲流"。今年汛期前,仅在崇明岛奚家港内就集结了2 500余艘外地捕鳗苗渔船。这些外地渔船由于大部分没有渔政管理部门核发的捕捞许可证,为躲避检查,便作业无定所,在航道上窜来窜去,与执法监管部门检查船打"游击战"和

"拉锯战",检查船一走,他们又逍遥自在。此外,渔政管理力量不足,管理手段落后,管不胜管。目前,有关部门仅有一艘用旧船改造的中国渔政601号船,现已超期服役。全市用于渔政检查管理的船只总数不到10艘。

鳗苗资源有限与鳗苗需求旺盛的矛盾,致使长江口"鳗苗大战"连绵不断,不但破坏了宝贵的鳗苗资源,给本已繁忙的航道埋下了不安全的种子,同时也给当地的社会治安带来了诸多问题。

因此,一些有识之士认为,仅仅对违规船只处以100~500元的罚款难以起到震慑作用。建议上海要下决心将鳗苗管理列入本市的综合治理规划,完善有关法规,切实治一治长江口的盲流"大军",以保障"黄金水道"的安全畅通。

(原载《解放日报》1994年3月5日第03版)

大上海：面临水的挑战

上海，三面临水，头上还"顶"着太湖"一盆水"。大自然的恩赐使上海每年平均水资源拥有量达 600 亿立方米，人均占有量为 5 242 立方米，是全国人均占有量的 2 倍。上海城乡日均用水量高达 500 万吨。上海因水而生，因水而兴。上海港内河航运、海运年总量超过 1 000 多亿吨。水，与上海结下了不解之缘。

但是，水能载舟，亦能覆舟。如今的上海，正面临着水的挑战。

挑战之一，水患因素增多。地下水过度利用，市区地面下沉。1981 年 9 月 1 日汛期，黄浦公园水文站测出最高水位达 5.22 米，高出市区地面 2 米左右，倘非防汛墙阻挡，将淹没市区的一个楼层。更严峻的是，有 100 多公里防汛墙尚未加高加固，有一部分甚至是临时砖墙，安全系数低。如遇汛期高潮位、台风、暴雨及上游洪水暴发造成"四碰头"，市区安全不容乐观。另外，太浦河开通后，太湖泄洪能力增大，而众多水闸工程却未完工，汛期时青浦等低洼地区将处于洪涝威胁之中。

挑战之二，水环境污染严重。上海市区每天产生各类污水约 500 万立方米。市区 370 条河段，污水、粪水同流，工业、生活垃圾合污，河道淤积。杨浦等港的水质已恶化到 5 级。南汇县周浦镇夏季河道污水臭气熏人，嘉定城区居民被迫改饮长江水。

挑战之三,由于严重的污染,水质状况堪忧。据抽样调查,长628.8公里的河道中,按地面水评价标准,符合N类饮用标准的河段仅占总长的14.2％。酚、汞、铜、铝、石油等有毒物质含量超标。三分之一的河网水质遭到严重污染。

上海的"母亲河"——黄浦江,年黑臭天数日益增多,污水逐渐向上游溯及。1990年7月上溯到闵行水厂,8月份到松浦大桥一带。此外,长江枯水期间,每年出现咸潮上溯。作为著名水都的上海,竟已被国家列为缺乏优质水的水质型缺水城市。

有关专家指出,上海要成为国际经济、金融、贸易中心之一,必须正视水的挑战。要认识到水是上海的命脉,水患是上海的心腹之患。应制订强有力的措施,制止污染水资源状况的扩散,加快上海迈向21世纪新水都的步伐。(记者朱瑞华 朱桂林)

(原载《解放日报》1994年3月25日第02版)

让"水"走向市场

"水"的问题,困扰着大上海。城乡防汛抗灾,冬春兴修水利,年年靠国家财政拨款。喝"大锅水"的结果,严重制约了上海水利事业向更高的目标发展。在当前社会主义市场经济框架基本确立的形势下,上海"水"的问题出路何在?有关专家提出对策:让"水"走向市场。

建立多元化的投资体系,形成投入产出的经营机制,实行"谁投资、谁得益"的原则。如对市区防汛墙加高加固改造工程中,可构建墙厢予以招标承租,为发展"三产"提供用房;结合市区旧城区改造,将土地批租与整治河道排水系统及水环境整治捆在一起,靠开发周边土地筹措一部分资金,以用于所在河、段的整治;对骨干河道工程可实行国家拨款与银行贷款相结合,由银行贷款启动,国家给政策,多家合作组建经济实体,划出一部分土地,在河道两旁建仓库、造驳岸、办工厂,并利用优良水环境发展旅游业、房地产业,综合经营,得益后再投入水利事业,形成滚动开发。目前,浦东一期水利工程滚动开发、外滩防汛墙墙厢招标承租、真如港1公里河道结合中山北路改造截弯取直工程,正在作多元化投资的探索。

大力发展水利经济,搞大水利产业。今后对国有滩涂的围垦,可组建造地公司,组合围垦。在风光旖旎的海滨兴建一批"水上乐园"、度假村等旅游景区,大力发展名特优新海水珍品的养殖,并凭借新垦区土净、水净、空气净以及无病疫区的优势,兴建无公害蔬菜基地的禽畜饲养基地,多方入股,不断壮大水利产业,形成以"水"养"水"的良性循环。

实行"分类供水"、"优水优价"。现在出现的一个奇怪现象是"人喝河浜水,机器喝矿泉水"(即地下水)。今后,随着上海进一步对外改革开放,经济高速发展,人民生活质量不断提高,对饮用水、特殊行业用水、一般工业以及生活用水,实行"分类供水",体现"优水优价",按质收费。扭转优水劣用的不合理局面,依法治水、管水,以合理开发利用和保护水资源。(记者朱瑞华 朱桂林)

(原载《解放日报》1994年3月28日第02版)

蟹笼大闹东海　海蟹陷入重围

阳春三月,尝海蟹。但令人困惑的是,在菜场上却难觅梭子蟹的踪影。市民喜食的梭子蟹究竟到哪里去了?据不久前召开的东海区渔业资源监测网会议透露:由于百万蟹笼大闹东海,致使海蟹几乎惨遭灭种之灾。来自浙江省的消息称,去年该省海蟹产量仅2.4万吨上下,比上年下降近一半。

据介绍,自1990年起,东海区渔民纷纷选购或仿制新型蟹笼。每年从8月至12月,以小杂鱼作饵料,投放于海底,在海面上作有标记,每天待潮水平缓时将蟹笼收回。蟹笼在海底闪闪发光,大小海蟹一旦进入即成"瓮中之鳖"。经水产专家估算,四个月蟹笼作业期,以每只蟹笼捕100只蟹计,百万蟹笼每年约捕获上亿只蟹,其中8月至9月间被捕的幼蟹比例高达50%左右。据介绍,只要捕获一只250克商品蟹,即可收回一只蟹笼的成本。投入成本低,收益高,高额盈利驱使沿海成千上万渔民纷纷从事蟹笼作业,去年达到了高潮,使梭子蟹在劫难逃。

百万蟹笼大闹东海,这种严重破坏资源的状况,缘何愈演愈烈?原因有诸种:一是渔政监督管理部门由于管理手段落后,面对漫长的海岸线和千军万马的捕蟹队伍,鞭长莫及;二是当地渔业主管部门在产值指标与政绩挂钩的情况下,对控制捕捞强度亦处于两难境地,因而缺乏强有力的制约措施。

多年来,东海大小黄鱼已基本上从市民的餐桌上"端"走。

东海剩下的带鱼和马面鱼资源,如今亦每况愈下。去年,舟山渔场带鱼的"霸主"地位已被虾类所取代,屈居"老二",马面鱼年产量也由前几年的20多万吨,骤然下降到去年的数千吨。渔业专家们担忧,若不采取果断措施,任其对某一种渔业资源打"歼灭战""围剿战",那么,将来我们的子孙后代恐怕不知东海渔业资源为何物。为此,渔业专家们呼吁:从速制订有关法规,严格统一网具,并放大蟹笼网目,让误入蟹笼的幼蟹得以出笼生还。

(原载《解放日报》1994年4月20日第02版)

"朗德鹅"为何向天哀歌

——上海农民走向市场思考之一

【编者按】市场放开之后,农民如何走入市场,各级党、政组织如何帮助农民走入市场,这一问题的提出,已经有几年时间。其间,我们有成功的经验,但现在看来,新的情况、新的问题还不少。全国劳动模范、奉贤县农民宋炳贤养殖"朗德鹅"因销售受挫而大受损失的事件就是突出一例。这一事例的典型意义在于提醒我们,在农民如何走入市场这一问题上,还有许多情况需要我们深入研究,还有许多问题需要我们扎扎实实地去解决。一般号召不行,以传统的方法去开展工作也不行,必须从深化改革出发探索出一条新路来。

本报从今日起将发表两篇有关"朗德鹅"事件的思考性文章,以期引起广大读者和有关部门的重视。

宋炳贤,这位奉贤县邬桥乡张塘村的中年农民,1989年的全国劳动模范,曾经闻名市郊的"养猪状元",近三个月来,却欲哭无泪。他不为养猪的事,实为无辜的"朗德鹅"面临饿死的厄运而悲伤。

一年来,他含辛茹苦饲养的14 000多羽"朗德鹅",因销路难开,告贷无门,饲料短缺,2 000多羽青年鹅竟被活活饿死,一下子损失6万多元。现存的12 000羽成年鹅被迫节食,每羽体重比原来减了1公斤左右,肥鹅成了瘦鹅。近期连续高温酷暑,挨饿待毙的鹅群更是鸣叫不已,其状甚惨。

去年4月,宋炳贤听说养殖法国"朗德鹅"可赚大钱,他在上海一家公司同意回购商品鹅的协议承诺前提下,向各方借贷110万元,购种鹅、建棚舍及加工、屠宰、冷藏等用房。至今年春天,终于建成了占地30多亩的"朗德鹅"养殖基地。今年4月,仔鹅养成商品鹅。岂料,由于销售渠道不通,上万羽商品鹅不但成了"库存物资",而且每天还要消耗近3吨精饲料。宋炳贤招架不住了。他请求几家饲料厂暂赊饲料款,同时降低鹅群定"粮"标准。每羽鹅饲料由原来每天250克减至50克,大量辅以杂草充饥。最困难的一天,他只给鹅群喂一餐。但即使再节食,每天仍需支出3 000多元饲料成本费。他估算,即便圈存的鹅群全部出售,净亏40多万元已成定局。倘若仍销售无门,其损失不堪设想。奉贤县委、县政府对此颇为重视,出面解难。但销售迫在眉睫,行政干预的效果究竟有多大尚是个未知数。这位精神几乎崩溃的农民日前向记者披露,他企盼有关方面伸出救援之手,助其渡过难关。

宋炳贤耗巨资投入"朗德鹅"养殖,其初衷是通过探索,既为自己又为当地农民另辟一条致富门路。但由于种种原因,他本人付出了昂贵的"学费",换来的却是"朗德鹅"挨饿的声声哀鸣。"朗德鹅"的悲哀是令人深思的。

"朗德鹅"为何曲颈向天哀歌?

一哀:农民在走向市场的过程中,有投资的热情,但经受不起市场的瞬息万变,缺少应变能力。想当年人们视"朗德鹅"为"摇钱树","朗德鹅"一出娘胎身价即值75元人民币,还你抢我夺,当作一个宝。迄今,竟你嫌我弃,当作一棵草,致使这些在法国被称为"皇帝的女儿",在这里却"嫁"不出去。这说明,即使有了能致富的信息,而没有应变能力,仍不能获得应有的经济效益。

二哀:农民走向市场缺乏有力的中介组织做"红娘"。世界名种"朗德鹅"的"鹅肥肝"是一种风靡全球的营养食品。改革开放以来在我国的许多涉外高级宾馆饭店的餐桌上亦有这道美味佳肴,目前"鹅肥肝"仍从国外进口。可见对"鹅肥肝",市场上有一定需求量。无奈上海城乡为农副产品产销牵线搭桥的"红娘"——各种形式的中介机构仍属凤毛麟角,为外销服务的中介机构更少。遂使"朗德鹅"不认识市场,市场亦不认识"朗德鹅"。

三哀:农民走向市场势单力薄求援无门。上万羽"朗德鹅"迄今靠每天50克食粮充饥,食不果腹。加上连续高温酷暑折磨,每天有不少的鹅在呻吟中死去。对此,同情者甚多,帮忙解救者甚少。谁来解救上万羽濒临危难的商品鹅?谁来扶持一把这些在市场经济大潮中还没有学会"游泳"的农民兄弟?(记者 朱瑞华 朱桂林)

(原载《解放日报》1994年8月5日第02版)

政府应为农民造座"桥"

——上海农民走向市场的思考之二

"朗德鹅事件",启迪人们认真思考一个深层次的问题。即上海农民正从行走了几十年的计划经济道路上转出身来,大多数人既有重新学步的冲动,又有难以适从的徬徨。农民与市场间有条"河"。农民要走入市场显然要有座"桥"。市郊各级政府如何帮助农民架设好这座"桥"? 记者认为,有三个方面的"工程"至关重要。

第一个"工程"是要形象而生动地向农民传播社会主义市场经济知识。近年来,向市场转轨中的市郊农业,总体的发展趋势是健康的,但也有一些令农民困惑的现象。如猪肉、蔬菜、食油等农副产品的生产,不时与市场产生"阻塞"或"短路",以前"多了多、少了少"的怪圈仍未消失。政府和宣传部门,就应抓住一些典型事例,通俗易懂地进行分析,让农民嚼透市场经济这颗"橄榄",认识市场经济的运作规律和增强风险意识。

第二个"工程"是建立与市场挂钩、对农民负责的"中介组织"。近年来,市郊农副产品的销售体制,初步形成了国家、集体、个人三者联动的流通格局,即农办农贸市场、专业农业经济公司、个体经纪人。然而,市郊现有的这些"中介组织",尚不能完全满足农副产品蓬勃发展的需要。一些"中介组织"服务不善,经营乏力,费用过高。市郊各级政府应抓紧筹划,加强管理,促其迅速、健康地发展起来。

　　第三个"工程"是帮助农民克服单家独户走向市场的困难。奉贤县的野鸡、野鸭、鹧鸪等珍禽养殖业,今天能发展到年产30多万羽生产量的规模,完全得益于农民联手上市的流通形式。养殖大户邱润土和陆志华先后组织合作社,将分散饲养的珍禽集中销售;松江县的"上海大江"和奉贤县的"古华",在"利益共享、风险共担"的前提下,凭借龙头企业拥有的先进种养技术及巨大的加工、销售能力,形成实力雄厚的产加销一体化农村经济综合体,这样的"工程",是值得政府大力扶持和积极建设的。（记者朱桂林　朱瑞华）

（原载《解放日报》1994年8月6日第02版）

千船竞发滥捕带鱼
十年保护成果毁于一旦

时下,上海城乡的菜场上,小规格的带鱼数量猛增,有些带鱼仅一指之宽。大量幼带鱼从何而来?

黄鱼、鲳鱼、带鱼、墨鱼原是东海区四大经济鱼类,由于过度捕捞,东海区黄鱼、鲳鱼、墨鱼已不成鱼汛。近几年成鱼汛的唯有带鱼。为保护带鱼资源,东海区渔政部门制订了一系列保护措施,使带鱼资源量有所回升,为冬汛带鱼生产创造了条件。但令人痛心的是,今年入夏以来,由于"休渔不休船",许多渔民受金钱驱使张网作业,另有相当数量国有和集体拖网渔船也进入禁渔区、休渔区违规作业,围捕幼带鱼的各种违章渔船达上千艘。仅6~7月,东海区带鱼产量高达6.68万吨,比去年同期增86.6%。但高产的背后是悲哀。东海渔政管理部门对违章作业渔船渔获物现场测定,带鱼幼鱼比例高达97%,许多是只能充当饲料的带鱼丝。高产以杀伤幼带鱼为沉重代价,无疑将使10多年的保护成果毁于一旦。

据科研部门称,7~10月是带鱼生长的最快时期。如带鱼全年增重150克,此阶段可增105克,夏秋季生长的带鱼,到冬汛均可达到国家规定的可捕标准,且资源量将大大增加。倘若上半年带鱼捕捞量维持在去年水平,到冬汛捕捞即可净增7万吨左右商品带鱼。因此,对带鱼实行"夏保、秋养、冬捕",就经济、生态、社会效益而言均是上策之举。

带鱼是东海区乃至全国海洋捕捞业中的支柱品种,冬汛带鱼产量占全年产量的 70%左右,大部分供应上海市场。为此,渔政管理部门呼吁:各级地方政府和水产主管部门应教育渔民严格遵守国家有关禁渔区、保护区的休渔期规定,采取有效措施,切实保护和合理利用带鱼资源,使带鱼有休养生息的机会,免遭灭顶之灾。(朱瑞华 俞国平)

(原载《解放日报》1994 年 10 月 9 日第 02 版)

养肉山羊 有大市场

当前,上海的畜牧业生产面临粮食饲料供应趋紧的矛盾。高级畜牧兽医师姚龙涛建议,以市场的需求出发,根据上海郊区的实际情况,市郊应大力发展以饲草为主的肉山羊饲养业,为上海新一轮"菜篮子"工程作贡献。

山羊具有肌纤维细嫩、味美可口、营养价值高、胆固醇含量低等优点,市场行情见俏。目前,上海市区销售的羊肉大部分来自外省市。另外,由于羊肉及羊皮制品价格上扬,养一头山羊可获利200元,养羊的经济效益可观。

姚龙涛认为,大力发展肉山羊饲养业,在市郊有诸多优势。

首先,市郊有较丰富的饲草资源。目前,市郊耕牛存栏比50年代减少5万头,仅剩1万头,导致田埂杂草丛生。按1头牛草料养10头羊计算,仅此一项资源至少可养100万头羊。市郊有近万亩园沟宅河放养了水花生等青饲料,目前养猪采取快速育肥法,大量水花生废弃腐烂;如按1亩水面养1头羊,亦可解决100万头羊的饲草来源。市郊有20亿公斤稻麦秸秆,利用率很低,若利用四分之一的5亿公斤秸秆作羊饲料,可养羊200万头。

其次,杭州湾北岸的山羊体形大,生长速度快,是今后发展肉山羊的一个理想亲本资源。迄今,本市开展的肉山羊杂交改良已取得了成效,日均增重高于全国水平的1倍。此外,农村城镇化及50岁左右务工农民大量从乡镇企业"退役",为大力发展养羊业提供了足够的劳动力。凭借市郊的饲草资源,可养羊400万头,产值逾10亿元,相当于目前2个县的种植业总产值,效益远远超过种植业。但目前市郊山羊实际存栏不足40万头,其发展潜力很大。

姚龙涛建议,市主管部门应及早作出规划,筹建种羊育种基地,为市郊及长江流域提供优良肉山羊种羊。

(原载《解放日报》1994年12月20日第02版)

长江口年产4吨鳗苗

市郊养鳗业为何止步不前

一年一度的鳗苗汛期即将来临。长江口每年可生产4吨白籽鳗苗,产值逾4亿元,与一个县的种植业产值相近。如果将鳗苗养大成鳗,其经济价值更可观。但是,市郊养鳗场却寥若晨星。而广东、福建、江苏,对鳗苗的开发利用却形成了规模化、产业化。江苏省一个龙山村今年养鳗产值可达15亿元,创利1.5亿元。外省市"借"上海家门口的鳗苗,发了大财。而上海对家门口的"宝藏"却为何开发利用乏力?市有关部门分析,主要有以下几个方面的原因:

其一是怕冒风险。养鳗业是项高投入高产出的产业,但养得不好,有亏本的风险。市郊在前几年曾经有两三个单位利用现有的池塘试养鳗苗,由于缺乏经验,没有成效。于是,"一朝被蛇咬,三年怕井绳"。市郊许多水产部门为不冒风险,不愿在鳗苗的开发利用上下功夫,探索经验,而仅仅满足于在鳗苗汛期向捕捞鳗苗者收取数百万元鳗苗资源费,省力省事无风险。

其二是养殖技术落后。鳗苗细嫩娇贵,对养殖要求很高。有一套特殊的养殖操作技术。据市水产部门专家介绍,前几年市郊几家养鳗场养鳗失败,主要是养殖技术不过关,按养淡水鱼的方法养殖河鳗。如闵行区内全市尚剩的一家养鳗场,前几年亏损,后有台商接办后,注重养殖技术,经济效益显著,还在广东建立了千亩养鳗基地。

其三是鳗苗收购现金支付难。鳗苗价格昂贵，一条小牙签形状的白籽苗，售价 15 元。渔民出售鳗苗全部现金交易。外地来沪采购鳗苗的个个身携上百万元现金巨款。而上海按目前的财务制度，不可能一下子提取上百万元现款。

专家建议，上海除了发展一批高投入高产出的工厂化温室、利用现有发电厂的余热温水养鳗外，还可抓住时机，赶在 1 月份将白籽苗加温暂养成黑籽苗投放土池养殖。至 11 月份天冷前可达到规格成鳗，发展前途广阔。

（原载《解放日报》1995 年 1 月 4 日第 02 版）

苏州河何日水清清

水利部门提出"清底、引清、接管、截直"四管齐下

一期合流污水综合治理工程的兴建,为解决苏州河水质污染、黑臭,起了一定的缓解作用。然而,要真正使苏州河水变清,还必须"清底"、"引清"、"接管"、"截直"。这是市水利部门最近提出的对策。

所谓"清底",就是清理苏州河河底的污泥。由于数十年没有全面疏浚,苏州河河底淤浅严重,黑臭的污泥中除含有大量的有机质外,还含有多种重金属元素等有毒有害物质。专家估计,仅北新泾、叶家宅和西藏路桥前后等3段8公里长的苏州河河道,淤积的污泥总量约60万立方米,如果不及早予以疏浚开挖,河道水清当然无望。如何利用苏州河河道的污泥,市水利部门设想,除了用于填低洼地外,也可烧制路面砖,用于市政道路建设,化害为利,化废为宝。

所谓"引清",就是引来清水养河。由于苏州河功能萎缩,蓄容不够,缺乏自净能力,应在清除河道污泥的基础上"吐故纳新"。市水利部门根据嘉定区引长江江水改善地区水环境的经验,提出能否引长江之清泉来"济苏州河",达到"引清冲污"之目的。据悉,前几年杭州西湖,亦曾采用引钱塘江水来冲刷稀释污水,收到成效。

"接管",就是要充分发挥合流污水工程效能,将企业的排污

管与合流污水总管连接起来。据介绍,合流污水工程设计日排污水能力为140万吨,但目前日排污水量只有100万吨,排污能力放空。其原因在于沿江的一些企业不景气,承受不了"接管"工程的费用和接通后的费用负担,致使这些企业的污水至今仍直接排放苏州河污染水质。市有关部门若能及早制订鼓励政策,如对亏损企业排污并入合流污水工程的费用实行减免或银行贴息贷款,就可以使这些企业的污水尽早"接管",减轻对苏州河的污染。

对苏州河的治理,水利部门还提出"截直"。苏州河平均宽度为50～70米,河道呈九曲十八弯。从市区曹家渡到恒丰路桥直线距离仅3.5公里,但河道长达7公里。河道弯曲,水流缓慢,不利于河道的养清。苏州河地处市区黄金地段,倘若制订规划,结合小区改造或实行批租,多方筹资,对苏州河进行截弯取直,既能振兴苏州河沿岸的商业,傍水兴市,又能"以河养河",有利于苏州河水环境的改善。如真如港1公里河道截弯取直,市水利部门就采用了结合中山北路批租改造,解决了资金问题。
(记者朱瑞华　通讯员吴树福)

(原载《解放日报》1995年1月6日第01版)

申城何日绿草茵茵

去年年底,德国凯撒斯劳滕队在上海虹口体育场练球,秃头般的泥地上裸露出发黄的草根。面对如此的比赛场地,老外们连说"难以置信"。定于1997年竣工的上海8万人新体育馆,市里要求其1 600平方米草坪一年365天不能断绿。市有关部门为此多方寻找投标者,然而,要求之高,至今未有敢问津者。

草坪一般分球场类草和观赏类草。上海一些球场大都以耐践踏的结缕草为主,但此草属暖地型草,自11月中旬起即枯黄,枯黄期达四个月,耐热不耐冷。而徐家汇、人民广场等地区的黑麦草等一批观赏型草则为冷地型草,一般5月份开始枯黄、耐寒不耐暑。上海地区至今还没有四季常青的草坪种子。上海的一些草坪生产企业,大多规模小,不成气候。本市草坪草皮大部分由江苏常熟提供,水平较低。

一些有识之士指出,上海这几年来崛起了一大批高级别墅区、住宅区、高尔夫球场等,今后几年内还将兴建和改造一批大型体育场所,加上上海新三年城市绿化目标的实施,上海迫切需要有一年四季绿茵茵的草坪,尤其要解决8万人体育馆1 600平方米常绿草坪的草种选育工作。

为此,专家们建议,市里应建立一个权威的管理机构,会同园林、园艺、种子等相关部门,从速引进国外优良草种,结合上海的气候条件,进行试验,以筛选出新草种,使申城早日绿草茵茵。

(原载《解放日报》1995年2月4日第02版)

水患困扰大上海

3月22日,世界水日。有多少人知道这个日子?上海,北枕长江,东临东海,南傍杭州湾,三面临水,头上还顶着太湖"一盆水"。大上海有没有水患?

江海堤防脆弱,水环境污染严重,水利工程老化,基础设施滞后,大上海面临"水患"威胁。

水能载舟　水能覆舟

水是生命之源。水能载舟。大自然的恩赐使上海每年平均水资源拥有量达600亿立方米,人均占有量为5 242立方米,是全国人均占有量的2倍。迄今,上海城乡日均用水量高达500万吨以上。上海因水而生,因水而兴。上海港内河航运、海运年总量超过1 000多亿吨,上海港因此名列世界最大港口之一,上海亦成为世界著名的"水都"。水,与上海结下了不解之缘。

水是洪水猛兽。水亦能覆舟。1991年神州大地洪涝灾害,淮河流域仅安徽省受淹面积即高达430万公顷,损失粮食43.5亿公斤,被洪水冲走了一个"粮仓"。太湖流域水位超过1954年的历史最高纪录,大水成灾,损失了100多亿元,丢了一个"钱庄"。据不完全统计,当年全国损失800多亿元。就上海而言,这一年夏季洪涝灾害,也损失11亿元。去年入夏,上海恰逢大旱之年,但我国南方、北方、东北、华北等省市先后遭受洪涝灾害,柳州、梧州等城市被淹,全国直接经济损失高达1 600多亿元,竟比大水灾的1991年还高出1倍,其损失之惨重,令世人所瞩目。有专家称,在我国,水灾损失已远远高居各大自然灾害之首。

上海"水临城下"江海堤防脆弱

上海需要水,渴望上游来水,改善上海的水环境,造福于城乡人民;上海又怕水,担心汛期上游洪水下泄,危及上海城。

为使城乡免遭洪涝之灾,近几年来,上海的防汛设施日趋完善,城市排水功能不断强化。黄浦江外滩防汛墙工程的完工,为抵御洪涝灾害,减少经济损失发挥了巨大的作用。但毋庸置疑,上海现有的水利基础设施仍然十分薄弱,发生水患的因素日渐增多——

市区地下水利用过度,导致地面下沉。据最新资料统计,自九十年代以来,市区地面每年以10.4毫米速度下降。现有的标高(地面,与海平面的距离)平均在3.5米以上,最低标高也在2.2~2.5米。1989年9月1日汛期,黄浦公园水文站测出最高水位达5.22米,高出市区地面2米左右。倘非防汛墙阻挡,将淹没市区的一个楼层。更严峻的是,江海堤防标准偏低,抵御洪潮能力脆弱。目前464公里一线海塘有50%未达到50年一遇潮位加11级台风的标准,208公里市区黄浦江防汛墙尚有一半还没有达到"千年一遇"的标准。安全系数低,遂使年年汛期,每每险象环生。以1991年为例,仅沿海6个县,海塘抢险项目就达17个,投入抢险资金400万元,也只能是小修小补。去年7号台风在上海仅擦肩而过,一线海塘便有20多个地段告急。

城市暴雨积水严重,许多地区成"泽国"。以近10年为例,1985年汛期,市区246条(段)马路积水,有150家工厂、商店、仓库受淹,3.35万户居民住宅进水。1989年7月20日一场暴雨,本市7条公交线路停驶。1990年8月31日大雨,整个申城几乎在水中泡了3天之久,部分马路和住宅水深盈尺。1991年8月7日和9月5日两场暴雨袭击,仅保险公司理赔款就高达1.4亿元,相当于江苏路拓宽工程的总投资。1993年夏季暴雨,造成近郊菜田大面积受淹,菜价扶摇直上,"马大嫂"们叫苦不迭。

黄浦江上游"水临城下"。太浦河开通后太湖洪水已能在上海"穿肠过肚",但由于受资金所累,其配套的水利工程没有及时跟上。此外,太浦河沿线18座口门,至今只完成了6座,其余口门均处于敞开状,加上承泄太湖洪水主要通道之一的黄浦江干段工程迟迟没有上马,汛期时,金山、青浦、松江大部和奉贤北部地区将处于洪水威胁之中。

上海现在平均每天国民生产值逾4亿元。如遇汛期高潮位,又恰遇台风、暴雨及上游洪水暴发造成"四碰头",万一发生洪潮袭击,上海一天也淹不起。80年代,申城遭受洪潮侵袭,当时的汪道涵市长为确保上海城市中心区的安全,果断决策,浦东开闸纳潮解了燃眉之危。如今,作为全国开发开放龙头的浦东新区,投资数额巨大,继续"牺牲浦东,向浦东削峰放水"的防汛应急方案已断然不可取。

水环境污染严重　水质状况堪忧

大上海的水患似乎还不仅仅在于"水多",有关水质及水资源的污染情况也令人揪心。河道淤浅加剧。上海郊区乡村二级现有的5 000公里河道,每年自然淤积的土方量达700万立方米。297.4公里的市区河道,由于擅自填浜造地,随意倾倒垃圾造成的淤浅、堵塞的状况已十分突出。据市水利部门近期对市区88条骨干河道考察数据汇总,其河床标高普遍上升到1.5～2.5米,局部地段淤高达3～4米,几乎人可行走。虹口区境内的俞泾浦、沙泾港60年代可通15吨级船舶,如今已断航多年。俞泾浦如今实际标高比原规划河底高出2米左右,造成沿线几十个排水口被埋于河床底下,大暴雨积水,使附近居民住宅区成"泽国"。河道淤浅,造成"吐污纳新"蓄调水功能大为减弱,恶化了水环境,影响了水质。

继60年代初苏州河出现严重黑臭之后,黄浦江一些河段的水质也开始出现黑臭,其黑臭天数逐年增加。1978年黄浦江黑臭为100天,1988年突破了200天,而1992年,黄浦江黑臭天数超过了300天。全市9 000多个排污点,年排水总量约19亿立方米,市区每天产生各类污水500万立方米,其中90%未经处理直接排入江河。市区370条河段,污水、粪水同流,工业、生活垃圾合污。据抽样调查,长628.8公里的河道中,按地面水评价标准,符合N类饮用标准的河段仅占14.2%,酚、汞、铜、铝、石油等有毒物质含量超标,二分之一的河网水质遭到严重污染。每当上游来水锐减的夏季,受高潮位顶托的黄浦江下游污水带往往会不断上溯,每年直逼上海的取水口——临江。如去年出梅以来,本市连续高温干旱,上游太湖水位由3.28米下降到2.86米,平望水位从3.01米下降至2.65米;据报,7月20日上游临江水厂附近水域氨氮浓度上升到4.0毫克/升,杨浦、南市水厂附近分别达到5.0毫克/升和6.0毫克/升。为此,上海不得不又一次紧急调度太湖、长江水来缓解黄浦江取水口水质问题。但由于太仓、昆山地区水位本来很低,加上太浦河诸多口门来不及建闸封堵,虽则耗花了不少人力、物力,最后调水效果甚微。

眼下,水质污染问题不仅涉及苏州河、黄浦江,就连上海的水域明珠,一向被视为沪上唯一的天然净水源水库,水质达到国家二类地面水环境质量标准的淀山湖,近几年来也境况堪忧,水质标准已下降到三类(除冬季),富营养化状况已到了"中等"或"富有"的程度。作为世界著名水都的上海,竟被国家列为缺乏优质水的缺水型城市。

水利工程老化　基础设施滞后

有关资料显示,现有水利工程大量老化失修,效益锐减。例如:郊区排涝泵站、水闸、灌溉泵站和渠系建筑物大部分建于六七十年代,目前有40%亟须更新改造。全市6 799座灌溉泵站装置效率一般只有30%~40%,其中有3 000余座需要更新改造。此外,城市化过程中,水系被打乱,水利设施遭到人为破坏,水利国有资产大量流失。据统计,去年浦东新区有178个灌区(包括66个排灌区、112个喷灌区)受到了不同程度的破坏和影响,1993年一段时期,浦东新区能正常灌溉的仅剩20个灌区。闵行、嘉定、宝山近郊均有类似情况发生。令人忧虑的是,浦东水利基础设施建设明显滞后于市政等其他基础设施工程的进度。浦东新区水利基础建设规划虽然早已编就,由于资金因素,致使水利工程不能与市政等其他基础设施建设同步。在一些地区,河道工程没有上马,河道蓝线二侧的高楼等大量建筑物正在崛起,致使河道工程成了"弄堂工程",施工场地狭小,出土不便,且河道开挖的弃土无法为市政工程综合利用。

申城,治水当紧迫

综观当今世界,水的问题是一个全球性的大问题。据有关专家预测:"水资源问题将成为21世纪人类面临的最重要的自然资源问题,水资源危机将给各国的经济发展造成巨大的威胁,直至引起军事和政治的冲突。"30年前的阿以战争,其症结盖出于水。1993年,联合国发出了认识水、珍惜水、保护水环境的呼吁,并确定每年3月22日为"世界水日"。有趣的是,去年"世界粮食节",确定的主题是"水,生命之源"。足见唤起人们重视、认识、珍惜水的重要性和迫切性。江泽民总书记对张光斗、陈志恺所撰写的《我国水资源问题及其解决途径》重要文章作了语重心长的批示:"人无远虑,必有近忧,是应该未雨绸缪。"李鹏总理在与治理淮河、太湖会议代表座谈时高屋建瓴地指出:"我们必须从人口,经济与环境协调发展的战略高度认识水利建设的重要性。"如今,国家已将水利与能源、交通等列为同等重要的基础产业,水利不仅是农业的命脉,而且是国民经济的命脉。

有人说,上海水旱交替有一定的规律性。1991年大水,1992年大旱,1993年大水,1994年大旱。据有关专家预测,今年,是厄尔尼诺现象活动频繁年,发生洪涝灾害的可能性很大。据说,华东地区一些省市已作好抗洪涝灾害的准备。对此,专家们呼吁,上海也应该强化全民的水患意识。

其一,加强政府协调力度,依法全面赋予水行政主管部门的政策的、法规的、规划的、协调和监督的职能,以及统一管理的责、权、利。在上海真正建立"一家统一管水,多方团结治水"的新格局。

其二,抓紧完成上海高起点的水利发展规划的制订。这个规划应该从上海经济、社会尤其是城市发展的实际出发。既是应该城乡一体化全方位的,又是标本兼治综合型的;既要考虑防洪潮,又要考虑灌排水;既要顾及治涝渍,又要顾到内河航运的发展,还要兼顾到上海水源地的保护和建设。这个规划不仅要纳入上海发展的总体规划,而且也应纳入上海每一轮的"三年大变样、为民办实事"的重要实施内容。

其三,以"两条腿"走路的方式,不断加大水利建设的力度。

除了国家财政对水利建设总盘子作比较大的调整外,应该以社会主义市场经济为导向,贯彻"二级政府、二级管理","谁受益、谁投入,多受益、多投入"等原则,制定水利投资改革的新政策,加快本市的治水步伐。

其四,建立和健全水利法制,严格依法治水。如防汛设施保护管理、水土资源开发利用和保护、水资源调度管理、水环境质量评价、水利工程管理和保护、取水许可实施等均需要立法。

将洪潮水患喻为"恶狼"一点也不过分。尽管上海庆幸,近两年"狼"没有惠顾申城;但专家们担心,如果洪魔这头"恶狼"真的向上海扑来,上海怎么办?

大上海,需要有水的忧患!(记者朱瑞华 通讯员吴树福)

(原载《解放日报》1995年3月19日第10版)

长江鳗苗蟹苗产自家门口
上海为何近水楼台不得月

冬至将临，长江口迎来了一年一度的鳗苗汛期。据市有关部门统计，长江口每年汛期可捕捞鳗苗 4 吨左右。这些珍贵的鳗苗，已成为一些外省市的创汇拳头产品。最红火的龙山鳗业集团今年出口烤鳗 4 500 吨，实现销售 33 亿元，创汇 1 亿美元。然而，反观沪上，迄今只有 1 家成鳗养殖场，鳗苗的综合开发利用几乎是个空白。

长江口又是中华绒螯蟹的天然产卵场。每年 5 月下旬至 6 月上旬为蟹苗汛期，外地许多养殖单位派员驻沪，购得大眼幼体形状蟹苗即用飞机空运回乡。有关资料显示，仅稻田养蟹一项，江苏省今年已发展到 10 多万亩，四川势头更猛，今年已发展到近百万亩。然而，市郊数十万亩低洼地今年累计养蟹面积仅 300 亩左右，池塘养蟹也不足 5 000 亩。目前，上海市场上的河蟹绝大部分来自江、浙、皖等省。

鳗苗、蟹苗是上海家门口的珍贵水产资源，缘何本市"近水楼台不得月"？有关人士分析原因有三：一是怕冒风险。鳗苗、蟹苗的深度开发利用，是高投入高产出的项目，尤其是成鳗养殖，动辄投资就要上千万元，市郊缺乏有魄力的敢于风险决策的企业家。二是养殖技术不过关。前几年青浦等县也有数家成鳗养殖场，但由于技术不过关，养殖连连亏损，只得偃旗息鼓。三是巨额现金支付有困难。鳗苗收购历来现金交易,动用数百万元巨额现金,一般的乡镇农副业生产企业尚无支付实力。

上海既有地域优势,又有水产科技优势,也有外贸口岸优势,完全有能力对这两种资源进行综合利用和深度开发。经济界人士认为,上海亟须走产业化道路。首先是统筹规划。每年4吨左右的鳗苗养殖,相当于一个县的农业产值,没有整体规划很难启动。其次,要以资产为纽带,组建市级或县级企业集团,扩大鳗苗、蟹苗的暂养规模,然后,逐步形成农工贸、产加销一体化格局。再有,要制定必要的扶持政策,银行信贷也要给予倾斜。

(原载《解放日报》1995年12月17日第02版)

让"洋鱼"上餐桌

时下，上海水产品市场冒出了不少市民陌生的"新面孔"：北太平洋鱿鱼、泰国黄鱼、印尼带鱼、朝鲜明太鱼等。这些风味各异的"洋鱼"，尽管营养相当丰富，但由于消费者口味不习惯，往往购买兴趣不大。为此，一些专家提出，应加快"洋鱼"的深度开发加工，让"洋鱼"更快更多地端上市民餐桌。

近几年来，市水产集团积极进军远洋，参与国际渔业的合作，每年为上海市场捕捞数万吨"洋鱼"。其中，不少"洋鱼"的营养价值是很高的，如北太平洋鱿鱼，每条体重达 500 克左右，是无污染、高品位、高营养的"洋鱼"，目前世界上许多国家均在竞相开发利用。一些有识之士认为，上海拥有水产品深度加工的技术，完全有能力从事"洋鱼"的深度加工。如采用先进的加工和配方技术，依照市民的口味，将鱿鱼加工成鱿鱼卷、鱿鱼条、鱿鱼丝等小包装水产品；将印尼带鱼加工成小包装带鱼块或油浸烟熏鱼等；将明太鱼加工成鱼排、鱼丸、鱼糜，直接进入超市。前几年马面鱼大量上市初期，市民也曾对黑乎乎的马面鱼敬而远之，后通过大力宣传，以及加工成罐头及小包装鱼片，一下子市场销路大开。当然，鼓励"洋鱼"的深度加工，银行、税务等部门也应在信贷、税务诸方面给予适当的支持，让市民得到更多的实惠。

(原载《解放日报》1996 年 6 月 25 日第 02 版)

"洋"瓜果称雄沪上
排"家谱"根在中华

近两年,沪上盛行洋种瓜果,农民肩挑叫卖的甜瓜有"伊丽莎白"、"古拉巴"、"西薄洛托"等,眼下又有"金20世纪梨"即将上市。据说,这些瓜果都是从日本引种的。

然而,你可知晓,这些洋种瓜果的根却在中华。就拿"伊丽莎白"、"古拉巴"、"西薄洛托"等甜瓜来说,实际上是日本农科人员将上海的薄皮甜瓜与新疆等地的厚皮甜瓜杂交而成,论其籍贯,应该是地地道道的"中国籍"。

无独有偶。温州蜜橘因其品质退化已在故土被淘汰,但日本采用提纯复壮等先进技术加以改良,摇身一变,成了无核蜜橘,本市长兴岛、横沙岛大量引种。"上海蜜梨"在上海吃香,但日本科学家研究攻克了对上海蜜梨外观危害最大的黑斑病,此梨便就成了"金20世纪梨",其种苗打入上海,实际上是"回娘家"。

据悉,不少蔬菜品种也是如此。如市郊引进的日本菘菜,居然是正宗的崇明青菜,只是抗病性能大大优于传统的崇明青菜罢了。

凡此种种,很值得人们深思。面对众多的传统瓜果菜蔬名品质量退化,为什么日本的科研机构能及时研究开发出新的优良品种,而掌握种质资源的沪上农科人员却难有作为?就经济利益而言,"洋甜瓜"种子每粒售价为人民币1元左右,市郊种植10数万亩,每年种子不能自留,必须年年引种,眼睁睁看着无甜瓜起源地的日本赚了我们大钱。

上海有着雄厚的农业科研力量,市农科院、市农学院、市农业局等单位聚集了上万名农业科研推广人员。但长期以来,在农业科研课题的立项、研究、推广、开发上各单位自成体系,"一家一把号,各吹各的调",甚至同一类型的课题,几家都在搞,出现同一水平的重复。其次,培育优良品种是一项基础性的研究工作,往往需要好几年时间,从事此类研究的农科人员目前尚不足1%。不少科研人员受眼前利益驱动,热衷于"短平快"式的现有科研成果的开发推广。

为加快上海都市型农业建设的步伐,本市正在实施种子工程。一些有识之士指出,上海应抓住这一契机,统筹规划,集聚农业科研战线的精兵强将,形成合力,重点攻关,并投入相应的科研经费,逐步将上海建成种苗生产基地。要建立激励机制,在政策上鼓励农业科研人员从事良种繁育等基础性研究。

(原载《解放日报》1996年8月11日第02版)

"老面孔"难敌挑战　求解困改换门庭

市郊工业名牌雄风不再

在上海推进名牌战略的过程中，人们注意到这样一个问题，市郊工业拿得出的名牌产品寥若晨星，前几年颇受市场青睐的名牌，如今大多难觅踪影。个中原因，发人深思。

郊区工业产品曾经名牌迭出。据统计，80年代市郊共有近50个产品被评为"上海名牌"和"中国乡镇企业名牌"。如崇明县的万里牌电吹风、荷花牌电风扇、远东牌冰箱都曾风靡沪上。如今，这些名牌产品雄风不再。市郊的万象牌电扇、司其乐洗衣机等一批名牌产品，不仅在市场上销声匿迹，而且工厂因亏损或倒闭、或转产。去年全市推荐的152项市名牌产品，郊县工业系统仅汇丽牌多彩内墙涂料和舒乐牌男衬衫"金榜题名"。现在市郊工业系统名牌产品的总产值不足50亿元，在全市工业系统名牌产品总产值中所占比例甚微，与市郊工业总产值在全市工业三分天下有其一的地位不相适应。

沪郊工业名牌产品缘何雄风不再？究其根由，主要有以下几个方面的原因。

"老面孔"难敌洋名牌和大工业名牌的挑战。前些年，市郊乡镇工业凭借其灵活的机制，一批工业名牌在少有竞争对手的情况下占据市场。在市场红火，产品热销之时，一些企业忽视科技再投入和产品更新，盲目扩大生产。随着对外开放力度的加大和大工业转制,面对洋名牌和大工业名牌的挑战,一些仍以"老面孔"应战的市郊工业名牌产品,纷纷败下阵来,"丢城失地"。如风靡一时的市郊家电名牌产品,迄今几乎全军覆没便是明证。

此外,部分企业经营者在名牌产品面临严峻挑战、市场激烈竞争态势下,缺乏奋力拼搏、创优做大的意识。他们期望通过合资来摆脱困境,而在与外方洽谈合资时,又过于迁就外方,结果辛辛苦苦多少年创出的产品名牌就此付之东流。

市郊工业要提高其运行质量,实现两个根本转变,需要一大批名牌来支撑。有识之士指出,首先,要提高现有名牌产品的科技含量和产品质量,增强其在市场上的竞争力,并形成规模效益;其次,对科技含量高、市场适销对路的产品,在信贷、技改等方面制订有利于创名牌的政策和措施,有计划地培育一批创名牌的企业,以发挥名牌效应。

(原载《解放日报》1996年9月17日第02版)

将风暴潮拒之于浦江外

上海宜建开敞式挡潮闸

今年汛期已过,但回想起 8 月初黄浦公园站水位达到 5.19 米、与外白渡桥桥面基本持平的高潮位以及预报 8 号台风有可能在上海登陆的情景,市防汛部门人士至今仍心有余悸。

上海地区的防汛形势,常因风暴潮的影响和洪、潮水的夹击而显得严峻。多年来,由于地面沉降,黄浦江支流河口建闸以及海平面上升等多种因素,黄浦公园站高潮位屡屡突破历史纪录。1981 年黄浦公园站的最高潮位曾达 5.74 米,超过了 5.36 米百年一遇的潮位。据最近完成的一项课题预测,到 2010 年相对海平面将上升 15～25 厘米;到 2050 年将上升 40～45 厘米。形势将更为严峻。

对付风暴潮和洪涝的袭击,办法只有两种:一是继续加高加固黄浦江两岸的防汛墙;二是在河口建闸。本市从 1988 年起实施按千年一遇防御标准加高加固防汛墙工程,其高潮位为 6.31 米。但原市区 208 公里长的防汛墙加高加固,至今只完成了一半多一点,要到 2000 年才能完成。加上新市区扩展尚有 87.4 公里的防汛墙,需要在 2000 年以后继续加高加固,工期长达 20 余年。新老市区防汛墙加高加固工程,总投资将超过 32 亿元。再说,加高加固的办法只适用一定范围。花这么大的代价所取得的成果,仅仅是防御高潮入侵。

市水利专家提出，从对大环境的彻底改造出发，在黄浦江河口兴建开敞式挡潮闸，可从根本上将风暴潮拒之于黄浦江外，保障上海的防汛安全。但在黄浦江河口兴建开敞式挡潮闸，须对技术经济和环境影响等进行深入研究。为此，他们建议，市有关部门应尽早立项，开展黄浦江河口建闸的预可行性研究，并把建闸工程列入城市建设总体规划，对可能选用的闸址及附近区域纳入市政建设预留用地范围。

(原载《解放日报》1996年11月11日第02版)

一哄而上养沼虾　岂可无视前车鉴

种养业"趋同化"潜伏隐忧

近来,上海集市上的罗氏沼虾又多又便宜,活虾每500克最低价仅20多元,只有河虾价格的三分之一左右。罗氏沼虾上市量增多,丰富了菜篮子,无疑是件好事。但据水产主管部门了解,今年市郊罗氏沼虾养殖面积已达2万多亩,是去年的2倍。目前,不仅集体养殖场规模继续扩大,不少农民也在改鱼塘为虾塘,预计,明年市郊罗氏沼虾的养殖总面积将突破2.5万亩,市场将因此出现"虾多伤农"的局面。

罗氏沼虾是本市从国外引进养殖的"洋虾"。前几年由于沪郊东方对虾养殖业遭灭顶之灾,致使适宜于淡水养殖的罗氏沼虾在郊区得以迅速发展。但如此盲目扩大养殖面积,却存在着很大的市场风险。有关人士从罗氏沼虾养殖面积迅速扩大,谈到市郊种养业存在的"趋同化"。现在,不少地方养殖甲鱼、珍禽、鸵鸟不断升温,草莓、甜瓜种植面积也不断扩大,就是这种"趋同化"的具体表现。"趋同化"现象的出现,是农民不了解市场供求,"村看村,户看户"的结果,带有很大的盲从性。几年前发生在市郊的"长毛兔热""牛蛙热""海狸鼠热""朗德鹅热"等,除了少数卖种者发财外,大多数养殖户收益平平,有的血本无归,甚至倾家荡产。

为此,他们建议政府有关部门加强引导,一方面要根据地理条件和农民从事商品生产能力等,对种养业合理布局,形成区域化生产,另一方面要及时向农民传递商品行情信息,帮助农民尽可能按照市场需求组织生产。

(原载《解放日报》1996年11月25日第02版)

谨防重现"人追鱼"

——对稳定市郊商品鱼基地的思考

日前的一个清晨,记者在昭通路菜场的鱼摊上转悠,看着活蹦乱跳的河鲜,无意中问起了产地,一位中年鱼贩子说是从浙江批发来的。记者又问了其他几个鱼贩子,发现他们的河鲜也多半来自邻近省市。上海的商品鱼生产基地怎么啦?记者为此作了一番探访。

为使市民一年四季"食有鱼",上海从70年代中期起着手建设市郊商品鱼生产基地,至80年代中期已形成了近17万亩淡水精养鱼塘,实现了市民一年四季"食有鱼"的目标。但近几年来,随着二、三产业的迅速发展,淡水养殖业的效益相对下降,商品鱼生产基地存在着不少潜在的危机。

目前市郊精养鱼塘大部分由养殖户承包经营,"几口鱼塘一家包,一间鱼棚一只泵,几户人家一顶网",虽在很大程度上调动了养鱼者积极性,但毋庸讳言,这种小生产式的分散经营在走向市场的过程中面临许多新的问题。一家一户的分散经营,难以抵挡日趋激烈的市场竞争,抵御自然风险的能力也十分薄弱,一旦遭受风暴、低温等自然灾害及暴发性鱼病等侵袭,养鱼者往往血本无归。同时,个体养殖户难以及时、正确掌握生产经营中的各种信息,参与市场流通的成本又高,很难形成规模效益。因此,个体养殖户普遍缺乏资金投入,而成熟的养鱼新技术也难以推广,这不能不影响市郊淡水鱼的养殖水平的提高。

再投入资金不足,使市郊养鱼塘年久失修。市郊的精养鱼塘开挖至今已有10多年,当年国家以财政无偿支持和周转金借贷形式建设起市郊精养鱼塘,鱼塘的维修应该由养殖经营单位来承担。但目前市郊大部分精养鱼塘已由个体养殖户承包经营,他们上缴的应用于老鱼塘改造的租塘费,有相当部分被鱼塘发包方移作他用,长年累月形成恶性循环,使整修鱼塘工程迟迟未能上马。此外,市郊还有不少鱼塘承包合同期偏短,承包经营者缺乏长期经营的打算,即使有资金积累,也不愿增加对鱼塘的投入。一般来说,塘内水深在2.5米以上才能达到高产稳产,但目前市郊大部分鱼塘淤浅,有三分之一鱼塘水深在2米左右,塘埂护坡不同程度出现空洞和崩塌。

淡水鱼是市民们菜篮子中的当家荤菜。60年代初困难时期,国家曾提倡"以鱼代肉",70年代中期本市淡水鱼紧缺,吃鱼凭票供应,这些我们都记忆犹新。正是为了改变这种"人追鱼"的现象,国家耗巨资建设上海商品鱼生产基地,才使市民一年四季"食有鱼"。一些有识之士指出,面对目前上海水产品市场的繁荣,我们也不应忽视市郊淡水养殖生产中潜在的危机,谨防申城重现"人追鱼"现象。

(原载《解放日报》1997年1月27日第02版)

东海带鱼到哪里去了？

——对近海捕捞渔业的思考

冬汛带鱼开捕至今已有四个月之久，但从东海渔区传来的信息却不容乐观，渔业总产量中带鱼同比下降一成多，预计减少4~5万吨，且所捕带鱼条子小，尾重100~150克的要占一半左右。东海的带鱼究竟"游"到哪里去了？近日记者作了一番探访。

黄鱼、鲳鱼、带鱼、墨鱼四大花式鱼，是上海人餐桌上的传统佳肴。但从60年代起，东海的黄鱼、鲳鱼、墨鱼就开始少了；到90年代初，能成鱼汛的只有带鱼，年捕捞总量达80多万吨，约占全国带鱼总产量的70%。为了保护东海的带鱼资源，国务院去年作出决定，每年7月1日至8月31日东海渔场禁止拖网和帆式张网渔船生产；9月1日至10月31日，拖网渔船可以在禁渔线向东30海里以东的海域作业，但仍须实行幼鱼比例检查制度。这一措施出台以来，冬汛带鱼却没有高产，行家分析主要有三个方面的原因。

原因之一是成鱼群体减少。由于前些年带鱼捕捞强度过大，去年成鱼群体比上年减少两成，加上当年伏季海洋水温比上年同期低1~2摄氏度，产卵带鱼"晚育"，冬汛捕捞时带鱼量少，且呈小型化和低龄化也就不足为奇了。

原因之二是狂捕滥捞幼带鱼。去年九十月间，有相当部分集体、个体渔船无视国家有关规定，狂捕滥捞禁渔线向东 30 海里以内正在向商品鱼转变的幼带鱼。人员、装备都受限制的渔政检查人员，奈何不了千军万马对幼带鱼群的"铁壁合围"，致使七八两个月保护成果损失大半。

原因之三是渔船马力猛增。国家规定"八五"期间东海区马力控制指标为 497 万匹马力。但至 1995 年底，东海区江苏、浙江、福建、上海三省一市总马力已达到 673.6 万匹，比"八五"末马力控制指标高出 54.22%，年平均增长率达到 9.05%。值得注意的是，集体、个体渔船已从机帆船、大型机帆船发展到钢质渔船；马力由近 200 匹、250 匹、400 匹，增加到 600 匹，已经到了日趋衰退的渔业资源无法承受的程度。

东海区渔政渔港监督管理部门认为，为了确保冬汛带鱼高产，要切实制止违规渔船在 9～10 月捕捞幼带鱼，同时，强化陆上市场管理，从严处罚从事幼带鱼买卖的单位和个人。国家也应尽快出台《渔船法》，严格造船许可证制度，以控制马力的增加，减轻捕捞强度。

(原载《解放日报》1997 年 3 月 11 日第 02 版)

洪涝仍是心腹大患

——水与上海经济发展之一

上海因水而生,因水而兴,得益于其濒江临海的地理条件。但是,"水能载舟,亦能覆舟",如今的上海,洪涝仍是心腹之患。

去年8月初,气象预报8号台风有可能在上海登陆,全市上下严阵以待。虽然台风最后没有在上海登陆,但黄浦公园水文站水位已达到5.19米,与外白渡桥桥面基本持平。市防汛指挥部的领导对此心有余悸:"如果台风在上海登陆,后果难以设想"。

进入90年代,太湖夏季水位连年超过警戒线。1991年,上海顾全大局开通太浦河,加快了太湖泄洪,但对上海而言,太湖洪水"穿肠过肚",水位增高,原有的防洪工程设施已不相适应,尤其是市郊西南部的青浦、松江、金山、奉贤县低洼地区更为吃紧。目前,这些地区的防洪除涝配套工程刚开始起步,黄浦江干流段防洪工程尚未上马,今年防汛形势不容乐观。

与此同时,由于地下水的过度利用,90年代以来上海市区地面正以每年10.5毫米的速度沉降,导致防汛墙不断加高,并造成城区地下管网断裂,排污、排水不畅,雨后积水严重。而全球的温室效应,又使上海处于太平洋海平面上升的区域。1981年9月1日汛期,黄浦公园水文站测出最高水位达5.22米,高出市区地面2米左右,倘若没有防汛墙阻挡,将淹没外滩的一个楼层。

高潮位、暴雨侵袭也令上海人头痛。1991年八九月两场暴雨,仅保险公司就理赔1.4亿多元。1993年夏季暴雨,市郊菜田大面积积水,菜价上涨。如遇汛期高潮位、台风、暴雨及上游洪水暴发"四碰头",水患威胁更不可设想。

抗洪防灾任重道远。从上海建设国际化大都市宏伟目标出发,上海需要建立高标准的防洪安全体系,尤其要进行在黄浦江河口建开敞式挡潮闸的预可行性研究,从根本上将风暴潮拒浦江之外。这几年上海水的问题年年被列入市委、市政府实事工程项目,经过努力,防洪设施年年增强,这是一个很好的开端。

(原载《解放日报》1997年3月22日第02版)

唤起全民共治水污染

——水与上海经济发展之二

本月中旬,松江县泗泾镇秦万安等人发现,从自来水管中流出来的水臭味异常,无奈只能吃井水。水厂对此也有苦衷:由于河道水体受到污染,加上冬春内河水位偏低,受潮水顶托后,污水囤积不散,加剧了水质污染。淀浦河闸管所接到水厂求援报告后,正在紧急采用工程调度的方法置换水体,净化内河水质。

实际上,不仅松江三个水厂告急,闵行几个水厂的水质也在下降。据悉,淀浦河以北地表水几乎不能饮用。去年,浦东地区受咸潮顶托,污水滞流,虽经水厂技术处理,但自来水仍有异味。类似问题,可以说各区、县程度不同都有。

尤为令人注目的是,继60年代初苏州河水严重黑臭后,黄浦江一些河段的水也开始出现黑臭,1978年为100天,1992年以来突破了300天。到了枯水季节,黄浦江上游来水减少,受潮水顶托,苏州河污水上溯至青浦,有时候甚至上溯到松浦大桥及米市渡一带。

造成水质污染的"祸首"是水环境的恶化。首先是生活和工业污水的污染。全市近9 000个排污点,年排水总量约19亿立方米,市区每天产生各类污水500万立方米,约有三分之一的污水未经处理直接排入江河。其次是河道淤塞,河水流速减慢。

目前市区80多条骨干河道河床标高普遍上升到1.5～2.5米,局部地段淤高达3～4米。市郊乡村现有的5 000公里河道,每年自然淤积的土方达700万立方米。此外,养殖业萎缩,大量水花生、水葫芦等水生植物无人清理腐烂沉积,加上农村城市化过程中部分地区乱填乱占河道,造成"吐污纳新"蓄调水功能下降,恶化了水环境。

改善上海的水环境,已经刻不容缓。历届市委、市政府都很重视这件事关城市生存发展的大事,规模宏大的污水合流工程和浦江上游引水工程都已在"八五"期间兴建,并已初战告捷,取得了很大的效益。市区河道整治近几年已经起步,苏州河的综合整治也已启动。专家们提出,要进一步唤起全民的"资源意识"和"环境意识",形成全社会关心水、保护水、节约水的社会风尚,同时有关部门要加强总体规划,加快对河道的综合整治,切实改善各地区的水环境。

(原载《解放日报》1997年3月23日第02版)

目标：引长江水济申城

——水与上海经济发展之三

上海人既怕水多，又怕水少。除了汛期怕"水临城下"、暴雨大雨住宅进水外，平时最担忧的是自来水的水质问题。上海人的"怕"是有道理的。时下，上海面临饮用水的挑战。

大自然的恩赐，使上海淡水资源年平均总量为595.6亿立方米，以1994年人口数计算，人均拥有水资源量4 586.8立方米，为全国人均占有量的1.7倍。上海三路地表水总量为593.5亿立方米，分布比例为：下雨产生的径流18.6亿立方米，占3.1%，上游太湖流域来水100.2亿立方米，占16.9%，下游长江口进潮水量高达474.7亿立方米，占80%。目前，上海用水主要依赖黄浦江上游的太湖来水，以及上海境内的下雨径流水，总量只有20%。即使这些占总量20%的水源，其水质也令人担忧。1992年以来黄浦江一些河段水黑臭天数突破300天，迫使上海耗巨资将取水口一再上移。但为黄浦江上游提供水源的太湖、淀山湖的水质又如何？据去年底通过评审的"淀山湖水质监测和富营养化对策研究"课题报告称，由于太湖出现富营养化，作为沪上唯一的天然净水源地的上海水域明珠——淀山湖也受"株连"，加上其本身的污染，铜绿微囊藻、水华微囊藻、鱼腥藻等大量生长，除冬季外，水质标准基本上以三类为主，营养程度从中、富营养演变为富营养。若遇枯水期，咸潮、污水向浦江上游上溯，必将进一步影响本市在浦江的 10 多个水厂取水。近两年来上海人纷纷购买"纯水"、"超纯水"、"太空水"、"活性水"、"反渗透水"等桶装水，也反映了市民对饮用水水质的担忧。

太湖污染殃及下游淀山湖的污染，淀山湖的污染造成下游上海"母亲河"的"感冒"。鉴于浦江上游邻省工农业发展产生的污水不受本市控制，上海从浦江上游远距离取水仍存在着水质不能保证的问题。根据预测，到 2000 年本市日需水量为 810 万立方米，即使在建的浦江上游引水二期工程及陈行水库扩建后，日总供水也仅为 700 万立方米。要在"九五"期间使本市供、用水量达到平衡，并为下世纪上海的发展创造条件，专家们提出，上海要加快开辟长江口青草沙新水源地的研究和开发，引长江水济申城，以解决上海中远期水源。青草沙水源地位于长兴岛西北端，与长兴岛一泓相隔，可围垦成面积为 15.7 平方公里的平原天然大水库，建成后近期总库容达 1.14 亿立方米，远期可达 3 亿立方米，日供水量可达 760～800 万立方米，基本满足 2030 年前上海用水要求。

（原载《解放日报》1997 年 3 月 24 日第 02 版）

水土流失何时休?

——水与上海经济发展之四

上海的水土会流失吗?市水利部门昨天透露:"上海自80年代以来已'流失'土地1.5万亩左右,相当于一个中等乡镇的可耕地面积。"有例为证:当你泛舟淀山湖时,会冷不丁被湖中的一根根东斜西歪的水泥桩所"挡驾"。这一根根距岸50米之外的水中桩杆,就是30多年前淀山湖堤岸桩板式混合结构护坡的"残骸"。它是潮水和船舶航行波长年累月冲刷堤岸护坡的"杰作",也是上海水土流失的历史"见证人"。

上海属于平原地区,其水土是怎样流失的?缘由有四:一是上海地区的河流大都受潮涨潮落影响,加上台风、暴雨、潮水、下雨地表水流的冲刷等自然因素,导致水土流失。二是随着城乡经济的快速发展,水上交通频繁,大马力船舶增加,产生的航行波冲击堤岸,造成河、湖岸坍方;三是一些单位和个人在海塘、堤防和滩涂上乱垦乱种或毁堤取土烧砖,以及任意向河道倾倒垃圾、违章堆物,导致海塘、圩堤损坏,或河道淤塞迫使洪水走廊改道,冲刷河堤造成坍塌;四是市郊建设中,一些地方圈围的土地平整后堤岸设施跟不上,遂使暴雨时泥沙俱下。

上海地区水土流失呈渐变性,日积月累式的流失往往为人们忽视。有关资料显示,仅市、县、区通航河道中严重坍塌的岸线就有865公里,占28.9%,一般坍塌的岸线有904公里,占

30.2%。仅航道堤岸坍塌，80年代以来每年损失土地1 300多亩，造成郊区2 578公里河道60%左右淤浅在0.5～1米，既影响了水的"吐故纳新"，又影响了内河航运。

上海流失的沃土，是高产稳产的粮田，这对人均耕地面积只有0.34亩的上海而言是十分宝贵的。由于城乡经济的发展，本市的耕地每年仍以5万亩的速度在减少，而目前上海可供高滩围垦的滩涂很少，低滩围垦成本很高，且新围垦的土地需要有个熟化的过程。为此，水土保持需要引起全社会的高度重视，要像爱护自己的母亲那样爱护土地。有关专家认为，要建立主管水土保持机构，落实投资经费，建立法规体系和执法队伍，使水土保持工作纳入规范化、法制化的轨道。

（原载《解放日报》1997年3月25日第02版）

该为水利事业建"造血库"

——水与上海经济发展之五

　　细心的人们不难发现,近几年实施的真如港、杨树浦港、新泾港等市区河道整治工程,在宣传报道时都冠以"应急"两字。何为"应急"？一是"应"河道淤浅黑臭,影响防洪和周围环境之"急"；二是国家财力有限,只能先治表救急,等以后有钱再综合治理。由于建设资金的无奈,水利工程推迟上马或先治"表"后治"根"的救急项目全市为数不少。

　　历届市委、市政府十分重视对水利这个基础产业的投入。"八五"期间,本市投入 32 亿元,比"七五"期间增加 20 多亿元,今年的投入力度更大,仅海塘达标工程、西部地区防洪除涝配套工程就分别投入上亿元。但由于历史欠"账"太多,现有的城乡水利设施大部分仍不相适应,一些防洪工程尚未完工。如：208 公里市区黄浦江防汛墙工程有一半未达到千年一遇标准,464 公里一线海塘有 50％未达到五十年一遇加 11 级台风侵袭的标准,安全系数低。

　　最近,国家将上海列为重点防洪的城市,但由于各方面建设任务很重,国家财政一下子拿不出那么多钱办水利,而一些水利工程又等着要上马,其出路何在？一些经济界人士提出,除了国家财政投入外,迫切需要全社会筹措资金兴办水利,为水利事业建"造血库"。各行各业也有责任为"造血库"输血。比如：所建水利工程的直接受益单位，对公益性的水利工程应该拿点钱出来；对既有公益性又有经济收益的大型水利工程，如在通航要道上兴建水闸、船闸工程和水库等，可鼓励企业集团参股投资，按比例分成。一旦"造血库"形成良性的"造血"机制，上海的水利建设事业也就走上了发展的快车道！

（原载《解放日报》1997年3月26日第02版）

上海的水是多,还是少了?

【编者按】资料表明,由于受污染,上海可供饮用优质水缺少,增强人们的水环境意识、加大依法治水力度,刻不容缓

上海有"东方水都"之称,三面临水,头上还顶着"一盆"太湖水,人均拥有水资源量为全国平均水平的1.7倍,上海人也经常受到水害的困扰,水可谓多也。然而,又有资料说,上海是全国水质型缺水城市之一。这使人们感到奇怪:上海的水究竟是多?还是少了?

带着人们关心的问题,日前记者走访了市水利局水资源办公室负责人。从这位负责人提供的有关资料中记者看到,上海淡水资源年平均总量为595.6亿立方米,以1994年人口数计算,本市人均拥有水资源量为4 586.8立方米,是全国的1.7倍。上海的地表水来自三路,总量为593.5亿立方米,其分布为:下雨产生的径流18.6亿立方米,上游太湖来水100.2亿立方米,下游长江口进潮水量474.7亿立方米。那位负责人笑着说,从人均拥有水资源量的意义上说,上海的水可以算是多的。

那上海又怎么会列为水质型缺水城市?水资源办公室负责人解释说,这是指可供饮用的优质水少。目前上海的饮用水源仅占上海地表水总水源量的20%,这些水源主要来自黄浦江上游。自60年代苏州河水出现严重黑臭之后,黄浦江一些河段的

水也开始出现黑臭,且黑臭天数逐年增加,1978年为100天,1992年以来突破了300天。水源受污染,影响了申城水厂取水,造成近5年中上海曾两次向江浙两省"借水"吃。因此,上海被列为缺乏优质水的水质型缺水城市。讲到这里,那位负责人加重语气说,从可供优质水来说,上海的水是少了,这与国际化大都市是不相符的。

造成上海缺乏优质水的主要原因,是城乡河道的水质受到严重污染。为此,市政府耗巨资兴建引水工程、疏浚河道来治理水质污染。水资源办公室负责人感慨地说,实施引水工程、治理水质污染果然重要,但关键是要靠全社会努力,每一市民要增强水环境意识,爱水护水,现在不少个人和单位任意向河道排放污水和乱倒乱扔垃圾,这样水资源再多,一受污染,也难以保证有足够的优质水供应。此外,执法部门要加大执法力度,进一步依法治水。英国的泰晤士河曾经被严重污染,经过综合治理,如今已是河水清清,鱼儿游弋。"上海应做到增强人们水环境意识和加大依法治水力度双管齐下,这样水资源就少受污染,可供饮用的优质水也会多起来。"那位负责人最后如是说。

(原载《解放日报》1997年3月28日第10版)

一尾绣花针般的鳗苗要卖十五元,价格几同黄金。可有丰富资源的上海在综合开发利用上却步履蹒跚——

上海,为何"近水楼台不得月"?

河鳗,素有"软黄金"之称。一尾绣花针大小的白仔鳗,今年的售价在15元左右,每公斤售价近10万元,价格几同黄金。

上海有着丰富的鳗苗资源,据水产行家估算,长江口年产鳗苗5万吨,其本身价值5亿元,相当于一个农业大县种植业的总产值。可令人遗憾的是,上海人在利用鳗苗资源的开发利用上,可谓"精明而不高明"。近10年来,上海渔民将捕捞上来的鳗苗直接卖给鳗苗贩子或养鳗场,主管部门只能收取一点资源费。直至去年,崇明岛上诞生了市郊首家鳗苗暂养场,至今市郊已有数家鳗苗暂养场。但是这些鳗苗暂养场只是将从水中捕捞上来的白色仔鳗,暂养两个月后成为黑色仔鳗出售,进行初级利用。即使这样,迄今为止,市郊鳗苗暂养规模也只有600～700万尾,不足0.5吨,占上海年鳗苗捕捞总量的10%,而90%的鳗苗流往外地。

上海缘何"近水楼台不得月"?有关人士分析主要原因有二:一是缺乏开拓进取精神,怕冒风险。养鳗业虽利润丰厚,但也是高投入的产业,从鳗苗暂养——成鳗养殖——加工烤鳗出口,资金投入量大,本市许多人怕搞得不好会亏本,没有魄力去闯。二是鳗苗收购现金支付难。鳗苗身价昂贵,1公斤刚捕捞上来的鳗苗，售价近 10 万元，鳗苗成交，渔民得到的全部是现金支付，而加工成成鳗后出售，根据上海目前的财务制度，很难一下子提取数百万元现金，这就影响了农民的生产积极性，也制约了本市对鳗苗资源的综合开发利用。

目前，鳗苗经养殖后加工成烤鳗出口，这一整套技术已经成熟，这为上海发展养鳗业提供了契机。外地"借"鳗苗进行综合利用、深度加工，发了大财。上海虽然起步慢，但仍大有可为，有关专家对此也提出对策：

——继续扩大鳗苗暂养规模，同时进行商品成鳗室外大塘养殖科技攻关。去年崇明瀛新养鳗场头一年将白仔鳗暂养成黑仔鳗出售，仅两个月每尾鳗苗净赚 1 元多，这项事业还要继续发展。但更需要进行成鳗养殖科技攻关，鳗苗在春季养殖，由于室外温度低于 20 摄氏度，白仔鳗养殖难以成活。现在市科委拟在奉贤组织大塘成鳗养殖攻关，一旦获得成功，便给本市滩涂养殖业注入新的活力，促进水产品结构性的调整。

——从事鳗鱼产品的深度开发加工，促使增值。本市的商品成鳗养殖要朝规模化方向发展，有条件的养鳗场可与国内大企业、外商实行"中、中、外"合作，建设烤鳗厂，形成鳗苗暂养—成鳗养殖—烤鳗加工出口一条龙生产。

——实施政策扶持。对规模经营养鳗企业，政府应给予低息借款，金融部门给予低息贷款。

——切实加强鳗苗捕捞的管理。连年不断的"鳗苗大战"，既不利资源的利用，又影响长江口航运安全。应加强现场管理的力度，同时可参照兄弟省的做法，沪产鳗苗在满足本市养殖的基础上方可外运，严禁无证收购。

（原载《解放日报》1997 年 6 月 13 日第 10 版）

奉贤家具沪上闻名　没有品牌实在奇怪

又到家具销售的旺季。在奉贤县头桥、奉城、四团、洪庙等镇，每天都有满载着家具的卡车驶往市区各大家具商店，这些家具款式新颖，令人耳目一新。据悉，上海人现在购买的家具，10套中有6套是奉贤生产的。

奉贤堪称"家具之乡"。全县现有私营和个体家具企业300多家，年产值3亿多元，其中"大华"、"青峰"、"雅特兰"等大型私营企业，其产品甚至可与粤产和海外家具分庭抗礼。可惜的是，奉贤众多的家具厂没有一家办过产品商标注册手续，至今没有一个是有品牌的，究其原因有三。第一，这些企业大多规模比较小，停留在作坊式生产阶段，谈不上打品牌，即使10多家有一定规模的企业，也因销售手段灵活、产品有销路而把精力放在抓现钱上；第二，由于缺乏品牌意识，这些企业感到投入资金做广告打品牌得不偿失；第三，申请注册商标手续烦琐时间长，这也是企业打"退堂鼓"的一个原因。

款式、质量固然是家具业竞争的法宝，但品牌却是企业参与竞争的"身份证"，具有极高的附加值。"家具之乡"的家具没有品牌的历史该结束了。做到这一点，需要发展企业的规模经营，更需要经营者确立品牌意识，这是奉贤家具业做大做强的关键所在。

（原载《解放日报》1997年12月17日第05版）

带鱼小黄鱼货多价廉：喜耶，忧耶

合理利用东海渔业资源亟待重视

"优惠价，小黄鱼 500 克 4.5 元！""贱卖，小黄鱼 500 克 3.5 元了！"昨日清晨，记者上集贸市场买菜，即被鱼贩的叫卖声所吸引。一位卫姓鱼贩说"今年小黄鱼数量多，进货价格每 500 克比去年低 2 元左右，买卖兴隆。"市场管理员告诉记者，今年卖小黄鱼、带鱼的摊位有 7～8 个，比去年增加 1 倍。

市场上带鱼、小黄鱼数量多价钿便宜，对市民来说是好事。往年由于滥捕，造成市场上带鱼量少价高，小黄鱼经常断档。近年来国家对东海渔区实施休渔措施，使渔业资源得到保护。然而，市场上带鱼、小黄鱼货多价廉，不免令人又生出一份疑问：是不是渔民又在狂捕了？会不会今年吃足吃够了明年后年又没有吃？海洋渔业专家说，这种担忧并非多余。目前市场上带鱼、小黄鱼骤增，固然是东海渔业资源有所恢复的体现，但确实也与捕捞量大增有关。目前东海渔区又出现大量集体、个体渔船集结竞捕场面，渔船总马力已达到 673.6 万匹，比国家规定的控制指标高出 54.22%。

专家说，尽管经过几年的休渔保护，东海带鱼、小黄鱼资源状况有所好转，但基础仍很脆弱。鱼群结构呈低龄化、小型化，目前市场上卖的带鱼大都是当年生的一龄鱼，条子小。专家们担忧，若再来一场酷渔滥捕，可能会使多年的保护成果付之东流。历史上也有过类似的教训。如1994年,带鱼资源呈好转趋势,结果翌年一下子增加了4 000多艘200匹马力以上钢质渔轮,酷渔滥捕致使带鱼资源又遭破坏。

在东海渔业资源有所好转的情况下,保护和合理利用资源是亟待重视的大问题。专家建议,当前必须严格控制捕捞船只,实行捕捞许可证制度,保持适度的捕捞量;要严惩渔船捕捞幼鱼,从严处罚从事幼带鱼买卖的单位和个人,情节严重的甚至追究其刑事责任,以切实保护幼鱼资源免遭摧残;还要鼓励沿海渔区发展海水养殖和海产品加工产业,为渔民另辟致富新路,以减轻对渔业的捕捞强度,又可以丰富市场供应。

(原载《解放日报》1998年3月19日第B1版)

申城：地下水亮"黄牌"！

市有关部门最近决定，今年年内将关闭33口严重超采地下水的工业用深井，以强化地下水管理，使地下水资源得到合理的开发和利用。

上海的地下水生存于上万年以上，其中金山、宝山以及崇明西南至东北方向一带较为丰富。据介绍，上海的地下水有两类：一是老"祖宗"留下来的储存资源，二是从长江三角洲地下渗透过来的补给资源，累计储存总量约40亿立方米。自1860年外国人在本市打了一口地下水井后，地下水开采量逐年增加，到60年代初达2亿立方米，为历史最高年份。

利用地下水与控制地面沉降是一对矛盾。1917年，本市市区地下水开采量达数十万立方米，地面就下沉1毫米。以后由于无计划开采地下水，1957～1961年，市区地面沉降加剧。后经有关部门采用地表水回灌等措施，使1972～1985年期间，年平均地面沉降减少到3毫米，处于稳定阶段。自1990年起，地下水开采又呈上升趋势，到1996年，地下水开采量达1.5亿立方米，地面年沉降量也突破自1966年来的10毫米。

上海地下水总储存量虽然丰富，但为了控制地面沉降量不超过10毫米，年水资源的利用量只能为1.448亿立方米。近几年，由于大规模市政建设，抽取大量的地下水；加上一些企业纷纷开发地下矿泉水，使地下水开采量接近"红线"。市地质研究部门建议：为了控制地面沉降，必须严格控制地下水的开采，并制定政策，鼓励使用地下水的企业改用自来水，同时要统一规划，科学合理安排地下水开采井位，均衡开采、利用地下水资源。

（原载《解放日报》1998年5月14日第B1版）

"九马"乏力难奋蹄

农用汽车应纳入上海汽车工业整体规划

"九马"牌农用汽车是上海汽车家族中农字号"独生子",去年推出后即深受上海及各地农民青睐,连远隔重洋的巴西等国经销商也情有独钟,海内外订单雪片般飞来。然而,生产商上海劲马农用汽车制造公司却喜忧参半。喜的是"九马"发展空间广阔;忧的是眼下资金不足生产难成规模,农民屡屡上门催货却难以兑车,计划出口巴西的1 000辆农用汽车也面临"夭折"。

上海劲马农用汽车制造公司从1994年开始研制,迄今开发了10个品种最新经济型农用汽车,并被机械工业部、公安部批准进入国家两部产品目录,成为国家在上海的唯一农点生产基地。该公司还与同济大学共建了农用汽车开发研究中心,先后由40多名汽车系的高级研究人员,参与沪产农用汽车的开发研究,使市级新产品的"九马"牌农用汽车的性能和质量都达到了国内外同类产品的一流水平,而且每辆"九马"售价仅3~4万元,市场竞争的后发优势显著。

我国农用汽车发展战略研究报告指出,到2010年,我国20%农户将拥有农用汽车,这意味着12年内我国农村还将需要40万辆农用车。农用车市场前景诱人,使不少汽车生产厂家开始关注农村市场,力争在农用车市场上占据一席之地。此外,发展中国家对适用、价廉的农用汽车颇有兴趣,国内一些农用汽车企业已开始将其产品打入国外市场。

作为上海汽车工业的一个重要组成部分,本市理应在发展农用汽车领域有所建树,并占据应有的市场份额。经济界人士指出,政府有关部门应对生产厂商加以重视和扶持。让"九马"驰骋国内外市场。首先应将发展农用汽车纳入上海汽车工业的整体发展规划中,集聚资金、技术、人才等方面优势,以汽车工业来带动农用汽车,并予以政策性扶持。为解决资金关生产商应走多元化投资的道路,吸引有实力的中资企业、外资企业、中外合资企业或民营企业"加盟",组建股份合作制企业,以借助"外资"、"外力"来补己之短,共同加快沪产农用汽车产业的发展。

(原载《解放日报》1998年6月16日第05版)

近海酷渔滥捕为何愈演愈烈？

现今,一面是近海主要经济鱼类——大黄鱼、小黄鱼、墨鱼、带鱼资源呈继续衰退之势,另一面是捕捞强度日趋加剧,酷渔滥捕愈演愈烈。据渔政管理部门透露,自今年7月1日进入伏季休渔以来,近海休渔期千帆竞发,幼带鱼在劫难逃,作业船视伏季休渔制度为一纸空文,从而严重损害了带鱼资源,危及冬汛生产。

面对日益衰退的近海渔业资源,酷渔滥捕为何还愈演愈烈?有关部门的行家认为主要有三个方面的因素。

宏观失控　渔船猛增

近几年来,国家有关部门为减轻近海捕捞强度,保护近海渔业资源,同时为沿海集体渔业的大马力渔船在7～10月伏季休渔期间能正常出海作业,曾规定集体渔业中的250马力以上的渔船可持证在外海作业。这本来是件好事,但在执行中却走了样。由于海洋渔业资源具有公有性的特点,加上目前近海海洋渔业资源实行的是块块管理(禁渔区内由所在省市管理),于是,一些地区不顾国家的有关规定,盲目发展大马力渔船。许多集体渔业为了取得在外海作业的权利,或购买废旧渔轮,在不足250马力的渔船上,改装增压器,掀起了一股能常年在禁渔区线外作业的热潮。这些大马力渔船,打着发展"外海"的旗号,其实大都在近海渔场或禁渔区线外作业。据统计,东海区机动渔船拥有量 1978 年为 1.8 万艘,到去年猛增到 9.4 万艘,平均每年以 6 000~8 000 艘的速度增加。其结果,造成近海渔业资源该保的保不住,该捕的捕不上来的不正常局面。

急功近利　冲击"伏休"

为保护东海带鱼资源免蹈大小黄鱼、墨鱼严重衰竭的覆辙,国务院决定自今年 5 月 1 日至 6 月 30 日在东海有关海区设立产卵带鱼保护区,保护带鱼亲体。为保护带鱼幼体,东海区在 7~10 月四个月内对不足 250 马力的集体渔船又实行伏季休渔制度,并对 250 马力以上的在伏季休渔期持证作业渔船实行幼带鱼比例检查。对此,渔业生产单位理应严格遵守,但由于渔民受鱼价驱使,在今年上半年鱼发情况欠佳,鱼价上涨的情况下,为捞现钱,沿海一些地方和单位急功近利,置伏季休渔期于不顾,除正在修理的船外,几乎大部分机帆船都在近海进行违规拖网作业,大量捕杀带鱼幼体。邻近海区的一些渔船也加入了这一行列,从而强化了捕捞。对于幼带鱼比例检查,有些船只则弄虚作假,逃避检查。大兵团作战,小眼网围捕,冲击着伏季休渔制度。鱼类专家们警告:如果任其酷渔滥捕下去,将会使行之有效的一系列资源保护措施付之东流,引起近海传统渔业资源的进一步恶化。

经费不足　管理乏力

带鱼是我国目前产量最高的海洋经济鱼类,东海是带鱼的主要产区,产量约占全国带鱼总产量的 87%。但由于过度捕捞,近几年来也很难形成鱼汛。鱼类专家说,由于带鱼生长较快,繁殖力较强,一年就可以达到捕捞标准,只要保护得法,资源可获得明显恢复。为保护带鱼资源,渔政管理部门呕心沥血全力予以管理,但由于经费严重不足等因素制约,致使管理乏力。据悉,东海区每年需要渔政经费230万元左右,而今年经费指标只有158万元,还要在此基础上压缩5%。最近,属东海区管辖的三条渔政船,因无钱购买柴油而经常停航。

鉴于目前酷渔滥捕愈演愈烈,渔政管理部门呼吁:保护近海渔业资源是一个系统工程,事关城乡人民的"菜篮子",亟须各级政府及有关部门紧密配合,拟定对策,予以综合治理。

(原载《解放日报》1998年11月5日第03版)

你信不信？冬蟹捕捞渔民一次仅捕两只

专家说：休渔，保护大闸蟹

你信不信？今年冬蟹捕捞开始后，长兴岛有渔民试捕一次仅捕到两只蟹。专家说，蟹苗资源的掠夺性捕捞，有可能使长江口大闸蟹品质退化乃至绝迹。

11月中旬到12月中旬是长江口天然商品蟹捕捞期。往年这个时候，到渔政部门申办冬蟹捕捞许可证的渔民络绎不绝，有的甚至"走后门"。奇怪的是，在今年捕捞期中，全市没有一个渔民前来申办捕捞证。为什么？直接原因是长江口商品蟹产量锐减。据统计，1991年，长江口商品蟹捕捞量曾达1.1万公斤，1996年下降到5 000公斤，去年只有800公斤。渔民办捕捞证要缴纳资源费，加上置办捕蟹网具要花5 000多元。一天才捕几只蟹，投入大产出小，谁愿干赔本的活？

长江口商品蟹产量锐减，缘于蟹苗汛期千船竞发滥捕而导致毁灭性破坏。有的渔民作业区域一再外延，甚至到长江北水道外捕捞刚从蚤状幼体向大眼幼体成长的蟹苗。由于这些在较高盐度中繁育的蟹苗尚未淡化，捕捞上来即大量死亡。据介绍，去年全市尚能捕捞到400公斤蟹苗，今年则不足200公斤。"拔苗"焉能"助长"？长江口商品蟹数量剧减在所难免。

蟹市旺，长江口大闸蟹供不应求，辽河蟹和瓯江蟹就乘虚而入。目前市场上出售的河蟹，市民反映口味差，其原因就在于大部分是辽河蟹和瓯江蟹。更为严重的是,长江流域的养蟹户若误购辽河蟹和瓯江蟹苗,其成年蟹流入长江水系后与大闸蟹杂交,必定降低长江口大闸蟹优良品质和独特风味,后患无穷。

为保护长江口大闸蟹,专家说:该是下"猛药"的时候了——强制休渔,两三年内禁止捕捞蟹苗,待资源恢复后再限额发放捕捞许可证,合理利用资源。工商部门也应加强执法力度,严厉打击以辽河蟹和瓯江蟹苗冒充长江口大闸蟹苗的不法行为,保护上海这一独特的自然资源。

(原载《解放日报》1998年12月25日第05版)

善待水环境就是善待自己

环境水利正向我们走来

——今年春节期间,青浦县城水厂取水口水质黑臭不能饮用,县政府不得不请求市水利局紧急调度水资源,以解缺水之危。

——原定3月中旬实施的嘉定、宝山北部地区水资源调度方案,由于咸潮入侵造成长江口水质降低,调水方案被迫推迟。

——水环境恶化,不仅使本市一些地区饮用水紧张,而且造成市郊部分地区河鱼死亡、千亩稻秧枯萎、一些蔬菜因污染而不能食用。

——河道淤积,河床抬高,一旦进入汛期,天下暴雨,河水漫溢,低洼地区几乎成泽国。

——市人大十届二次会议和市政协九届二次会议后,市水利局收到代表的提案共14件,其中13件是关于改善水环境。

一切迹象表明:水环境与人们的生活、生产密切相关,上海的水环境如不尽快加以改善,必将成为经济和社会发展的掣肘。

水是生命之源,人类的生存和发展需要一个与自然和谐共处的生态环境。上海依水而生、依水而兴,今日的文明与其得天独厚"东方水都"的自然条件是分不开的。然而,由于过去多年我们没有善待水环境,一些河道水质发黑变臭,使我们的生活、生产受到影响。有人指出,80%的环境破坏是人类自己造成的。

你不善待水环境，水环境也不会善待你，不是吗？近几年来，本市的取水口"节节败退"，甚至出现向外省市借水吃的窘境；一些企业为了发展生产，不得不投以巨资添置水处理设备。

水是一个地区的命脉。从一定意义上来讲，谁拥有良好的水环境，谁就掌握了可持续发展的胜机。保护水环境是全民的事，为此，有关专家指出，应进一步唤起全民水环境的保护意识，使大家认识人与环境的共存思想，自觉保护水环境。一位哲人说得好："今天你如果不生活在未来，那么，明天你将生活在过去。"社会的发展需要良好的水环境，否则将自食恶果。保护水环境，必须从我做起。比如，不再向河道扔垃圾等。现在有些人一方面慷慨激昂地大讲水环境不尽如人意，另一方面却任意污染水环境。杨树浦港前几年疏浚后，由于沿河居民继续向河道倾倒垃圾，导致河道新貌变旧颜，这样的蠢事不能再重演了。

记者也欣喜地看到，市委、市政府把改善水环境放到十分重要的位置，近几年制定了以苏州河为重点综合整治城乡河道的规划，实施了一批治水、治污工程。去年在全国率先提出了实施环境水利战略，是出于两个方面的考虑：一是出于上海生态环境建设和可持续发展的需要；二是上海水利职能延扩的需要。最近市领导又强调："要高度重视水利规划，加大水污染治理力度，切实保护好水资源。"此外，联合国环境规划署正在积极推动环境伦理思想体系和教育的构建，以使全球人类对环境保护和资源利用达成新的共识。

东风鼓人心，还需有行动。让我们以自己的实际行动善待水环境。

（原载《解放日报》1999年4月16日第17版）

"朝阳产业"还需快马加鞭

——关于加速发展水产品深加工的思考

如今,上海人吃鱼不用愁。任何时候上菜市场,都能买到新鲜活泼的鱼、活蹦乱跳的虾、张牙舞爪的蟹。但是,"马大嫂"们心里还是在嘀咕:这鱼虾买回去,还得杀剖洗烧,烦琐得很,能否开发简便、鲜美、营养水产品?

目前,上海人均占有水产品的数量超过世界平均水平。然而,随着生活节奏的加快,人们都希望厂家开发出味道鲜美、营养丰富、即开即食的深加工食品,但目前本市水产加工业却不能完全满足此需要。据了解,1999年本市水产品生产总量近28万吨,而加工的水产品不到1.6万吨,平均加工率仅为5.65%,低于全国平均水平。而且加工的水产品基本以冷冻初加工为主,精深加工的不到加工产品的20%。

市有关部门最近的调查资料表明,冷冻小包装、生鲜半成品,即食类的鱼糕、鱼干、鱼松、鱼香肠、休闲食品、软罐头制品和烘烤制品等在市场上大受欢迎,有传统特色的腌、醉、糟、干、熏类水产品也为众多消费者青睐。专家预测,到"十五"末期,本市水产品的消费,以加工产品为主,水产品的精深加工率将由现在的不到6%提高到20%,因此,大力发展水产品精深加工前景广阔。

水产品精深加工业是个"朝阳产业"。上海在这方面也具有优势，拥有上海鱼品厂、真大食品厂、海富食品厂等七家水产加工企业，还有上海水产加工技术开发中心、上海市水产质量监测站（筹）等科研、质量检测机构，其中三家食品厂达到中国绿色食品发展中心认可的绿色食品生产 A 级标志，首批上报的 10 只精深加工产品被国家批准使用绿色食品商标标志。因此，发挥这些加工企业和科研、质量机构的作用，能加快发展水产品精深加工业。

技术创新是水产品精深加工的灵魂。专家们指出，要联合科研院校，实行产学研结合，重点开发具有一定超前性的高精水产加工产品；要根据品种大众化、手段现代化、食用方便化、原料多样化等原则，重点发展休闲类食品、软罐头食品、鱼糜制品、连锁快餐等方便食品；要创建海洋生物制品研究开发中心，重点开发海洋药品、保健品及功能食品。专家还建议，有关部门能否制定一些扶持政策，让水产品精深加工业早日发展壮大。（朱瑞华 吴华）

（原载《解放日报》2001 年 3 月 7 日第 09 版）

城市绿化：要草，更要树

沪西某绿地，茵茵草坪，汩汩喷泉，景观多姿多彩。市民们尽心游玩后想小憩，却找不到遮阴处，原因是大树实在太少。

沪北某住宅小区，广告上介绍，绿化面积达40％，但实地一看，除草坪、水景、亭台楼榭外，几乎找不到树木。40％绿化指的是什么？"草坪。"售楼小姐解释。

"绿化是城市的'肺'，其主体应是树木。"原上海园林设计院总工程师谢家芬教授介绍说，从生态效益来看，树木的作用更大。上海城市耗氧量多，不但一千多万人的呼吸要耗氧，而且工业、交通等方面的燃油燃煤也要耗氧。上海的氧气，40％靠海洋上吹来，60％是依靠陆地植物的释放。此外，日夜奔驰的车流，不时排放出大量高温废气。而树木的供氧和吸收热能能力，是同面积绿草的5～20倍。从绿化质量来看，树木也好得多。不仅净气效益远远超过绿草，且具有千姿百态的外形，其花、果、叶、干均有很高的观赏价值，可大大丰富城市文化的内涵。从费用负担来看，树木一旦成活成林，基本不需要投入。而绿草则不同，占地广，管护费用高，一般绿化草坪的养护费用是树木的6倍。为此，谢教授认为，大树是我们生命中的"宝"，城市绿化要走出"重草轻树"的误区。此外，一些地方和房产开发商在建设过程中，过于注重造景，追求时尚，也是一种误区。

有关园林专家指出，种植绿化、"引森林入城"，目的是提高生态效应,创造人与自然和谐共存的居住环境。他们建议,一要以建设绿色生态城为中心,鼓励和提倡多种树。二要规划先行,将造林绿化作为主体,辐射周边乡镇的上规模的森林生态网络,包括森林公园、园林、绿地、花园式小区以及森林风景区、自然保护区等,形成城区绿荫掩映和环城区森林屏障。三要实行见缝插绿和连片植树相结合,最大程度提高树木在绿化中的比重。在生活区里,要规定兴建以大块林地为主体的绿化系统;在道路两旁中,要连片种植,形成绿化、通风系统。四在布局上,既要乔木、灌木与草坪相结合,又要有色叶植物、香源植物和木本花卉。同时,要考虑鸟类等的需求,适当配植鸟嗜植物、蜜源植物,吸引动物和生物,创造人与自然和谐共存的居住环境。(记者朱瑞华 通讯员李晶)

(原载《解放日报》2002年12月2日第12版)

儿女进城　爸妈留守

农村老人谁来爱？

去年初夏,沪郊浦南农村村民发现一位独自"留守"在村宅老屋的七旬老太已四五天未开门,前去叫开门时闻到一股异味。闻讯赶来的子女开门一看,惊呆了:母亲已去世多日……

羊年新春,村干部前去看望家住崇明岛东北部的一对"留守"夫妻。这对老夫妇育有3子2女,家中种有1亩田,还养着鸡鸭,生活尚过得去。但看到村干部,老人哭得很伤心。一问,原来是老人在城里生活的子女们,一年中难得来探望他们一趟,老人为日常的孤独而落泪。

近几年,随着农村城市化进程的加快,不少青壮年农民先后进镇落户,成为一名"城里人",留下"6070"老人留守农村。据统计,沪郊60岁以上老人达50万人,其中约有一半人与子女分居,"留守"在农村。由于村宅分散,缺少文娱设施,不少老人天一黑,就早早就寝。一些年龄在70岁以上的老人,随着自理能力减弱,健康每况愈下,若得不到子女的生活照料和精神慰藉,往往在孤独和忧郁中苦度晚年。

如何给"留守"农村的老人以关爱,有识之士认为,除了子女应尽赡养义务外,有关部门可以通过发展社区养老服务业,建设一批社会养老场所,让老人同子女"分而不离,离而不远"。如在奉贤区奉城、四团、金汇等九个镇,由政府出资"购买服务","就近托老"。即对核定的困难老人,根据各镇财力,补贴每人每月100～150元,区民政局补贴每人每月150元,本人每月负担150～200元,"购买服务",让老人在镇敬老院里"就近托老"。奉城镇爱民村还办起了托老所,75岁以上的老人可自带口粮进所,每月村里补贴每位老人100元,另给每月10元零用钱。对不进托老所的75岁以上的老人,每人每月补贴60元,实行居家养老,由志愿者上门服务。

针对农村中的"留守"老人大多种有承包田的现状,农村问题研究专家建议,能否制定若干扶持政策,引导农民将零星分散的承包田连片流转,由区县土地管理中心托管经营,让农民分享土地经营的成果,以实现"承包田换保障"的目标。

(原载《解放日报》2003年5月7日第12版)

后　记

深的足迹。

毋庸讳言,我相当多的采访活动,仅仅是完成任务而已,即使稿件刊发了,脑海中没有什么大的印象。而能够留下深深足迹的这些稿件,自我感觉在采写上是下了功夫的,因而社会反响也较好。无论是新闻线索选择、新闻题目拟定等方面,体现了我的真实意愿。因此,稿件刊登后即使过了若干年,自己回过头再看看这些稿件,仍有当年采写时的冲动。回顾25年在《解放日报》从事采编工作的岁月,我要衷心感谢报社领导王维、余建华、贾安坤、吉景峰对我新闻采写工作的关怀指导;感谢同事张致远、朱桂林在新闻写作上给予我的帮助;感谢许多朋友对本书出版的支持。

朱瑞华
2020年8月

后　记

　　2007年,我从《解放日报》退休后,心中就有出一本自己新闻作品选的计划,但由于惰性使然,这一小小的计划始终未能提上日程。

　　除了惰性,还有其他因素拖了后腿。说句心里话,是我对出新闻作品选的书拿不定主意,或者说有点惶恐:一是觉得我是一个农民的儿子,在当记者时为了评职称,在报社附近的黄浦区业余大学考了张大专文凭,故很难与文人沾上边,出书怕被人嘲笑;二是该选些什么文稿,迟迟不能确定。

　　人们说,野百合也有它的春天。《解放日报》王维总编辑在任时曾对报社的记者编辑讲过一席话,让我终生难忘。王老总说:有一年访问日本主流媒体时,请教一家报纸的总编辑:你们报社最有才华的是哪几种人?对方答曰:一是科班出身,二是"削铅笔"出身。科班出身大都是报社的精英,但何为"削铅笔"出身?原来,那些为记者编辑"削铅笔"的年轻人,为改变自己的命运,在为记者编辑"削铅笔"时,他们偷偷地学习、揣摩记者编辑如何写稿改稿,靠"勤奋"改变了自己的命运,成为新闻队伍中的翘楚。事实也是如此,《解放日报》的记者编辑中也不乏有一批业务高手,他们也是非新闻科班出身。

　　王老总一番有关"削铅笔"也能当记者编辑的话语,鼓起了我的勇气。我是属"削铅笔"一类,也是靠"勤奋"改变了自己命运的。自忖：历经 25 年记者编辑生涯的锤炼，在报社内虽与业务高手无缘，但也算是一名合格的党报记者编辑。给自己打分，平心而论，采编能力在记者编辑中大约属中间偏上吧！鉴于此，出一本记录自己从事新闻工作足迹的新闻作品集，留作纪念，也是人生的一件乐事。

收入本书中的文稿，分为新闻消息、通讯特写、观察思考三个篇章。每个篇章的文稿，均以刊登时间先后顺序编排。新闻消息类为独家报道；通讯特写类体现可读性；观察思考类追求深度和厚度，从中可窥上海尤其上海郊区农村日新月异发展一斑。

回顾自己的新闻生涯，虽没有传世之作，但也有一些令自己难以忘怀的人与事，故斟酌再三，拟取独家新闻、原创新闻、特色新闻等文稿入书，一些稿件的采写场景及刊登后的社会反响，如今仍记忆犹新，历历在目：

消息类：《围海造地廿五年 崇明新增半个岛》《崇明团结沙截流大坝合龙 三年后可垦地十万亩地》《大包干使昔日缺粮队翻了身》《奉贤离市区"近"了》《太湖流域实施十项骨干工程》《上海捕鱼船队远征太平洋海域》《上海制成"氢能发动机"》等。

通讯类：《商机在市场》《看"航星"怎样走出去》《愧对子孙的浩劫》《巡天遥看太浦河》《决策》《笑傲杭州湾》《千里海塘行》《引导农民走向市场》《水利是城市的命脉》等。

观察与思考类型：《东海带鱼到哪里去了？》和《"朗德鹅"为何向天哀歌》《政府应为农民造座"桥"》两篇连续报道，《种粮农民的困惑》《农"官"们的苦恼》《耕地在呼唤》三篇连续报道，《洪涝仍是心腹大患》《唤起全民共治水污染》《目标：引长江水济申城》《水土流失何时休》《该为水利工程建个造血库》五篇连续报道……

可以这样说，这些文稿在我的新闻生涯中留下了一串串深